El héroe del Caribe

JUAN PÉREZ-FONCEA

El héroe del Caribe

La última batalla de Blas de Lezo

SEGUNDA EDICIÓN

ALMUZARA

Primera edición: septiembre de 2019
Segunda edición: octubre de 2022

Colección Novela Histórica
Editorial Almuzara
Director editorial: Antonio E. Cuesta López
Edición de Javier Ortega
Diseño y maquetación de Ana Cabello

www.editorialalmuzara.com
pedidos@almuzaralibros.com - info@almuzaralibros.com
@AlmuzaraLibros

Imprime: Black Print
ISBN: 978-84-17797-71-3
Depósito Legal: CO-1209-2019
Hecho e impreso en España -*Made and printed in Spain*

Al Almirante Blas de Lezo,
el héroe olvidado,
con toda mi admiración y agradecimiento.

Índice

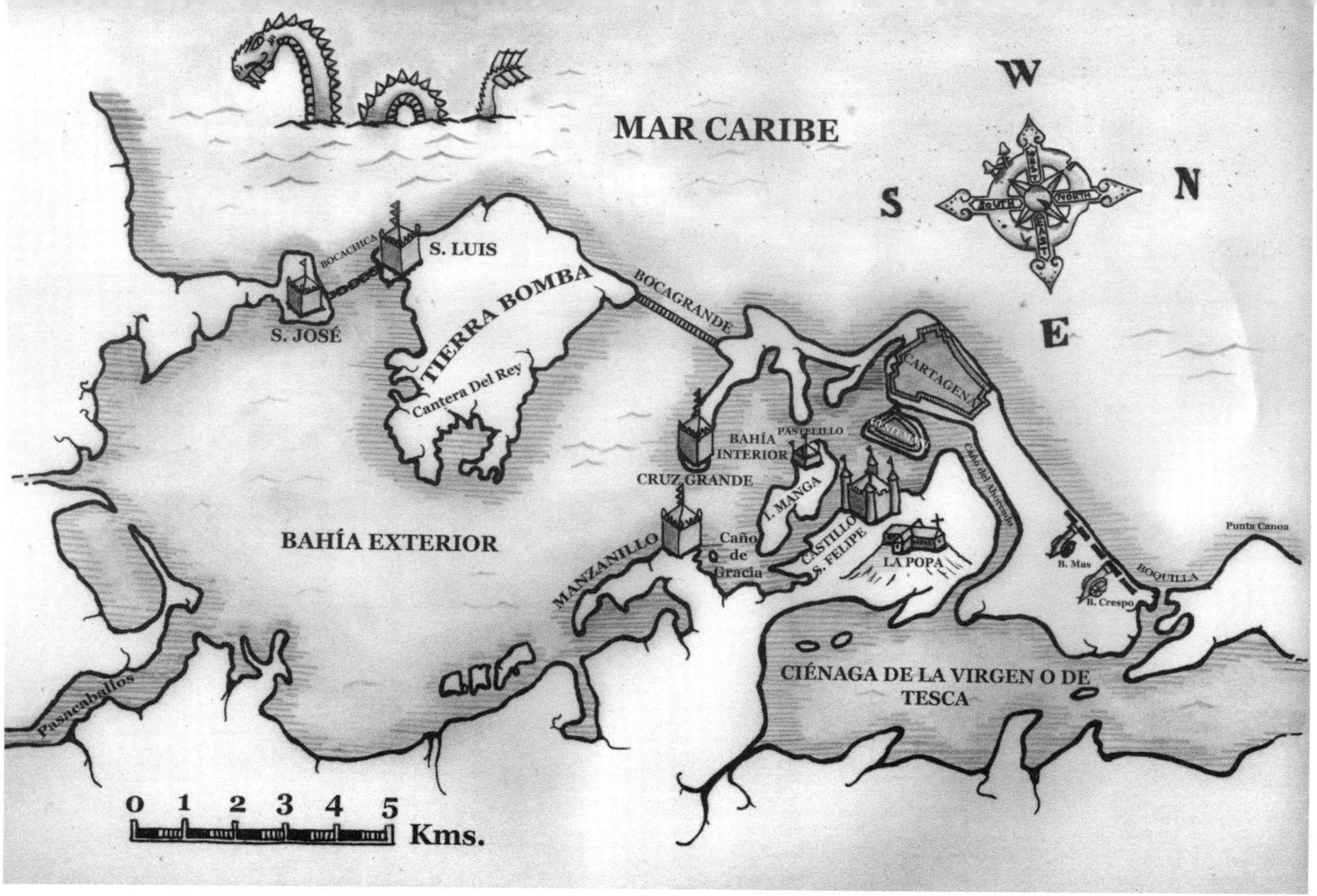
MAR CARIBE
W
S
N
E
NORTH
SOUTH
EAST
WEST
S. LUIS
BOCACHICA
S. JOSÉ
TIERRA BOMBA
Cantera Del Rey
BOCAGRANDE
CARTAGENA
BAHÍA INTERIOR
PASTELILLO
CRUZ GRANDE
I. MANGA
CASTILLO S. FELIPE
LA POPA
Caño del Ahorcado
Punta Canoa
B. Mas
B. Crespo
BOQUILLA
BAHÍA EXTERIOR
MANZANILLO
Caño de Gracia
CIÉNAGA DE LA VIRGEN O DE TESCA
Pasacaballos
0 1 2 3 4 5
Kms.

PRIMERA PARTE
NUBES DE TORMENTA

1

Las negras cejas de Sir Robert Walpole resaltaban por contraste con la cuidada y exuberante peluca blanca con que acostumbraba a cubrir su incipiente calva.

Tampoco pasaba inadvertida su natural obesidad, propia de quien lleva sesenta y dos años alimentándose bien y sin padecer necesidad.

Walpole, hombre pragmático donde los hubiera, basaba toda su filosofía en el poco recomendable principio de que «todo hombre tiene un precio».

A pesar de la ruindad de tal esquema moral, no le había ido mal en la vida. Había logrado encumbrarse hasta las alturas de los más influyentes estadistas del momento. De hecho, era considerado el Primer Ministro de Gran Bretaña, aun sin ser llamado formalmente así.

Perteneciente a los whigs, el partido liberal británico de entonces, su buena estrella comenzó a debilitarse a raíz del fallecimiento de la reina Carolina el año precedente, en 1737.

Las circunstancias le estaban conduciendo a una situación tal que, como único medio de relanzar su posición, se veía en la tesitura de tener que apoyar, siquiera a regañadientes, a los partidarios de declarar la guerra a España.

En cuestión de muy pocos días los acontecimientos se precipitaron.

Los partidarios de romper el tratado de paz con la potencia del Sur, la alta nobleza y los comerciantes, consiguieron que la Casa de los Comunes se aviniera a escuchar el relato de un Capitán, de nombre «Jenkins», que estaba dispuesto a declarar las atrocidades que había debido padecer a manos de los españoles.

Llegado el día, el tal Jenkins realizó una parsimoniosa entrada hasta el estrado desde donde debía dirigirse al auditorio, en medio de una sala abarrotada y deseosa de conocer de primera mano su declaración. A nadie se le escapó el detalle de que llevaba un misterioso frasco de cristal entre las manos.

Al descubrirse el sombrero, evidenció que le faltaba una oreja, la oreja izquierda.

Su mentor apenas tardó unos instantes en comenzar el interrogatorio, y en dirigirlo hacia el terreno que a todos interesaba:

—¿Capitán Jenkins?

—Sí, señor.

—¿Podéis decir ante esta Cámara por qué habéis accedido a venir a declarar?

—Oh, sí, señor. Porque considero un deber patriótico que sus señorías conozcan de primera mano el maltrato que los españoles nos infligen a nosotros, honrados hombres de mar que trabajamos al servicio de su Majestad.

—Veo que carecéis de una oreja, ¿podéis explicar a la Sala desde cuando os falta ese miembro, o es acaso una tara de nacimiento?

—No, señor. Me la arrancaron.

Se produjeron algunos leves murmullos en los escaños.

—¿Os la arrancaron? ¿Podéis decirnos quién tuvo semejante osadía?

—Los españoles, señor.

Esta vez el murmullo subió de tono, alcanzando en algunos casos un punto de indignación.

—¿Los españoles? ¿Queréis explicaros un poco más? Es decir, ¿podéis detallar cómo se produjo semejante atropello, más propio de salvajes que de un pueblo que se dice a sí mismo civilizado?

—Sí, claro. Lo recuerdo como si fuese ayer.

»Navegábamos a bordo del «Rebecca» por aguas de las Antillas, cuando un guardacostas español, a cuyo mando iba un Capitán llamado «Fandiño», nunca olvidaré ese nombre, nos atacó y nos obligó a detenernos.

»Esos papistas registraron nuestra embarcación a conciencia.

»No pudieron encontrar ninguna mercancía de contrabando, no señor. Pero se desquitaron maltratándome a mí, el Capitán. Y, por si fuera poco, como colofón, me cortaron la oreja izquierda.

»¡Aquí la tengo todavía! —dijo casi entre lágrimas, con un gesto teatrero, mientras mostraba el amputado miembro que, al parecer, aún conservaba en el interior del pequeño frasco que a muchos había intrigado a su entrada.

El efecto buscado no se hizo esperar. Un bramido de cólera invadió la sala, prolongándose durante un largo rato.

Tan pronto como los gritos se hubieron acallado lo suficiente, Jenkins añadió:

—... y el tal Fandiño no sólo me humilló a mí, sino que también se atrevió a amenazar a su Majestad el Rey, al que prometió hacer lo mismo si se atrevía a navegar sin autorización por aguas españolas.

Este comentario fue la gota que desbordó el vaso.

Los partidarios de atacar a España supieron desde ese mismo instante que tenían ganada la partida. O que, al menos, habían dado un paso de gigante que no debían desaprovechar. Tenían en sus manos a la opinión pública que, convenientemente azuzada, sería imparable.

No importaba que el relato del Capitán fuese la versión unilateral e incontrastada de un solo hombre, ni que los hechos denunciados se hubiesen producido en todo caso siete años atrás. Era la excusa perfecta para atacar las posesiones españolas en América, y para hacerse con ellas.

Gran Bretaña debía dominar los mares y para ello, debía desalojar a España de América.

Si la mañana había sido tibia para la época del año, al atardecer había comenzado a refrescar, y al anochecer el aire era cortante. La humedad que emanaba de las frías aguas del Támesis penetraba hasta los huesos.

Un hombre alto y enjuto, de tez pálida y pelo muy negro,

penetró en «George and the Dragon», una de las tabernas más concurridas al sur del río. Tenía unos treinta y cinco años e iba envuelto en un elegante abrigo entallado.

El establecimiento se hallaba débilmente iluminado por pequeños quinqués de aceite que pendían de las paredes. El abundante humo en suspensión proveniente del tabaco, unido al penetrante olor a alcohol, unido a las constantes y entremezcladas voces y risotadas de las conversaciones, a menudo a gritos entre mesa y mesa, conferían al lugar una singular atmósfera, que lo hacía particularmente apetecible para sus parroquianos.

Tal y como se esperaba el recién llegado, se encontró con que el establecimiento estaba lleno hasta los topes. Sin arredrarse por la cantidad de gentes a las que tuvo que sortear empleando un igualmente elevado número de disculpas y perdones, se dirigió directo hacia una de las esquinas al fondo del local.

Allí encontró una diminuta mesa en la que sólo había sitio para dos personas. Estaba ocupada.

Sin embargo, tan pronto como el recién llegado estuvo a la vista, uno de los ocupantes se levantó y, saludándole con una ligera inclinación de cabeza, le cedió el puesto.

El hombre que permanecía sentado, un hombre calvo de cara regordeta y mejillas sonrosadas, le saludó con confianza. No lo hizo en inglés, sino en un perfecto español:

—Buenas tardes, Lázaro, ¿cómo te ha ido?

—A mí muy bien, he recabado una buena información, de primera mano, pero a Walpole, francamente mal.

—¿Mal? ¿Qué quieres decir? ¿No me querrás hacer creer que ese petimetre de Jenkins ha conseguido meterse a los Comunes en el bolsillo?

—No sé si será un buen marino, pero como actor no tiene rival.

»Si Walpole no termina cediendo de ésta, tarde o temprano tendrá que hacerlo. No le queda otra salida, si quiere conservar el pellejo político.

—Pero... ¡es absurdo! Es absurdo declararnos la guerra por semejante idiotez. ¡Por una oreja...! ¡Es lo menos que se le podía hacer a un contrabandista! ¡Además..., el suceso ocurrió hace nada menos que siete años...!

»¡¡Esto es simplemente ridículo!!

—¡Chsssst! No levantes la voz —el ruido en la taberna hacía difícil sostener una conversación en un tono normal, y mucho menos escuchar la del vecino, pero Lázaro quería extremar las precauciones.

»Mira, Carlos, es inútil darle más vueltas. Hay que aceptar las cosas como son. Es inútil tratar de endulzar la realidad cuando, de por sí, es amarga.

—¿Qué es lo que quieres decir?

—Que debemos abrir los ojos a la terca realidad y no seguir empeñados en poner remiendos que de nada sirven. Ha llegado el momento de informar al Embajador de que, por mucho que los ingleses se finjan agraviados y ofendidos por el caso de Jenkins, o por un insatisfactorio cumplimiento de la Convención de El Pardo, o por mil zarandajas más, el motivo de la guerra será siempre muy otro.

»España ya no tiene el poderío de antaño. Tenemos un vasto Imperio, es verdad, pero precisamente eso es lo que codician las naciones grandes. Quieren su parte. Los ingleses no quieren las migajas. No quieren depender de las concesiones que les hagamos nosotros, de mejor o peor gana. Quieren lisa y llanamente expulsarnos y hacerse con todas nuestras tierras de Ultramar —Lázaro marcó con gran énfasis la palabra «todas».

—Pero..., eso no es justo. Forman parte de España desde hace más de dos siglos...

—Estoy de acuerdo contigo. No es a mí a quien tienes que convencer. Desgraciadamente, el derecho internacional lo dicta el más fuerte. Siempre ha sido así.

»Si has de transmitir a la Embajada mi opinión, es ésta: la guerra es inevitable. Cuestión de meses. Con suerte, de un año. No más.

»Vernon es lo suficientemente osado y astuto como para poner a Walpole contra las cuerdas. Y no está solo. El clamor popular contra España es cada día mayor. Lo de hoy no hará sino aumentarlo desproporcionadamente.

—De cualquier forma, te confortará conocer que Su Majestad ha comenzado ya a enviar refuerzos a las Indias. Sé que el Almirante Blas de Lezo ha partido ya hacia allá.

—Lo sé. Es un gran militar y un gran marino. Pero no bastará con un hombre por muy valeroso que sea. Además, tengo entendido que está lisiado.

»Sea como fuere, insisto: hasta ahora se barajaba la posibilidad de un ataque británico. Creo que a partir de hoy la Corona debe darlo por hecho.

»Es sólo cuestión de tiempo.

—Entregaré al Embajador tus informes. Y le apremiaré para que los haga llegar a la Corte con el primer correo.

—Gracias Carlos. Supondrán un duro mazazo. Qué duda cabe de que las noticias son malas, pero como dice el refrán, más vale prevenir que lamentar…

2

Aquel día de principios de 1737, el 3 de febrero, D. Blas de Lezo cumplía la respetable edad de cuarenta y ocho años. Pero esa fecha constituiría además un hito destacado en su rica biografía por un motivo añadido, pues con la siguiente marea partiría rumbo a Nueva Granada, a bordo del navío de guerra «Conquistador». Atrás dejaría una dichosa estancia en Cádiz. En el Puerto de Santamaría había residido todo un feliz año con su esposa Dª. Josefa Pacheco, conocida cariñosamente como la «gobernaora», y con su hijos Blas, de diez años, y las pequeñas Josefa y Agustina.

Junto al «Conquistador» zarparían el «Fuerte» y una flotilla de siete galeones de mercancías.

D. Blas acababa de acomodar a su familia a bordo, y realizaba ahora las últimas tareas de supervisión en cubierta.

La mañana se presentaba muy fría. Tanto, que Cádiz no parecía Cádiz. Una brisa muy fina y penetrante soplaba racheada desde tierra adentro. El bravo Almirante se estremeció. Hizo ademán de cubrirse la garganta subiendo el cuello de su capa. La gélida impresión le trajo a la memoria a su Pasajes natal, cuando en las mañanas de invierno, en los días de infancia, salía hacia la escuela envuelto en su abrigo, fuertemente agarrado a la mano de su buena madre.

¡Qué lejos quedaban ya aquellos felices días! ¡Cuántas cosas habían pasado desde entonces! No fue capaz de evitar que se le escapase un ligero suspiro de nostalgia.

Hacia el Este comenzaba a adivinarse la tenue luz del amanecer.

—¡Se presenta el Teniente de Navío Fernando de Castro!

El Almirante se sobresaltó visiblemente. No había advertido la sombra que se había acercado hacia él, desde la pasarela del puente, hasta que ésta hubo hablado.

—¿Ha dicho «Teniente de Castro»?

—Sí, señor. ¡A sus órdenes! Estas son mis credenciales —dijo mientras le extendía un sobre cerrado.

Se trataba de un hombre joven. Sin ser alto, era ancho de espaldas, y sus facciones, sobre todo en la barbilla, cuadrada y firme, parecían haber sido esculpidas a cincel.

Todo ello causó una favorable impresión en Lezo.

—Puede bajar la mano, teniente.

»Y…, dígame, ¿nos conocemos?

—No señor.

»He sido destinado para asistirle en su nuevo puesto en Cartagena de Indias.

—¿Asistirme? ¿Qué quiere usted decir?

—Ha parecido oportuno a la Corona que navegue a su lado, y le sirva de colaborador inmediato en Nueva Granada. Para mí será un gran honor. Creo que en ningún lugar podré aprender más que junto a un hombre de su trayectoria, si me permite el comentario.

D. Blas era hombre de carácter. Sólo así podía haber llegado hasta donde lo había hecho, y sólo así podía haber cosechado el sinfín de victorias que llevaba ganadas hasta entonces. Ciertamente, el Almirante era un hombre de corazón, y de elevados principios, pero ocultos bajo unas formas duras y directas.

Su duro temple de marino vasco se había venido aquilatando desde niño.

Detrás de las palabras de un hombre que se presentaba destinado para aprender de su experiencia, creyó ver a una especie de lazarillo. A alguien que se le enviaba para socorrerle, como se auxilia a un inválido, o a un tullido. No en vano, Lezo sabía que en algunos ambientes era conocido como «patapalo» o incluso «mediohombre», pues a lo largo de su dilatada carrera, en la misma medida en que había ido combatiendo y expulsando a los enemigos de España de medio mundo, había ido perdiendo sus miembros como prueba tangible de su valentía y arrojo en el combate. A sus cuarenta y ocho años, carecía de un brazo, de una pierna y de un ojo. De ahí el molesto mote que, aunque las más de las veces con cariño, algunos le dedicaban.

No le hacía ninguna gracia la presencia de un ayudante, pero como militar que era, estaba habituado a obedecer. Además, aquel joven Teniente carecía de culpa. Tal vez por este motivo, trató de suavizar su respuesta.

—Mira, hijo. No necesito asistencias de ningún tipo. De todas formas, acomódate a bordo. Una vez que hayamos zarpado, ya hablaremos.

Algo contrariado, de Castro se despidió.

—A sus órdenes, Señor.

Cuando se hubo alejado un poco, Lezo musitó entre dientes:

—Un ayudante. Lo que faltaba…

Un par de horas más tarde, tan pronto como llegó la marea, el Almirante comenzó a impartir las órdenes de partida. La pequeña flota emprendía la larga travesía que le llevaría hasta el otro lado del Atlántico, hasta las costas caribeñas de Cartagena de Indias.

Hacía ya un buen rato que había amanecido. Se anunciaba un día claro y soleado. Las gaviotas revoloteaban bulliciosas en torno a los barcos.

Un nutrido grupo de espectadores observaban entre asombrados y curiosos la maestría y autoridad con que aquel hombre dirigía las operaciones, mientras se paseaba de un lado a otro de la cubierta con su pata de palo a cuestas.

Entre los mirones se encontraban dos marineros franceses. Habían llegado hacía dos días desde Marsella, a bordo de un buque mercante. Uno de ellos comentó divertido:

—¿Has visto, Mercier? Quién diría que semejante ruina de hombre sería capaz de manejar toda una flota él solito.

»Y no lo hace mal, el muy bellaco.

—Pues resulta, mi buen amigo Poignon, que ése al que tú te atreves a calificar de «ruina», es el mejor Capitán que haya surcado las aguas en nuestro siglo.

—¿Ése tullido? ¿Quieres reírte de mí?

—En absoluto. Lo único que pretendo es sacarte de tu profunda ignorancia.

—¡Bah! No puedes engañarme. No soy tan botarate como para creerme una tontería tan grande.

—Estoy dispuesto a apostar para demostrarte que lo que te digo es verdad.

—¿Incluso una ronda de Jerez?

—Incluso todas las rondas de vino que seas capaz de meterte en el gaznate.

El tal Poignon volvió a contemplar el lamentable aspecto físico de Lezo. Viéndole tan mal parado, se convenció de que su compañero se estaba marcando un farol. Sin duda estaba buscando un modo de reírse de él a costa de su inexperiencia.

Sonrió y, poniendo cara de quien no es tan tonto como para dejarse engañar fácilmente, respondió:

—¡Acepto! ¡Vengan esas jarras de buen vino de Jerez! ¡Pero

a condición de que sea Villerouge sea quien dirima nuestra disputa! Nadie conoce la mar y a sus hombres mejor que él.

—¡Trato hecho! ¡Que Villerouge sea nuestro árbitro!

Los dos sabían muy bien dónde podrían encontrar a su sabio experto de los mares: en una cercana taberna regentada por un compatriota y, por ese motivo, preferida de los franceses.

Había muy poca gente bebiendo a esas horas, sólo un par de borrachines del puerto.

Afortunadamente, tal y como habían previsto, con ellos se hallaba también Villerouge. Todavía no estaba ebrio, aunque sí un punto achispado. En cuanto vio entrar a sus dos camaradas por la puerta, se le iluminó el rostro y les invitó a sentarse junto a él:

—¡Venid aquí, mis buenos amigos Poignon y Mercier!

—Precisamente te estábamos buscando, Villerouge. Verás…, queríamos dirimir una duda que ha surgido entre nosotros en el muelle, y de común acuerdo hemos decidido que tú seas nuestro juez.

El hombre, ya de por sí jubiloso, se sintió muy halagado:

—¡Juez! ¡Ja, ja! ¡Esta sí que es buena…! Decidme en qué os puedo ayudar. Si está en mi mano, lo haré con gusto. Pero antes necesitaré beber algo. Hoy me he levantado con una sed de beduino…

—No te preocupes, pide todo el vino que quieras. Pagará uno de nosotros, tú decidirás quién.

—¿Yo…? ¿Para eso es para lo que necesitáis un juez?

—No, no. No te inquietes. No tendrás que decidir quién de los dos habrá de pagar. Bastará con que nos des tu opinión respecto a una cuestión que queremos someter a tu conocimiento.

»Es una apuesta, ¿sabes?

—¿Una apuesta, eh…? ¡Eso ya me gusta más! ¡De acuerdo! ¡Contad conmigo!

Pidieron una ronda de vino, que Villerouge se apresuró a

catar, mientras Mercier y Poignon le describían el aspecto del Almirante español al que habían visto en el puerto, así como su autoridad y pericia a la hora de dirigir las operaciones previas a hacerse a la mar:

—Ése debe ser el Almirante D. Blas de Lezo, no hay duda. No hay otro con esas características, y mucho menos con esas dotes de mando.

»¿Decís que se va de Cádiz? —preguntó apenado el oráculo de los mares.

—Sí. Si es él, como dices, está zarpando en este mismo momento al mando de toda una flota.

—Pues sí. No me cabe duda de que tiene que ser él.

»Lástima —me hubiera gustado saludarle.

—¿Tú… le conoces… personalmente? —preguntó Mercier asombrado.

—¡Por supuesto! El viejo Villerouge tuvo el honor y la suerte de acompañarle en unas cuantas ocasiones…

—Y ese Blas de Lezo… —preguntó tímidamente Poignon, que comenzaba a intuir que iba a perder la apuesta—, es un tipo… ¿con arrestos?

—¿Con arrestos? Es el mejor hombre que tiene la Armada española. Y no sólo la Armada española… probablemente sea el mejor marino que conocen los siete mares… Al menos de los que están vivos, que a los muertos no los he conocido a todos.

»¡Pero qué digo probablemente! ¡Sin ninguna duda que es el mejor!

»¡Estudió en Francia! —añadió Villerouge con orgullo—. ¡Y sirvió por primera vez en la flota del Conde de Toulouse! ¡Ahí fue donde le conocí yo!

»Veréis…, participó en la batalla de Málaga, en agosto de 1704, con sólo quince años.

»Siendo tan joven, luchó con un valor admirable, hasta que una bala de cañón le arrancó la pierna izquierda.

»Íbamos a bordo del Foudroyant. Durante la brutal operación de amputarle la pierna no profirió ni un solo lamento. El doctor nos dijo que jamás había visto algo igual.

»¿Os imagináis lo que podía significar eso para un chiquillo de quince años? ¿El dolor físico, al que se añadiría el moral, de ver cómo te cortan la pierna justo por debajo de la rodilla? ¿El dolor de pensar que pierdes un miembro tan necesario..., para siempre?

»Aguantó la cauterización de la herida, al introducir el muñón en aceite hirviendo, con el mismo temple con el que había aguantado toda la operación. Y con un trago de ron como todo calmante...: ¡bah! ¡Ya no hay jóvenes como los de antes!

»Baste decir que su valiente actitud le valió el ascenso a Alférez de alto bordo, concedido personalmente por nuestro Rey Luis XIV.

Mercier y Poignon escuchaban asombrados. El último daba ya por perdida la apuesta. Pero con el aliciente de que Villerouge conocía de primera mano al personaje, ambos continuaron escuchando con gusto el vivo relato.

El resuelto orador, a causa del vino y del interés que mostraba su exiguo auditorio, se iba también creciendo:

—Debido a las graves heridas que os acabo de contar, se le ofreció ser asistente de cámara en la Corte de Felipe V de España.

»Pero su valeroso corazón no estaba hecho para las blanduras de la Corte.

»No dudó en volver a bordo.

»Al poco de hacerlo, derrotó al navío inglés Resolution, que no sería más que el primero de una larguísima lista.

»Fue tanto su valor que, como premio, se le permitió llevar los buques británicos apresados hasta su Pasajes natal, al Norte de España, en el País Vasco.

»Pero lo que roza ya la leyenda fue su actuación, en 1706, frente a las costa de Barcelona.

—¿Qué fue lo que hizo allí? —se apresuró a preguntar Mercier.

—Veréis..., allí se le ordenó abastecer la ciudad.

»Como los ingleses tenían cercado el puerto, inventó un

ingenioso ardid: prendiendo fuego en gavillas de paja húmeda, produjo una humareda tan densa, que consiguió burlar el bloqueo británico sin ser visto.

»Por si esto fuese poco, recubrió sus balas con un material inflamable que incendió la estructura de los barcos enemigos.

»¡Ahí comenzó a hacerse famoso entre los ingleses: el temido D. Blass…, como le llaman ellos!

Conforme avanzaba el relato, también Mercier mostraba signos crecientes de admiración. En un momento dado, no pudo por menos que exclamar:

—¡Había oído hablar de Lezo como de un gran hombre de mar, pero jamás le hubiese creído capaz de tanto!

Poignon guardaba silencio. Sin embargo, pareció molestarse con la interrupción de su amigo. Estaba claro que quería seguir escuchando nuevas hazañas de su recién descubierto héroe.

Villerouge dio un trago y, sin hacerse de rogar, continuó satisfecho:

—¡Pues aún no habéis escuchado nada!

«En la defensa de la fortaleza de Toulón frente a las tropas del Duque de Saboya, una esquirla le dañó el ojo izquierdo. Perdió la vista por ese lado. ¡Pero tampoco esa «minucia» le hizo desistir de continuar en la mar!

»Tan pronto como se recuperó, fue destinado a Rochefort. Allí entabló terribles combates contra los ingleses y, entre otros, apresó al célebre «Stanhope». Éste le triplicaba en fuerzas. Pero cuando los británicos vieron que D. Blas conseguía asaltarles al abordaje, les entró un gran pavor y se vieron perdidos. Los ingleses siempre han temido el abordaje de los españoles.

Villerouge había seguido bebiendo entre frase y frase. De repente, su entusiasmo entró en abierta lucha por vencer la torpeza mental que comenzaba a invadirlo:

—¡Ah, D. Blas…! ¡Podría continuar hablando de él sin cesar!

—¡Pues continúa! —le arengó Poignon, al que ya no le

importaba una apuesta que, sólo con lo oído hasta entonces, sabía que había perdido.

Haciendo un pequeño esfuerzo, el viejo marinero retomó la palabra:

—Recuerdo que al poco de ser ascendido a Capitán de Navío participó en la reconquista de Mallorca, de manos de los ingleses.

»Después, nombrado General de la Armada y enviado a los Mares del Sur, sus victorias sobre británicos y holandeses fueron tantas, que limpió el Pacífico de corsarios.

»¿Queréis que siga? Pues sírveme otro vaso, Mercier, ¿cómo quieres que hable con la boca seca?

Echó un nuevo trago y añadió:

»Hace sólo tres o cuatro años, no lo recuerdo con total exactitud, Lezo volvió al Mediterráneo a reconquistar la ciudad de Orán para España. Lo consiguió, pero el pirata Bey Hacen logró escapar y aliarse con el Bey de Argel. Ambos jefes berberiscos organizaron una gran flota para recuperar la ciudad. Sin embargo, bastó con el regreso de Lezo al mando de siete navíos de guerra para que los musulmanes huyeran despavoridos.

»D. Blas persiguió a la nave capitana enemiga hasta el baluarte de Mostagán, en Argelia, cuya bahía se hallaba defendida por dos fuertes y unos 4000 hombres.

»Cualquier otro hubiera desistido, pero Lezo continuó hasta meterse de lleno en el avispero. Allí dirigió el fuego de sus barcos contra las dos fortificaciones, a las que literalmente arrasó.

»Con el asalto de la nave capitana, logró derrotar definitivamente a los africanos.

»Todavía continuó patrullando durante meses por aquellas costas, y con ello impidió que los argelinos recibieran refuerzos desde Estambul.

Llegado a este punto del discurso, Villerouge inclinó la cabeza sobre la mesa y se quedó dormido como un niño.

Mercier y Poignon se observaron mutuamente y, como si con el mero cruce de miradas hubiese bastado para comunicarse, salieron de la taberna a la carrera.

—¡Eh! ¡Vosotros! ¿A dónde creéis que vais? ¿Quién paga el vino de vuestro amigo?

Sin detenerse, Mercier respondió:

—¡Él mismo, en cuanto despierte!

Querían volver a puerto y contemplar de nuevo con sus propios ojos, siquiera por un instante, al personaje de cuyas hazañas acaban de ser testigos a través de la elocuencia del inefable Villerouge.

Pero era demasiado tarde.

Las naves surcaban ya el mar abierto en la lejanía. Sólo los altos mástiles, con sus velas henchidas al viento, eran visibles desde el muelle.

Pronto se ocultarían de la vista en el horizonte. Se adentraban en las inmensidades del Océano Atlántico...

3

Hay quien sostiene que no había en todo Cartagena una muchacha más linda que Dª. Consuelo de Mairena. Cuando se paseaba a lo largo del espléndido marco de la Puerta del Reloj, acompañada por sus señoritas de compañía, la ciudad entera parecía engalanarse como para una fiesta.

La joven criolla procedía de una notable familia andaluza.

Su padre, D. Luis de Mairena, era por aquellos años un floreciente comerciante de la región. Su madre, Dª. Leonor de Santullán, era mujer norteña y de muy recia voluntad, a la que los largos años de residencia a disgusto en el trópico, no habían hecho sino endurecer. Se decía que, en realidad, Dª. Leonor era quien llevaba la voz cantante en aquella casa, limitándose D. Luis a actuar a los dictados de su decidida esposa.

De un tiempo a esta parte, los más observadores entre los que frecuentaban los alrededores de la Catedral o de la Plaza de Santa Teresa, aseguraban que algo nublaba el bello rostro de Dª. Consuelo. Algo muy penoso debía de ser, pues la joven era discreta y juiciosa y, a pesar de su aparente fragilidad, había heredado el indómito carácter de su madre.

Hay quien decía que estaba enamorada. Los más audaces incluso se atrevían a aventurar el nombre del afortunado galán. Pero lo cierto es que entre éstos no conseguían ponerse de acuerdo, pues unos atribuían los afectos de Dª. Consuelo a este joven, y otros los dirigían hacia este otro. Pero la mayoría se inclinaba por D. Gonçalo de Oliveira, un adinerado caballero portugués que había hecho escala hacía algunos años en Cartagena, y que, según decían otros autores (de esos que con algunos pocos datos cogidos al vuelo componen toda una fantástica historia) decidió quedarse el día en que sus ojos contemplaron por primera vez a Dª. Consuelo.

Sea como fuere, algo oprimía el corazón de la joven, y, si bien no estaba claro del todo que se tratara de mal de amores, ésta no era capaz de disimular su pesar.

Aquel día de marzo de 1737 la comitiva de Dª Consuelo regresó a casa tras realizar el habitual recorrido alrededor de las murallas. En casa de los Mairena se acostumbraba a cenar a las siete; después se recibían algunas visitas con las que se departía al frescor de la brisa nocturna, hasta bien pasadas las diez de la noche.

Nada más llegar a casa, Dª. Consuelo se dirigió con inusitada presteza hasta su habitación. Quería estar sola. Su penoso esfuerzo por ocultar el dolor le había fatigado mucho y le hacía padecer un fuerte dolor de cabeza. Todavía quedaba más de media hora hasta la hora de la cena. Nada más entrar en su aposento, cerró la puerta con llave y se arrojó sin fuerzas sobre la cama. Se sentía muy desgraciada.

Pero apenas había tenido tiempo de desahogarse y de derramar alguna lágrima furtiva, cuando su madre llamó a la puerta:

—¡Consuelo! ¡Consuelo, abre…! ¡Soy yo! ¡Tu madre!

La joven abrió. Su rostro denotaba una gran tristeza. Era imposible ocultar a su madre que había llorado.

—Consuelo, es la última vez que me haces esto. Hoy has dado un pésimo espectáculo en toda la ciudad. Hasta que no cambies de actitud, no volveremos a salir.

»No debes olvidar nunca tu posición. Eres una Mairena. Se

supone que sabes desenvolverte. Quiero que dejes esas mañas de niña mal criada y que me obedezcas.

»A partir de ahora vas a comportarte como sabes que me gusta.

»Esta noche vendrá D. Gonçalo. Te presentarás con el vestido azul, y te mostrarás radiante. ¿Me has comprendido?

»Lávate la cara y sonríe de modo que nadie pueda sospechar que has estado llorando.

—Pero madre: ¡yo no amo a ese hombre! Jamás podría amar a alguien así...

—¡Amar! ¡Ya estás con esas sandeces...! ¿Qué sabrás tú de la vida? ¿Qué sabrás del matrimonio? ¿Quieres vivir toda tu vida como una pobretona?

»Tu puesto está donde te digan tus padres.

»Y no quiero seguir hablando de este tema. Ha quedado dicha ya la última palabra. ¿Estamos?

Dª. Consuelo no quiso o no pudo responder. Tampoco su madre esperó a que lo hiciera. Se dio media vuelta y salió con la misma solemnidad y seriedad con que había entrado.

Pero durante toda la cena, Dª. Consuelo no se dignó abrir la boca. Desde luego, distaba mucho de presentar el aspecto radiante que su madre le había demandado.

Tomás, el benjamín de la familia, de tan sólo diez años, exclamó:

—Padre, a Consuelo le pasa algo. Está muy seria.

Bastaron estas simples palabras para provocar una auténtica tempestad familiar. Pues Dª. Consuelo, viéndose acorralada, podía llegar a encararse con su madre. De cualquier modo, y a pesar de haber sido educada en la más estricta obediencia a sus progenitores, era incapaz de aparentar una serenidad de la que carecía.

En tales circunstancias, Dª. Leonor hubo de transigir. Incluso

D. Luis, en medio de su indolencia, se vio en la necesidad de interceder por ella. Desde luego, su hija no podía presentarse así en el café de sobremesa con los notables de la ciudad, a pesar de que entre ellos se encontrara el mismo D. Gonçalo.

Éste se mostró muy contrariado cuando se le informó de que Dª. Consuelo estaba indispuesta y se había retirado a descansar, pues ahora que la cuestión del casamiento iba entrando por unos derroteros tan favorables, quería más que nunca estar cerca de su prometida, y acelerar el ansiado anuncio oficial del compromiso.

El portugués era un joven de veintiocho años, alto y delgado, de estampa desgarbada, y tez muy pálida, que no obedecía a una natural blancura de piel, sino a una naturaleza débil, sujeta a frecuentes achaques, impropios de su edad. Era, por lo demás, un hombre respetado y en extremo adinerado, lo cual constituía para Dª. Leonor carta de presentación más que suficiente.

El término empleado para aludir al «café» de después de la cena era un simple eufemismo, pues en casa de los señores de Mairena no faltaban los licores, y mucho menos en ese rato de amistosa conversación.

Dª. Leonor acostumbraba a tomar la bebida mezclada con alguna infusión. Era una manera sencilla de guardar las formas.

Los hombres, por el contrario, la bebían sola.

D. Luis, consciente de la tirantez del ambiente en aquella jornada, se apresuró a ofrecer una segunda copa a D. Gonçalo.

—¡Oh, sí! Muchas gracias, D. Luis. Creo que me vendrá bien.

»¿Sabe? Padezco de una tensión muy baja. Estas bebidas contribuyen mucho a elevarme el espíritu.

—No en vano, se las denomina bebidas «espirituosas» —añadió oportunamente el andaluz, sirviéndose él también una segunda copa.

Compartían tan ilustre velada el Vicealmirante de Lerma, hombre entrado en años, viudo y ya retirado, íntimo amigo de

D. Luis; y D. Pedro Martínez de Viedma y su esposa, Dª Beatriz. Oriundos de Asturias, descendían de una familia de ricos terratenientes que había amasado una gran fortuna con el comercio.

Por descontado, hay que señalar que quien sabía proporcionar auténtica vida a aquellas tertulias era Dª. Leonor. Ella dirigía con tacto exquisito cada reunión, entretejiendo de modo admirable sus conversaciones con las fuerzas vivas de la ciudad, siempre con miras a la consecución de sus propios intereses. Y lo sabía hacer con tal maestría, que los asistentes ni siquiera se percataban de ello, saliendo de su casa siempre complacidos.

Por supuesto, la señora de Mairena había preparado aquella noche con especialísimo esmero. No en vano se proponía sellar el compromiso entre el adinerado portugués y su desdichada hija. Los demás asistentes, por así decir, harían el papel de testigos.

Pero la ausencia de Dª. Consuelo lo trastocaba todo. Y esto irritaba de tal modo a Dª. Leonor, que no conseguía prestar la suficiente atención a los insulsos comentarios que, sin su habitual dirección, balbucían los presentes.

Afortunadamente para todos, D. Pedro Martínez de Viedma, hombre poco habitual en aquellas tertulias, era un ameno conversador. Dándose cuenta de que algo no terminaba de funcionar en la reunión, decidió tomar la palabra, y lo hizo con un tema que en seguida cautivó la atención de todos:

—Esta mañana ha llegado D. Blas de Lezo a la ciudad. Dicen que es uno de los mejores almirantes que ha dado España pero, la verdad, su aspecto deja mucho que desear.

—No se fíe usted de las apariencias —apostilló D. Luis—. Muchas veces, detrás de de un rostro o un físico anodino, puede esconderse una gran personalidad.

—Estoy de acuerdo. Pero es que en este caso... Vamos, que le faltan una pierna, un brazo y un ojo.

—¿Bromea? —preguntó Dª. Leonor, súbitamente atraída por el tema de la conversación.

—No bromeo en absoluto. Es como les cuento.

—Pues estamos aviados —comentó Dª. Beatriz consternada, mientras se refrescaba la cara con un bonito abanico de las Islas

Filipinas—. Si esa es la gran figura que viene a protegernos, más nos valdrá que al inglés no se le ocurra pasarse por aquí...

—Los ingleses vendrán. Si hay guerra, que desgraciadamente la habrá, vendrán a Cartagena, como me llamo Pedro.

—¿Qué le hace a usted pensar así? —le preguntó D. Gonçalo.

—Muy sencillo: Cartagena es la llave del Imperio español, y eso los británicos lo saben muy bien.

»Si quieren hacerse con toda la América, y en esto creo que estamos todos de acuerdo, no les queda otro remedio que pasar por aquí. Tomada Cartagena, tienen vía libre para conquistarlo todo hasta la Tierra del Fuego.

—No será tan fácil —apuntó una de las mujeres.

—Fácil o difícil, es lo que harán. No les quepa a ustedes la menor duda.

—D. Pedro tiene razón —subrayó D. Luis con solemnidad, y con ciertos aires de gran estratega—. Precisamente hablaba yo ayer con el Coronel ingeniero D. Carlos Desnaux y así me lo hacía notar. Me aseguró que, si se declara la guerra, la Corona teme en primer lugar por esta plaza. Precisamente por lo que ustedes acaban de oír de labios de D. Pedro: porque los ingleses conocen muy bien su vital importancia estratégica.

»De aquí parten las caravanas de galeones con rumbo a España.

»Su bahía es un puerto natural de los mejores del mundo. Si España perdiera Cartagena, colapsaría su comercio con la América. Insisto: los británicos lo saben, y hacen sus planes.

—Como portugués que soy, creo que mi opinión es, en cierto modo, más neutra y, sin embargo, debo decir que comparto su apreciación. Quien tenga Cartagena, tiene un gran trecho ganado en la conquista de la América del Centro y del Sur.

—Celebro que esté conmigo. Pues, si me disculpa el atrevimiento, en caso de guerra entre los ingleses y nosotros, mucho me temo que su patria se pondrá de lado del inglés.

—¡Oh, vamos! ¿No me va a venir ahora con esa patraña de la «tradicional amistad anglo-portuguesa»?

—No es ninguna patraña, mi buen D. Gonçalo, es la alianza diplomática más duradera en la historia de la humanidad. Viene nada más y nada menos que de 1386, si no me falla la memoria.

—¿Se refiere al tratado de Windsor?

—Al mismo.

Viendo D[a]. Leonor que, por algún motivo, ante la insistencia de D. Pedro, el rostro de su futuro yerno se demudaba, trató de echarle un capote:

—Ese tratado será todo lo antiguo que se quiera, pero los lazos de proximidad geográfica entre España y Portugal son aún más antiguos y no se pueden romper, porque pertenecen al orden de la naturaleza de las cosas.

❧

Durante la larga y penosa travesía encontraron una terrible tempestad en medio del Atlántico, precisamente cuando más alejados se encontraban de tierra, y de toda posibilidad de buscar refugio en cualquier puerto seguro de Madeira, las Canarias o Cabo Verde. El viento soplaba huracanado y las olas de la impresionante mar arbolada desafiaban la estabilidad de los barcos, saltando a cada rato sobre cubierta, donde eran capaces de arrastrar con su inusitada fiereza cualquier cosa que encontraran a su paso.

Los pasajeros debieron permanecer encerrados durante días, sin tan siquiera poder salir a tomar el aire.

Mientras tanto, la tripulación, fuertemente amarrada a sus puestos, hacía frente como podía a tan adversas condiciones atmosféricas.

Pero fue precisamente aquí, en medio de tan recia tormenta, donde D. Blas pudo apreciar las cualidades de D. Fernando de Castro. Pues el Teniente supo permanecer en todo momento en su puesto, allá donde más se le necesitara, demostrando ser un excelente hombre de mar.

Nadie lo hubiera aventurado el día de la partida desde Cádiz, pero el buen carácter, la valentía y, sobre todo, la seriedad con la que el joven oficial se tomaba su trabajo, consiguieron hacerle acreedor de la estima del normalmente poco impresionable Almirante.

Fue a partir de este momento cuando el veterano Lezo comenzó a tomar aprecio a su auxiliar.

Gracias a Dios, al atravesar la barrera de las pequeñas Antillas, la borrasca comenzó a perder fuerza, amainando por completo a partir del día siguiente. Por fin los maltrechos viajeros pudieron volver a respirar aire puro.

El buen tiempo les acompañaría ya definitivamente hasta la entrada en la misma bahía de Cartagena.

❧

El día de la llegada a su nuevo destino, D. Blas se dedicó a instalar a su mujer y a sus hijos en la casa que se les había asignado, en la calle de la Ronda.

Pero, sin tomarse un solo día de descanso, desde la mañana siguiente, se propuso comenzar a inspeccionar el estado de las defensas de la ciudad.

De igual modo actuaría durante las sucesivas jornadas, sin concederse el más pequeño respiro hasta no haberse formado una idea cabal del estado de conservación y necesidades de mejora de la artillería e instalaciones de los diferentes baluartes.

D. Fernando no se separó de él ni un solo instante, acompañándole a todas partes durante todas y cada una de aquellas extenuantes visitas.

Recorrieron por tierra o en barco la entera bahía, de más de quince kilómetros de longitud, así como la isla de Tierra Bomba y todos y cada uno de los castillos, baluartes o baterías de cañones que defendían los alrededores de la ciudad. Partiendo desde el principal, el de S. Felipe de Barajas, se dirigieron hasta los más alejados de S. José o S. Luis, al otro lado de la bahía, y custodios de la entrada de Bocachica.

Tampoco dejaron de examinar el cercano Convento de la Popa, ubicado sobre el único punto elevado del territorio en varias leguas a la redonda. Se trataba por eso de un lugar estratégico desde el punto de vista de la defensa militar de la plaza.

No dejó de impresionar al teniente, en ésta su primera visita a tierras del trópico, la frondosa vegetación que, en medio de un clima tan húmedo y caluroso, crecía exuberante por doquier. Incluso en la propia isla de Tierra Bomba, a pesar de que las aguas de sus cuarenta y cinco kilómetros cuadrados de tierra baja eran todas salobres.

Pero sobre todo le impresionaron las «bongas», un tipo de árbol que podía adquirir proporciones gigantescas, tanto en el grosor de sus troncos y raíces, como en la altura y extensión de sus copas, que parecían ideadas para proteger con su generosa sombra a los habitantes de unas tierras que eran tórridas durante los trescientos sesenta y cinco días del año.

Al final de tantos días de inspección, ya cansado, D. Blas se sentó en su gabinete de trabajo e indicó a su ayudante:

—Fernando, toma la pluma y escribe lo que te voy a dictar. Éstas van a ser nuestras tareas para las semanas que vienen:

»Las defensas de la ciudad de Cartagena se hallan en un estado calamitoso, hay poca artillería y está en mal estado de conservación. Faltan municiones y escasea la pólvora: según mis estimaciones, hay apenas 3300 libras.

»Será necesario abastecer a la ciudad y reforzar los baluartes.

»Además, para obligar a toda embarcación que llegue a Cartagena a penetrar por un único lugar y defender la bahía de incursiones enemigas, debemos proceder a verificar el estado del dique submarino de Bocagrande, deberá ser cegado allá donde se hayan abierto vías de paso entre la arena. Por otro lado, en Bocachica se instalarán cadenas que abran y cierren el paso según sea necesario.

—¿Unas cadenas para cerrar la bahía? — casi se le escapó a Fernando, llevado de su asombro.

—Sí, eso es lo que debemos hacer. No creas que es una idea tan descabellada. Esas cadenas existen en otros lugares. Yo las he visto en Pasajes, mi aldea natal, donde desde antiguo se utilizan para cerrar el paso al puerto por la noche, y en casos de peligro, ante posibles ataques enemigos.

—Pero, a pesar de su nombre, Bocachica es muy ancho.

—No será un problema. La cadena se construirá de la longitud precisa y se levantará o hundirá a merced, mediante la ayuda de bueyes, mulas o cualquier otra bestia de carga.

Después de meditarlo un poco, al joven Teniente se le iluminó el rostro y exclamó:

—Sí. Es una gran idea. Supondrá un obstáculo insalvable, incluso para una gran flota.

—De eso se trata, Fernando. Por desgracia, mucho me temo que de aquí a pocos meses tendremos ocasión de medir su eficacia.

—¿Vos creéis que los ingleses atacarán?

—Como me llamo Blas que lo harán. Y no sólo eso, sino que vendrán con toda la fuerza de la que sean capaces. Pero para eso estamos aquí tú y yo: para impedirles el paso. Y lo conseguiremos.

»Te aseguro que no pasarán. No, si somos capaces de mantener alta la moral. Trabajo y moral de victoria, eso es lo único que precisamos.

»Si ponemos todo de nuestra parte y mantenemos la confianza en nuestras propias posibilidades, no habrá enemigo exterior que nos pueda vencer. Recuérdalo siempre: el peor enemigo es el interior, el que corroe desde dentro, como la polilla, el que socava la unidad de las propias fuerzas.

De repente, D. Blas, poco amigo de discursos, dándose cuenta de que estaba pronunciando uno, se detuvo y dijo:

—Perdona, Fernando. Creo que me estoy haciendo mayor. A veces me pongo a hablar y hablar, casi sin darme cuenta.

»Retírate ya si quieres. Hemos terminado por hoy. Necesitarás descansar. Mañana tendremos un largo día por delante. Habrá que empezar a poner por obra cuanto hemos anotado en la lista.

—¿Necesita algo? ¿Quiere que le acompañe a casa?

—No, gracias. Estoy cojo, pero todavía puedo valerme por mí mismo.

»Anda, Fernando, no te preocupes por mí. Mañana nos veremos.

—A sus órdenes.

Fernando vivía en las dependencias militares ubicadas en el mismo edificio en donde acababa de despachar con el Almirante, no muy lejos de la casa de éste. Aún era pronto, quedaba una hora hasta el anochecer, que en latitudes tan próximas al ecuador se produce todo el año a las seis de la tarde, poco más o menos.

Decidió salir a recorrer la bella ciudad a caballo, en dirección hacia el Convento de la Popa.

El día era espléndido. Aún estaban en marzo y, por tanto, faltaban algunas semanas para que llegara la temporada de lluvias. El calor apretaba, pero eso era inevitable en el Caribe. Además, dada la hora, el sol estaba ya muy bajo en el horizonte y la brisa marina atenuaba un poco el bochorno, hasta hacerlo muy llevadero. El joven Teniente, que había llegado a Cádiz en febrero directamente desde el frío Norte, sintió en su pecho una súbita emoción propia de quien, después de un largo y desapacible invierno, se reencuentra repentinamente con la primavera. Después de la prolongada travesía, y de las exigentes jornadas de trabajo impuestas por D. Blas, aquél era el primer momento que gozaba de un rato de asueto. Un rato en el que podía expansionarse a sus anchas.

Recorría extasiado la bella ciudad, donde la esmerada arquitectura de sus casas le traía a la mente recuerdos de su paso por Extremadura y Andalucía. Sólo existía una diferencia: aquí no existían los típicos enrejados en las ventanas. En su lugar, balcones y celosías eran de madera barnizada y pintada. El motivo era el clima. En el Caribe el calor y la humedad eran muy elevados durante todo el año. Y ambos factores, al aliarse, maltrataban duramente al hierro. Sin duda, ésa debía de ser una de las causas por las que habían encontrado la artillería en tan mal estado.

Otra gran diferencia estribaba en sus gentes: un variopinto colorido de razas se entremezclaba hasta conseguir todas las combinaciones posibles: negros, blancos, indios, mulatos, cuarterones, zambos...

Las vestimentas, aunque más ligeras que en España, no diferían sustancialmente de las que allá se utilizaban en el verano.

Cautivado por cuanto iba viendo el apuesto jinete, que nunca antes había viajado fuera de Europa, descuidó un tanto el gobierno de su montura. Incluso de una manera más o menos inconsciente, le dio rienda suelta para que trotara con mayor brío. Era agradable sentir en el rostro la brisa ligeramente refrescante.

—¡Eh, cuidado! ¡Mire por dónde va! —le espetó con cierta brusquedad un grueso tendero desde la puerta de su establecimiento de frutas.

El grito sirvió para que Fernando, que cabalgaba absorto, regresara a la realidad.

Tiró de las riendas de su caballo, que comenzó a acortar el paso precisamente cuando cruzaba la esquina junto al convento en donde había vivido San Pedro Claver, «el apóstol y esclavo de los negros», como le gustaba llamarse.

Por desgracia, en el mismo momento en que esto ocurría, circulaba desde la calle de San Juan de Dios un distinguido carruaje en el que, a juzgar por el detalle de su acabado, iba montado algún personaje principal. La velocidad a la que circulaba era también superior a la que sería de esperar en el interior de la ciudad.

El caso es que caballo y carruaje sufrieron un aparatoso encontronazo, de resultas del cual el animal se lastimó una pata. Por su parte, dos de los radios de la rueda trasera del coche se partieron por la mitad.

Fernando salió indemne del lance, pero no así su orgullo, que se resintió ligeramente. Nunca hasta entonces había sufrido un accidente.

Tan pronto como se hubo recuperado del susto, se acercó a auxiliar a los viajeros del vehículo.

Todos estaban bien, desde el chófer, hasta las dos mujeres que viajaban detrás. Dª. Leonor fue la primera en salir, echa una furia:

—¡Es que no puede usted mirar por dónde va! Mire: ha destrozado una de las ruedas. Ha dejado el coche inservible. Con lo tarde que es, ya no llegamos a tiempo a la cita.

—¡Señora! Yo..., lo siento de veras. Me distraje un momento y...

—Y nada. Lo que ocurre es que la juventud no tiene cabeza.

—Le pido mil disculpas. Soy el Teniente Fernando de Castro. Vivo en la calle del Cuartel. Si puedo hacer algo por ustedes, estaré encantado de reparar el daño que les he causado.

—Déjelo. No se preocupe. Ya no tiene remedio.

»¡Eliécer! Vaya a reparar el coche. Nosotras regresaremos a casa caminando.

—Sí, señora.

—¡Consuelo! Baja, por favor. Volvemos a casa.

Consuelo, que hasta entonces se había limitado a contemplar la escena y a escuchar asomada a la ventanilla, se dispuso a descender del carruaje.

Fernando, ya totalmente dueño de sí, se apresuró a ayudarle alargando el brazo.

—Permítame, señorita.

—Muchas gracias —respondió la niña, sin ocultar su satisfacción por tan galante ayuda—. ¡Oh! ¡Qué magnífico caballo! ¡Se habrá hecho daño! —exclamó al advertir la posición de la pata del animal.

—No, no creo que haya sido nada serio. Se repondrá con un poco de ejercicio.

»Pero déjenme que las acompañe a casa —continuó Fernando—. Al menos así podré reparar en algo el trastorno que les he causado. Además, a «Lalo» le vendrá bien. A esa pata no le conviene quedarse fría.

Para sorpresa de Consuelo y de ella misma, Dª. Leonor accedió al ofrecimiento.

—¿Puedo preguntar el nombre de ustedes?

—Soy la señora de Mairena —se limitó a responder ésta, al tiempo que dirigía una severa mirada a su hija, con la manifiesta intención de que se retrajera de contestar.

—¿Viven ustedes lejos?

—Oh, no muy lejos, en la playa de la Artillería —respondió esta vez Consuelo.

—Deben de tener unas vistas magníficas al mar desde allí.

—Sí —respondió la muchacha—. Desde la terraza de casa gozamos de unas puestas de sol maravillosas. Y por la noche acostumbramos a reunirnos a charlar aprovechando el frescor de la brisa nocturna.

»¿Lleva usted mucho tiempo en Cartagena? Por el acento se ve que es usted de la Península.

—Sí, bueno, llevo apenas una semana. Llegué en el «Conquistador», con D. Blas de Lezo. Soy su ayudante.

Incluso Dª. Leonor quedó impresionada con esta última afirmación. Le interesaba mucho conocer de primera mano qué se pensaba en España de lo que estaba ocurriendo con los ingleses. Y no le interesaba menos saber qué opinaba un militar tan bien situado.

—¡Ayudante de D. Blas de Lezo! ¡Qué emocionante!

»Madre, ¿verdad que D. Fernando nos honraría mucho si viniera un día a contarnos su viaje desde España y lo que se dice en la Corte acerca de la guerra?

Fernando estuvo a punto de rechazar la invitación alegando esas falsas humildades propias de quien acaba de ser halagado por una bella muchacha.

Afortunadamente, tuvo los suficientes reflejos para callar a tiempo y esperar a que Dª. Leonor diera su aprobación.

Sin embargo, la señora de Mairena consideró que aquel soldadito congeniaba demasiado rápido con su fácilmente impresionable hija.

Se disponía a aducir algún un pretexto amable, cuando una inesperada voz vino a interrumpir sus reflexiones:

—¡Leonor! ¡Consuelo! ¿Qué hacéis aquí?

Era D. Luis, que se asombraba de encontrar a su esposa e hija caminando en las proximidades de su casa, cuando él las hacía en la otra punta de la ciudad, visitando a D. Gonçalo.

También le extrañó ver a su hija radiante, cuando apenas media hora antes, al salir, tenía el aspecto de quien iba a asistir a su propio funeral.

Fue ella quien tomó la palabra para responder:

—¡Padre! ¡Hemos tenido un pequeño accidente! Pero no ha sido nada. Estamos ilesas, gracias a Dios.

»Eliécer ha ido a reparar el carro y D. Fernando, este amable Teniente de la Armada, ayudante de D. Blas de Lezo, se ha brindado a acompañarnos a casa.

»¿Verdad que sería una suerte que accediera a venir una tarde a acompañarnos al «café»?

Dª. Leonor vio impotente cómo su hija le ganaba la partida, pues D. Luis, con la rapidez de quien no precisa de una excusa para responder con una negativa, respondió sobre la marcha:

—¡Claro! Que venga cuando quiera. ¿Qué le parece mañana? Para nosotros será un placer.

Fernando no daba crédito a cuanto estaba sucediendo. Sin haber puesto nada de su parte, acababa de conocer a una lindísima muchacha, y a los pocos minutos, su padre le invitaba a una tertulia en su casa. Verdaderamente —pensó— el Caribe tiene cosas asombrosas...

Sin perder un instante, respondió:

—¡Oh, sí! Encantado. Ahí estaré...

—Venga a las ocho. Acostumbramos a iniciar la velada a las ocho.

—A las ocho... Seré puntual.

—Hasta mañana, entonces.

—Hasta mañana. —acertó a despedirse Fernando en medio de un gozo que no le cabía en el cuerpo. Pues tuvo la clara impresión de que estaba a punto de enamorarse o, tal vez, de que empezaba ya a estarlo...

4

En Londres las cosas iban tomando un cariz cada vez más negro para los intereses de España.

El Capitán Edward Vernon, el más firme partidario de la declaración de guerra, iba ganando posiciones sobre Walpole a ojos vista. Y no sólo en la Cámara de los Comunes sino, todavía mucho más, ante la opinión pública, que iba siendo cada vez más sensible a las bravatas de aquel irascible oficial de marina.

Además, Vernon tenía a su favor la experiencia de cuatro años en el Caribe, en la isla de Jamaica. Por eso, cuando hablaba de aquellos mares, lo hacía con un conocimiento de causa contra el que su contrincante Walpole nada podía oponer.

Resultó paradigmático uno de sus discursos, en el que llegó a ridiculizar con cierta fiereza la pusilanimidad del Primer Ministro:

—¡Se ha llegado a decir ante esta Sala que España es invencible en aguas del Caribe!

»¡Cuánta ignorancia encierran esas palabras! ¡Cuánta necedad se ven obligados a soportar nuestros oídos a cada rato! ¡Qué desgracia para la Corona y para la patria que hombres de un entendimiento y unas ambiciones tan limitadas sean los que rijan sus destinos!

»Gran Bretaña podría ser la dueña de los mares de las Antillas y de los mares del Sur. Y, por mi parte, estoy seguro de que, con el tiempo, lo será. *Debe* serlo. Está llamada a ello. A nuestro pueblo no le falta poderío ni grandeza.

»Tal vez sólo carezca de tales virtudes en sus representantes...

»Pero... Señorías..., quien se haga con el dominio de estos mares, se hará con los destinos del mundo.

»España nos lo impide, dicen algunos.

»A esos timoratos he de responder que, después de cuatro años en aquel rincón del mundo, he podido acumular una experiencia que muy pocos tienen. Y yo os digo: donde España es precisamente más vulnerable, es allá. El día que su Imperio sea herido en el corazón, todo él se vendrá abajo como una baraja de naipes.

»Los españoles realizan continuas depredaciones en los mares. Se ríen de nosotros y humillan a nuestros marineros, mientras nosotros permanecemos aquí, hablando y hablando, para finalmente, quedarnos siempre y de cualquier modo de brazos cruzados.

»Mientras tanto, ellos se ríen a nuestras barbas.

»Y yo pregunto. Pregunto a todo aquel que quiera responderme, a Lord Walpole, tal vez: ¿cuánto tiempo más vamos a continuar permitiendo esta humillación?

»¿Cuánto tiempo más vamos a permanecer de rodillas ante el orgullo español, que sigue pavoneándose a nuestra costa?

»Hay quienes piensan que Portobelo es inexpugnable. Que Cartagena es inatacable.

»Pues yo digo, Señorías, que tomados Portobelo y Cartagena, toda la América Central y del Sur, pasaría a nuestras manos. España quedaría aislada y su altivo Imperio se vendría abajo.

»Y voy a decir más, aún a riesgo de ser tomado por estúpido y presuntuoso. Dadme seis barcos y tomaré Portobelo.

»¡Os demostraré con los hechos, que no hay en toda América una sola fortaleza inexpugnable para nuestra Armada...!

La entusiasta ovación que levantó en el auditorio fue la clara prueba del fervor que las palabras de Vernon levantaban entre sus compatriotas.

Pero sería muy poco después, en julio de ese mismo año de 1739, cuando el mismo Edward Vernon tendría la oportunidad de repetir sus apasionados argumentos ante un círculo mucho más selecto. Esta vez lo haría ante una reducida reunión del Almirantazgo. Su notable experiencia en el Caribe le hizo acreedor de una invitación para exponer su punto de vista. Pues en dicho foro se estudiarían los pros y los contras, y se decidirían las posibles acciones a tomar contra España...

Durante la conferencia, el Capitán Vernon repitió con aplomo sus argumentos incidiendo en que con sólo seis barcos podría tomarse Portobelo, y en que también Cartagena de Indias era vulnerable, y podría ser conquistada para la Gran Bretaña.

«Además», repitió una vez más, con una tal dosis de convicción y seguridad, que logró causar una profunda impresión entre las autoridades presentes: «tomados Portobelo y Cartagena de Indias, todo estará perdido para España en América».

Terminada la reunión, un coche le esperaba para llevarle hasta su casa de Chatham, la aldea natal de su mujer, en Kent, a 37 millas del centro de Londres, en dirección hacia el Sureste.

Hacía un calor impropio para Inglaterra, incluso para el mes de julio. Las tres horas de viaje se le hicieron especialmente pesadas. Estaba deseando llegar a su hogar, abrazar a su familia y olvidar por unos días el ajetreo de la Corte.

Pero cuando llegó, estaba tan cansado que se retiró muy pronto a descansar.

Sin embargo, durante la madrugada, una inesperada visita le sobresaltó y le despertó. No sólo a él, sino también a su mujer, y a todo el personal de servicio.

Los perros ladraban enfurecidos.

El inoportuno visitante insistía en ver al señor de la casa.

—Edward, ¿esperas a alguien? ¿Quién puede ser a estas horas? —preguntó su esposa Sarah, entre somnolienta y asustada.

—No lo sé, cariño. Quédate aquí. Iré a ver qué es lo que pasa.

Vernon se levantó malhumorado. Se calzó las zapatillas, se ató su elegante batín de seda oriental, y salió por la puerta de la habitación. Allí mismo, en el rellano de la escalera, se encontró a su mayordomo Stephen, de pie y con una lámpara en la mano.

—Milord, es un emisario del Gobierno. Insiste en que debe usted acompañarle a Londres. Dice que debe presentarse en Whitehall a primera hora de la mañana.

En un primer momento, el aludido no supo si debía alegrarse o enfurecerse.

Sólo cuando se hubo despertado lo suficiente para poder razonar con claridad, optó por lo primero: ¡ser convocado por el Gobierno era una gran noticia! No podía significar más que una cosa: ¡alguien muy influyente le había tomado en serio, había tomado en serio sus recomendaciones!

Se despidió de su mujer con la promesa de regresar cuanto antes, y partió al instante de regreso a la capital, en el mismo carruaje que había traído al emisario hasta su casa.

A pesar de la fatiga acumulada y de la falta de sueño, el viaje de vuelta le resultó notablemente más placentero que el de ida. También el aire era notablemente más fresco y agradable.

Edward Vernon era consciente de que ése era el momento en que de verdad comenzaba el ascenso en su carrera política y profesional.

No se equivocó: a su llegada al Whitehall fue informado de su fulgurante nombramiento como Vicealmirante de la Armada y jefe del destacamento que debía zarpar inmediatamente con rumbo a Jamaica.

Junto con el nombramiento, sus oídos fueron regalados con unas palabras que, ni en sus ensoñaciones más atrevidas se hubiera jamás atrevido a imaginar:

—Desde este mismo instante queda usted autorizado para hostigar a cualquier navío español de la manera que crea adecuada, pudiendo hundir, quemar y destruir barcos enemigos, e incluso atacar las ciudades de Cartagena o Portobelo, en las costas del Mar Caribe.

»Además, podrá y deberá estudiar las posibilidades reales para un desembarco en territorio de las Colonias españolas, con el propósito de fundar establecimientos permanentes en Nombre de su Majestad, el Rey Jorge II de Gran Bretaña.

El flamante Vicealmirante casi no podía creer lo que oía.

¡Tanta alegría no podía ser cierta!: después de tanto tiempo de intrigas, de lucha, de mil sinsabores... ¡por fin su criterio prevalecía sobre el de Walpole! ¡Por fin tenía vía libre para actuar!

¡Ahora sí: ahora los españoles tendrían necesariamente que morder el polvo y reconocer la supremacía británica en los mares! Ya no habría más componendas ni intrigas entre ambas naciones. A partir de ahora quedaría claro de una vez por todas quién mandaba sobre las olas.

5

Si el Almirante Blas de Lezo había encontrado las defensas de Cartagena en pésimo estado, muy pronto se le presentaría un grave problema añadido: entre las milicias llegadas de España las enfermedades tropicales hacían estragos. La mortandad era muy alta. Tanta, que en poco tiempo algo más de la mitad murieron. De seis mil hombres de guerra, tan sólo dos mil seiscientos consiguieron adaptarse al clima sin perder en ello la vida.

Al drama humano que esto suponía, debía añadirse el hecho preocupante de que, si el número de refuerzos había sido insuficiente desde un principio, ahora se veía drásticamente reducido.

A pesar de todo, D. Blas continuó trabajando de firme. Con su empuje, las defensas de la ciudad mejoraban a un ritmo lento pero constante. El viejo lobo de mar sabía transmitir a sus hombres toda la energía vital que emanaba de su vibrante espíritu.

Con el tiempo, Fernando fue consiguiendo hacerse un sitio en los «cafés» de casa de los Mairena. Su facilidad de palabra, unida a su profundo conocimiento de las cuestiones bélicas que se debatían en las tertulias, así como su contacto directo con las cuestiones más importantes de política internacional entre España y la Gran Bretaña, hacían que se le escuchara con gusto, y que su presencia fuese siempre bienvenida por D. Luis. Pues si éste era por lo general incapaz de contradecir a su mujer, había un único punto en el que sin embargo no transigía: en su afán por estar informado de todo aquello que pudiese afectar a sus negocios entre Cartagena y España.

Por eso es por lo que Fernando había conseguido ablandar un tanto las iniciales reticencias de Dª. Leonor.

Es preciso destacar que, muy pocos días después del memorable accidente en el que Fernando había embestido al carruaje y entablado amistad con su hija, la desdichada señora hubo de asistir, entre asombrada y furiosa, a la inesperada partida de D. Gonçalo. Ocurrió apenas una semana más tarde: el portugués desapareció de Cartagena de un día para otro, sin siquiera despedirse. Emprendió un misterioso viaje del que, en realidad, no dejó información alguna de interés. Nada indicó sobre cuál era su destino final, ni acerca de la duración estimada de su ausencia. Tan sólo envío una breve nota en la que se disculpaba alegando que «debía solucionar algunos inaplazables asuntos de familia».

Varios meses habían transcurrido ya desde entonces. Durante ese tiempo, exceptuando un par de lacónicas misivas recibidas en las primeras semanas de navegación, una desde Portobelo y otra desde la Habana, nada más había vuelto a saberse de él.

Jamás Dª. Leonor se había visto tratada de una forma semejante. Conforme pasaba el tiempo, su enojo hacia «el infame portugués», como comenzaba a llamarle despectivamente en su fuero interno, iba en aumento. Se sentía humillada, ofendida y engañada. Precisamente cuando el matrimonio con Consuelo estaba a punto de ser anunciado a los cuatro vientos, D. Gonçalo había dado la espantada por respuesta.

Pero lo más extraño de todo era que ella estaba segura de que él había estado verdaderamente enamorado de su hija. Esas cosas no se le pasaban por alto a una mujer como Dª. Leonor. Por eso era por lo que no era capaz de comprender qué es lo que de verdad había podido ocurrir. ¿Acaso el «tenientillo» le había amedrentado? ¿Le habría amenazado? Porque desde luego, D. Fernando estaba loco por Consuelo... Y, lo que era peor, desde el día en que se conocieron, ella no pensaba más que en él.

Pero no. El tenientillo era demasiado noble como para haber hecho algo así.

Sea como fuere, debía haber algo que el portugués escondía. Algo muy poderoso que —y éste era el punto que más le escocía a Dª. Leonor— era más importante para él que Consuelo y su familia.

En cualquier caso, también la partida de D. Gonçalo, había contribuido a que Fernando pudiera entrar y salir de la casa de los señores de Mairena con mayor facilidad.

Con el tiempo, la joven pareja había logrado encontrar algunos minutos para conversar a solas durante los raros momentos de descuido de Dª. Leonor. Raros, pero suficientes para que los enamorados hubiesen podido declarar mutuamente sus sentimientos, y para que su amor se hubiera robustecido tanto como podía esperarse de una muchacha delicada y sensible, y de un noble y fogoso corazón militar.

Pero de ahí, a que Dª. Leonor consintiera en conceder la mano de su hija a quien ella consideraba como un simple militar, iba un grandísimo trecho. Era cierto que la carrera de Fernando prometía. Tan joven, ya era Teniente de Navío y ayudante de ese Almirante maltrecho que habían enviado para auxiliar a Cartagena. Pero a los ojos de Dª. Leonor, ser militar significaba vivir y morir pobre. Y eso, ella no estaba dispuesta a consentírselo a una hija suya. Una Mairena debía emparentar con alguien que le diera una posición. Y para Dª. Leonor no había más posición que la que daba el dinero.

El sábado 21 de noviembre de 1739 resultaría ser una fecha especialmente señalada en la ciudad. Una fecha de las que no se olvidan y quedan grabadas en la memoria colectiva de un pueblo a perpetuidad.

El día había amanecido esplendoroso. La brisa marina parecía ejercer un misterioso efecto tonificante, pues todos en la ciudad se mostraban especialmente eufóricos y gentiles.

Sin embargo, por la noche, durante el preciso rato de café en casa de los Mairena trascendería la noticia que, aunque esperada, no por ello resultaría menos dramática: Gran Bretaña acababa de declarar formalmente la guerra a España.

Nadie conocía aun el dato. O, dicho de otra manera, todos en Cartagena lo conocerían a la vez.

Es cierto que D. Blas había sido notificado apenas algunos días antes mediante un buque de aviso. Fernando había estado presente cuando su superior leyó la noticia. Recibió órdenes, sin embargo, de que no trascendiera por el momento. La declaración se había producido oficialmente el día 19 de octubre pasado.

Era, por tanto, algo ya conocido entre la entera población de la Península desde hacía semanas. El correo diplomático apenas había logrado adelantarse unos días al primer barco mercante que llegó con la noticia. En cuanto se supo en el muelle, comenzó a correr veloz, de boca en boca, como un reguero de pólvora, por toda la ciudad, y por toda Nueva Granada.

Ajena aún a tan inquietante declaración, la pequeña asamblea en torno al «café» de los Mairena había estado departiendo apaciblemente en su terraza sobre la llamada playa de la Artillería que, a pesar de su nombre, era una bonita calle cuyas casas asomaban al Caribe por encima de las murallas de la población. En aquella privilegiada atalaya, la proximidad del mar ayudaba a aliviar el húmedo calor reinante en la región durante los doce meses del año.

Hasta aquel momento, durante la tertulia habían tratado el reciente nombramiento de D. Sebastián de Eslava como Virrey de Nueva Granada, con sede en Santa Fe de Bogotá. Pero muy pocos eran los datos que se tenían en Cartagena acerca del citado personaje, más allá de su origen navarro.

Sin embargo, había trascendido un detalle alarmante respecto del tenor de la orden real de su nombramiento, pues en ella se hacía mención expresa de su especial mandato y obligación de defender la plaza de Cartagena de Indias frente a los más que posibles ataques ingleses que se avecinaban.

La mayoría de los presentes se mostraban intranquilos. Sin duda, el hecho constituía un paso más que les acercaba hacia el peor de los desenlaces. La noticia no hacía sino presagiar la proximidad de un inminente e indeseado ataque a la ciudad.

Un hombrecillo calvo cuyo nombre Fernando había olvidado, pero que se distinguía por su modo característico de pronunciar las «erres», al estilo de los franceses, sostenía con gran seguridad que, el Virrey, cuando llegara, se establecería en Cartagena.

—Tal y como están las cosas, «quedagse» en Bogotá «seguía» una «temeguidad». No se puede «defendeg» una ciudad «maguítima», como ésta, desde el «integuiog».

Con la ausencia del portugués y la consiguiente falta de pretendiente oficial, Consuelo había perdido el miedo a manifestar ante los invitados sus simpatías hacia Fernando. Por eso no temió afirmar de un modo más o menos pueril:

—Con la presencia de hombres valientes como D. Fernando y veteranos como D. Blas, personalmente no temo a los ingleses. Aunque se presentara aquí la Gran Bretaña en pleno, con todos sus habitantes.

Fernando trataba de no darse importancia y de menguar los entusiasmos de Consuelo. Sabía que, mientras Dª. Leonor no diese su brazo a torcer, cualquier manifestación de entusiasmo entre ambos, no haría sino empeorar las cosas.

D. Luis, aparentemente ajeno a cuanto ocurriera entre su hija y el teniente, ya fuera por falta de interés, o ya fuese por evitar verse en la necesidad de interferir en el criterio de su enérgica esposa, hizo oídos sordos al comentario de Consuelo, y volvió a interrogar a Fernando por enésima vez acerca de si él creía que se atacaría a Cartagena, acerca de cuándo pensaba él que llegaría el Virrey, y acerca de cómo era éste, si alto o bajo, si valiente o cobarde.

Mientras esto ocurría en el terrado, desde las calles comenzaba a llegar un rumor de cierta conmoción.

Dª. Leonor, a la que no se le escapaba un detalle, hizo una seña a su criado Eliécer para que se acercara. Cuando estuvo a su lado, le ordenó en voz baja que bajara al portal y se informara bien acerca del motivo por el que había tanto movimiento de gentes.

Cuando el criado regresó con la noticia, Dª. Leonor aguardó pacientemente a que la persona que se hallaba en el uso de la palabra terminase de hablar. Sólo entonces, anunció con la dignidad y el aplomo que le eran propios:

—Señores, desde el 19 de octubre pasado estamos en guerra con los ingleses. Ése, y no otro, es el motivo por el que hay tanto revuelo en las calles.

—No. Si ya decía yo —exclamó con gran indignación el hombrecillo calvo— que la «guega» «ega» inminente. ¿Y se puede «sabeg» «pogque» no ha llegado todavía el «Viguey» a la ciudad? ¡Valiente «autoguidad» tenemos!

—Tal vez esté recibiendo instrucciones más precisas en la Corte —le respondió D. Luis—. Precisamente en esta hora es cuando más unidos debemos estar a nuestras autoridades civiles y militares. ¿No es así D. Fernando?

—Sí, claro. Por supuesto.

»Pero si me disculpan, dadas las circunstancias, creo que mi deber es presentarme ante el Almirante D. Blas. Tal vez se le ofrezca algo…

—Vaya, vaya usted. El deber es lo primero —respondieron los presentes casi a coro.

Haciendo una solemne inclinación de cabeza, el Teniente se despidió y se dispuso a salir.

Una vez en la calle, el ambiente que encontró era ciertamente de nerviosismo. Había un gran movimiento. Las calles, a esas horas habitualmente semidesiertas, presentaban un ajetreo que casi igualaba al del pleno día. Todos querían transmitir la noticia a sus amigos, a sus parientes, a las personas más allegadas.

Muchos comentaban que abandonarían la ciudad. Otros decían que se contentarían con poner a salvo sus bienes. Los llevarían río arriba, hasta Mompox, como habían visto hacer en ocasiones similares a sus padres, o a sus abuelos. Desgraciadamente, aquella situación no era nueva en Cartagena.

A su llegada a casa de D. Blas, Fernando se extrañó de encontrarla en silencio y en la más absoluta calma. Dudó acerca de si debía llamar y, eventualmente, despertar a sus moradores, o si, por el contrario, debía esperar hasta el día siguiente.

No le fue necesario detenerse a razonar mucho tiempo, pues de un coche que llegaba por la Playa del Triunfo se apeó el mismísimo Almirante, que venía de dictar las instrucciones más perentorias en el Castillo de S. Felipe:

—¡Pero hombre, Fernando! ¿Qué haces aquí?

—Venía a ver si…

—Pues sí: ha llegado la noticia. Tarde o temprano tenía que llegar…

»Vengo de S. Felipe. Todo está en orden. Hay cierto nerviosismo, pero nada más. No existe ningún riesgo de que se produzcan disturbios.

»De cualquier forma, una cosa es segura: tardarán en atacar. Se podrá achacar muchas cosas a los ingleses, pero no se puede decir que no sepan comportarse como auténticos caballeros. Si apenas hace un mes que han declarado las hostilidades, es prematuro esperar un ataque para hoy mismo. Para ello tendrían que haber iniciado sus preparativos antes de manifestar sus intenciones, y eso no les es propio.

»Creo que lo mejor será que te retires a descansar. Mañana nos espera un día de mucho trabajo... A no ser que quieras subir a casa a echar un trago...

En los dos años y medio que llevaba en Cartagena, a pesar de su cercanía con D. Blas, Fernando apenas había tenido ocasión de pisar la casa del Almirante. Lo había hecho en muy contadas ocasiones. Fernando sabía que no era por falta de hospitalidad, sino porque el viejo lobo de mar trataba de mantener a su familia al margen de sus responsabilidades militares. Simplemente, no quería convertir su casa en una sucursal de S. Felipe de Barajas, o de las baterías de cañones de la costa.

Una invitación de esas características resultaba algo tan poco frecuente, que el joven teniente consideró que sería una descortesía rehusar. Además, tal vez D. Blas quisiera tener alguien con quien charlar y desahogarse en tan difíciles circunstancias. Pues hasta que el recién nombrado Virrey no tomase posesión de su cargo, la entera responsabilidad de la defensa de la plaza recaía única y exclusivamente sobre sus trabajados hombros.

—Bueno, pero serán sólo unos minutos.

—Anda: pasa. No tengas prisa, ya veremos después cuántos minutos han sido...

Los niños estaban acostados.

La casa era sencilla, pero en el buen gusto con el que estaba arreglada y decorada se adivinada la exquisita sensibilidad de la señora que la gobernaba.

Dª. Josefa de Pacheco, la esposa del Almirante, recibió a Fernando con una amable sonrisa. Aunque él la había tratado en otras ocasiones, esta vez, a la luz de los candiles, le impresionaron las arrugas que marcaban las comisuras de sus ojos. Comprendió que la buena mujer había debido padecer mucho en su matrimonio. No porque D. Blas la maltratara ni nada por el estilo, sino por sus frecuentes ausencias y dificultades en tan numerosas y peligrosas batallas.

Por lo demás, saltaba a la vista que eran felices, y que se amaban de veras.

Ella era criolla, de una familia notable de Arica, al Norte de Chile.

Se habían conocido y casado en Lima.

—¿Qué se le ofrece, D. Fernando? ¿Quiere tomar algo?

—¡Oh, algo de beber! Muchas gracias..., un jugo de piña, si es posible.

—¿Y tú, Blas? ¿Quieres también jugo?

—Sí, otro jugo de piña, hace un calor tremendo y vengo sediento.

Dª. Josefa ordenó las bebidas a Carmela, una de las criadas, y regresó en seguida a acompañar a su marido y a Fernando.

—He hablado con el castellano de S. Felipe —mencionó D. Blas dirigiéndose a su mujer—. Va a designar un destacamento que escoltará río arriba hasta Mompox a todas las familias que deseen abandonar la ciudad.

»Lo mejor será que los niños y tú os vayáis en ese barco. No quiero que corráis riesgos innecesarios quedándoos aquí.

Dª. Josefa, sin inmutarse, sonrió y respondió:

—¡Ay Blas! ¿Te crees que cuando me casé contigo no sabía a lo que me exponía? Pues has de saber —continuó, con buen humor— que si tú te quedas aquí, aquí nos quedaremos nosotros.

—Puede ser peligroso...

—No más que para ti. Además, estando tú aquí, estoy segura de que no entrarán ni los ingleses, ni los turcos, ni nadie que lo pretenda.

»Así que no insistas. Nosotros nos quedaremos.

—Pero, ¿y los niños? ¿No te das cuenta, Josefa, de que puede no ser éste un lugar adecuado para ellos?

—No hay lugar más adecuado para un niño que estar junto a sus padres —Respondió la señora Almiranta con un aplomo que no dejó de admirar a Fernando. Acostumbrado como estaba, a ver cómo una sola mirada o gesto de D. Blas bastaba para imponerse ante los soldados más aguerridos, era asombroso ver cómo su mujer sabía dirigirle a él con la mayor serenidad, y sin mover un músculo de la cara.

La sirvienta apareció en ese preciso instante trayendo los jugos de piña.

Fernando quiso saber cuál era la opinión de D. Blas respecto a los «tiempos» y le preguntó:

—Entonces, ¿no cree usted, D. Blas, que el ataque vaya a ser inminente?

—No, no es eso lo que he querido decir: el ataque se producirá más pronto que tarde.

»Los ingleses lo están deseando desde hace tiempo y, por lo que se ve, ya han encontrado la excusa perfecta para poder atacarnos sin que su diplomacia se resienta. O, tal vez, lo que les mueva sea que haya algo que les haya hecho pensar que somos vulnerables.

»Sea como fuere, estoy seguro de que lo han pensado mucho, con sus pros y sus contras, y que una vez que han tomado tan delicada decisión, vendrán lo antes posible, y vendrán con todas las fuerzas de que sean capaces.

»Pero la caballerosidad exige no atacar a traición. Exige primero avisar, y después atacar. Por eso te he dicho que no espero un ataque inminente. La declaración se hizo el pasado 19 de octubre. Apenas ha transcurrido un mes. Deben concedernos un tiempo para prepararnos.

—Pero ya hace tiempo que les esperamos —repuso Fernando.

—En efecto, hijo. Pero una cosa es prevenir una posible contingencia y, otra muy distinta, es tener la contingencia encima.

»En el primer caso, siempre existe la posibilidad de que el daño no llegue a producirse. En el segundo, el mal ya está ahí, y hay que defenderse, sin posibilidad alguna de evitarlo.

—Tiene usted mucha razón.

»Entonces… tardarán semanas en presentarse, incluso puede que meses…

6

Pero esta vez D. Blas se equivocaba.

A finales de octubre pasado los barcos británicos habían atacado por sorpresa La Guaira y La Habana, afortunadamente con muy escasos resultados.

Por si fuera poco, a la misma hora en que Fernando y él conversaban apaciblemente, el vicealmirante Vernon tomaba el puerto de Portobelo, en la costa atlántica de Panamá, a escasos seiscientos kilómetros de Cartagena de Indias hacia el Oeste.

Portobelo, o Puerto Bello, como se llamaba entonces, tenía una gran fama y reputación de ciudad estratégica por hallarse en la ruta de la Flota de Indias. Hasta allá llegaban, atravesando el istmo de Panamá por su parte más estrecha, las mercancías procedentes de los puertos del Pacífico. Y desde allí viajaban a Cartagena, donde se unían a los barcos procedentes del Atlántico Sur, con los que iniciaban la «Ruta de los Galeones» o «Mare Nostrum Español», pasando por La Habana y la Florida, con rumbo hacia España.

El gobernador de la ciudad, D. Francisco Javier de la Vega, había obrado con una desidia impropia de su cargo. Nada había hecho por reforzar las defensas de la plaza. Si bien es cierto que, casi con total seguridad, desconocía la declaración de guerra de la Gran Bretaña, no podía ignorar la creciente tirantez entre las dos naciones.

Lo cierto es que los propios ingleses se asombraron de la facilidad con que lograron tomar la ciudad, en tan sólo dos horas.

Los escasos hombres que la defendían se mostraron a todas luces insuficientes, al igual que sus tres fuertes, cuyos cañones estaban en algunos casos inservibles o deficientemente colocados.

Por si fuese poco, Portobelo carecía de fuerza naval, excepción hecha de un par de guardacostas, que nada podían hacer frente a los seis navíos de guerra comandados por Vernon.

Pero era ya tarde para lamentarse por tanta incuria y dejadez. El daño estaba hecho.

Al conocerse la noticia, el entusiasmo en la flemática Inglaterra alcanzó unas cotas de euforia rayanas en la exageración.

En Londres las celebraciones y los homenajes en torno a la persona de Vernon se multiplicaron.

En una cena en honor del nuevo héroe, a la que asistió el monarca Jorge II de Gran Bretaña, se entonó por primera vez en la historia el himno nacional «God save the King».

También con motivo de esta victoria se cantó por primera vez la celebre canción patriótica «Rule Britannia» cuyo estribillo repite:

«Rule, Britannia! Britannia, rule the waves:
Britons never never shall be slaves.»
(«¡Gobierna, Britania! Britania gobierna las olas:
Los británicos nunca nunca serán esclavos.»)

Hubo dos calles, en Londres y en Dublín, a las que se bautizó con el nombre de «Portobello Road».

El Vicealmirante Vernon, el mismo que apenas cuatro meses antes había sido llamado al Whitehall con nocturnidad, era ya una auténtica leyenda en su patria.

No es de extrañar que, sintiendo su ánimo crecido, llegara a atreverse a retar a Lezo. Éste era ya conocido por Vernon, pues su proverbial bravura en los mares era notoria entre los ingleses, hasta el punto de que, de algún modo, D. Blas era tenido como un icono de la voluntad española de hacer frente al creciente poderío británico sobre las aguas.

Vernon envió una carta a Lezo a través del oficial Abaros.

Estaba fechada el 27 de noviembre. En ella le intimaba a rendirse y a entregar Cartagena.

Las palabras de respuesta del marino español no se hicieron esperar. Su tenor literal fue:

> «Si hubiera estado yo en Portobelo, no hubiera su Merced insultado impunemente las plazas del Rey mi Señor, porque el ánimo que faltó a los de Portobelo, me hubiera sobrado para contener su cobardía.»

Ahora sí, las cartas estaban echadas.

Vernon había arrojado el guante, y Lezo lo había recogido. A partir de ahora, el esperado y temido ataque se hallaba más cerca que nunca. Sería ya sólo cuestión de tiempo...

De cualquier modo, la toma de Portobelo no dejó de ser un espejismo para los ingleses. El clima del lugar era tan malsano que desde tiempo atrás era conocido como «la sepultura de los españoles». No lo sería menos para los británicos, durante el tiempo que permanecieran allí.

Además, lo cierto es que su importancia estratégica tampoco era tanta como se creía. La verdadera llave se encontraba en el fabuloso puerto natural de la bahía de Cartagena de Indias.

Por eso, tan sólo cuatro meses más tarde, el 13 de marzo de ese mismo año de 1740, Vernon se presentaría desafiante ante las costas de ésta última ciudad.

Pero, contrariamente a lo ocurrido en Panamá, el Almirante D. Blas de Lezo, cuya prudencia era encomiable, le esperaba prevenido y en guardia.

Por si fuera poco, había recibido puntual información a través de los servicios de espionaje con base en Jamaica. Y éstos le habían anunciado que una gran flota con base en aquella isla se preparaba para atacar Cartagena.

El Virrey Eslava seguía sin llegar y, muy recientemente, el día

23 de febrero, acababa de morir el gobernador de la ciudad. Correspondía, por tanto, a D. Blas la entera responsabilidad en la defensa de la plaza.

Aquel día de marzo, desde los puestos de vigilancia se avistaron ocho navíos enemigos, acompañados de un paquebote, dos brulotes y dos bombardas; trece naves en total. La flota no era todavía visible a simple vista, pero su presencia no tardó en trascender a la entera población.

Se produjeron algunas escenas de cierto nerviosismo. Hubo gentes que comenzaron a apilar sus enseres con intención de emigrar hacia el interior.

Sin embargo, el comportamiento de la mayor parte de la ciudadanía resultó ejemplar, hasta el punto de que la vida continuó transcurriendo con la relativa normalidad que podía esperarse de una plaza que aguarda impaciente un ataque inminente desde el mar.

Fernando acompañaba a Lezo y le asistía en todos sus desplazamientos y obligaciones al frente de las tropas.

D. Blas impartía sus órdenes con un imperio y aplomo que infundían ánimo y seguridad entre sus filas. Desde luego, estaba dotado para el mando. Sabía hacerse obedecer y sabía establecer una exigente disciplina, sin por ello dejar de ser apreciado por sus hombres.

Durante las operaciones permanecía como abstraído y reconcentrado sobre sí mismo. Sin embargo, era evidente que no dejaba de prestar la máxima atención a cuanto acaecía en la batalla. Sabía mantenerse atento incluso a los menores detalles.

Durante las primeras horas, los navíos ingleses se habían limitado a fondear a una distancia de unas dos leguas de tierra. Hasta ahora se contentaban con realizar tareas de reconocimiento de la costa.

Evitaban situarse dentro del radio de acción de los cañones españoles.

Fernando observaba a D. Blas en silencio, sin atreverse a interrumpir el hilo de sus pensamientos. El Almirante se asemejaba a ratos a un viejo halcón que escudriñara a su presa en el horizonte, mientras que en otros momentos recordaba más bien a un tigre agazapado, listo para saltar al menor descuido.

Todo cambió cuando las bombardas enemigas se acercaron a una distancia suficiente para alcanzar a la ciudad con sus proyectiles. Utilizaban balas de material incendiario.

Muy pronto, algunas casas comenzaron a arder.

El pánico cundió rápidamente por las calles. Las gentes corrían de un lado para otro buscando un lugar seguro, a salvo de las bombas, mientras que las víctimas afectadas por el fuego en sus viviendas trataban inútilmente de sofocarlo.

Algunos civiles, afortunadamente muy pocos, perecieron carbonizados o asfixiados por la humareda. Eran las primeras víctimas que se cobraba una guerra que aún en sus prolegómenos, daba ya sus primeros zarpazos.

Los británicos sabían lo que hacían, pues la potencia de los cañones emplazados sobre las murallas era insuficiente para alcanzar la todavía lejana posición de las bombardas.

El rostro de D. Blas se tensó aun más, hasta parecer de acero. Meditaba la respuesta a ofrecer a los atacantes.

Pero muy pronto resolvería lo que debía hacerse. Ordenó desembarcar algunos de los cañones de mayor calibre de los navíos, cuyo fuego sí sería capaz de alcanzar no sólo hasta donde se habían situado las bombardas, sino incluso hasta el preciso lugar donde descansaba el resto de la flota enemiga.

La admiración de Fernando hacia su superior había crecido a lo largo de cada día de trabajo que había compartido con él. Pero en las presentes circunstancias, en medio de la violenta provocación británica, el joven tuvo ocasión de maravillarse todavía un poco más. La causa vino dada por la capacidad de inventiva del Almirante.

Ocurría que sólo algunos días antes, un artillero le había expuesto las enormes dificultades que encontraban a la hora de modificar el grado de inclinación de las enormes piezas de artillería. Lezo, lejos de desentenderse de la observación, comenzó a discurrir en posibles mecanismos de mejora.

Tras reflexionar durante algún tiempo sobre el particular, en tan sólo una semana terminaría por concebir un revolucionario y simple sistema que perfeccionaría el funcionamiento de la artillería.

Encajando las cureñas de los cañones sobre rampas de madera, dentro de unas hendiduras abiertas a tal fin, se conseguiría corregir la inclinación de tiro de manera casi inmediata, y sin apenas esfuerzo. De este modo se lograría graduar el alcance de las balas con facilidad.

D. Blas encargó a los carpinteros la ejecución de su idea aquel mismo día.

Ahora, ante el desafío enemigo, el Almirante juzgó que la ocasión para poner a prueba su invento, era inmejorable.

Fiel a su proverbial falta de ostentación, sin buscar darse importancia, ni querer atribuirse la mejora, se limitó a manifestar a su Capitán de artillería, Agustín de Iraola:

—¡D. Agustín! Fíjese en el funcionamiento de los cañones sobre las rampas y, si dan el resultado que espero, encárguese de introducir la mejora en cada batería.

—¡A sus órdenes, señor!

Tan pronto como las piezas de la artillería estuvieron finalmente emplazadas en las troneras y operativas sobre las rampas, Lezo dio la ansiada orden:

—¡Fuego...!

La primera bala debió sobrecoger a los tripulantes de la bombarda más cercana, pues vieron con estupor cómo caía en el agua después de pasar a muy escasa distancia del trinquete, no sin antes rasgar el juanete de proa, que se abrió de arriba abajo produciendo un sonoro crujido.

Un segundo disparo destrozó el velacho de la misma nave, dejándola sin rumbo.

La invención de Lezo funcionaba a la perfección.

Un segundo buque fue dañado sobre la cubierta, al ser alcanzado por un nuevo proyectil que, en su caída, destrozó las jarcias y aparejos.

La tripulación creyó ver impotente cómo el cielo se les caía encima.

Los ingleses no daban crédito a lo que veían.

En cualquier caso, era suficiente.

Vernon comprendió que había llegado el momento de batirse en retirada.

Su asombro fue tal, que a la llegada a su cuartel general en Jamaica, escribió a Inglaterra:

> «La plaza se halla en tan buen estado de defensa que podría resistir el embate de 40.000 hombres.»

En Cartagena, D. Blas fue literalmente ovacionado por las gentes más sencillas que, de un modo espontáneo, jaleaban su nombre en medio de un auténtico entusiasmo.

Se sentían seguras. Sabían que, con un hombre así al frente de la guarnición, no había nada que temer de los ataques enemigos.

7

El Virrey de Nueva Granada, D. Sebastián de Eslava y Lazaga, Teniente General del ejército español, arribaría finalmente al castillo de San Luis de Bocachica el día 21 de abril, apenas unas pocas semanas del primer incidente con la marina inglesa.

Demoraría aún tres días en hacer su entrada al interior del recinto de Cartagena de Indias, al otro lado de la bahía: el tiempo que necesitaría la ciudad para preparar la recepción y toma de posesión con las formalidades requeridas.

Tal y como había anunciado el hombrecillo calvo que no sabía pronunciar las «erres» en casa de los Mairena, el Virrey no se asentaría en la lejana capital de Santa Fe de Bogotá, sino en la propia Cartagena. Los recientísimos ataques ingleses estaban aun muy vivos en la memoria de todos, y además, todo apuntaba a que no tardarían en repetirse.

Tras la toma de posesión, el Virrey ofreció un espléndido ágape en su residencia. Espléndido en cuanto a la generosidad del refrigerio, y al número de invitados.

Allá se dieron cita las personalidades más notables de la ciudad. Desde los principales oficiales del ejército, con D. Blas a la cabeza, acompañado de su esposa, Dª. Josefa; hasta el joven Teniente de navío D. Fernando de Castro.

Había asimismo numerosos representantes del mundo eclesiástico, encabezados por el señor Obispo, D. Diego Martínez, hombre de gran talla humana e intelectual; amigo personal del Almirante y muy querido por todos, en especial por los más humildes, a los que era sabido que se desvivía por socorrer con admirable generosidad.

Los invitados del mundo «civil» comprendían tanto los miembros de la nobleza de sangre, así como terratenientes y ricos comerciantes, de la «nobleza de fortuna».

Entre estos últimos se contaban los Mairena.

Cuál no sería la desazón que invadió a Fernando cuando, de repente, sin poder imaginarlo ni esperarlo de ninguna manera, reconoció no lejos de sí el rostro del mismísimo D. Gonçalo de Oliveira.

El desgarbado portugués departía amigablemente con el Virrey. Lo hacía con tal naturalidad, que un testigo ajeno a los hechos hubiese creído que se trataba de una conversación entre dos buenos amigos que se conocieran desde muchos años atrás.

El luso presentaba un aspecto más saludable que antaño. El cambio de aires le había sentado bien.

Todavía no repuesto del duro golpe, el Teniente se dio casi de bruces con Dª. Leonor y el resto de la familia. A Consuelo se le iluminó el rostro al ver a Fernando, pero la primera en hablar fue su madre:

—¿Usted por aquí? No esperaba encontrarle entre los invitados.

Pero antes de que el aludido tuviera tiempo de contestar, Consuelo se adelantó a saludarle.

Ella había padecido mucho durante el asalto enemigo. Sobre todo angustiada por la suerte de Fernando. No habían podido verse durante los días que duró el ataque, y tampoco durante los días posteriores. Por eso, en cuanto tuvo ocasión, le preguntó por lo que más le preocupaba:

—Fernando, ¿cree usted que los británicos volverán a Cartagena después del varapalo que sufrieron el otro día?

»¿Verdad que no lo harán?

El galante oficial, halagado por la confianza con la que Consuelo le pedía su opinión, no supo captar su angustia y, un tanto envanecido por la parte que había tenido en la acción de rechazo a los barcos enemigos, respondió con indudable falta de tacto:

—Desde luego se llevaron una buena. Pero como son tan tercos, vendrán a por más.

»Conozco bien a los ingleses, cuando se les mete una idea entre ceja y ceja, no hay modo de quitársela, como no sea a la fuerza.

»En mi opinión, lo del otro día fue poca cosa para que se les vaya de la cabeza regresar. Además, ¿saben ustedes? —aquí el joven quiso marcarse un tanto ante Consuelo y su familia—, D. Blas recibió una misiva provocativa del propio Vernon tras la toma de Portobelo.

»¿Y quieren saber lo que le respondió nuestro Almirante…? Le llamó cobarde y le dijo que si él hubiera estado en Portobelo el inglés no hubiera podido cometer semejante fechoría.

»Creo que, después de recibir esa respuesta, Vernon no podrá conformarse con una escaramuza como la del mes pasado. Deseará volver armado con todas las fuerzas que sea capaz de reunir. Pero eso mismo será su ruina, pues D. Blas de Lezo no es hombre que se deje amedrentar. Cuando los enemigos regresen, se encontrarán con la horma de su zapato. Serán expulsados para nunca más volver. De eso pueden ustedes estar bien seguros.

Tan franca respuesta no pudo por menos que aumentar las inquietudes de Consuelo.

Pero eso no fue nada comparado con lo que se le venía encima a la pesarosa joven. Su madre acababa de cruzar casualmente su mirada con la de D. Gonçalo, de cuya presencia en Cartagena ninguno de los Mairena tenía aún la menor idea.

Éste salía eufórico de su breve charla con el Virrey.

Dª. Leonor, como si de repente hubiera olvidado sus pasados enfados hacia el portugués, exclamó complacida:

—¡Qué ven mis ojos, si es D. Gonçalo...! ¡Y nos ha visto!

»Viene hacia aquí...

Fernando y Consuelo quedaron consternados.

—¡Qué agradable sorpresa, encontrarme con ustedes en el mismo día de mi regreso a Cartagena!

»Nadie puede saber lo feliz que me siento en este día.

»¡Dª. Consuelo, está usted más bella que nunca...!

»Pero..., ¡qué maleducado soy! Lo primero que les debo es una disculpa —dijo el portugués llevándose la mano al corazón. A Fernando el gesto se le antojó artificioso y falso—. ¡Hube de partir con tanta celeridad...!

»Desgracias, todo desgracias... En Lisboa no me encontré más que con penalidades. ¡Ah! Si hubiéramos estado ya casados..., ¡cuánto más llevadero hubiera sido mi dolor durante todos estos meses! Por no decir que hubiese desaparecido por completo...

Consuelo no sabía a dónde mirar. Tenía ganas de echarse a llorar.

Cuando creía que había perdido de vista para siempre a aquel hombre al que no amaba, cuando con ingenuidad había pensado que todos sus obstáculos se reducían a convencer a su madre de las bondades de Fernando, se le presentaba de nuevo ese extraño pretendiente, como una horrible aparición. Y lo hacía con un valor y un ánimo enormemente acrecidos.

La muchacha miró con curiosidad a su madre. Tal vez ella no perdonara tan fácilmente la partida clandestina, sin ningún tipo de advertencia por su parte.

En efecto, mientras escuchaba el alegato del portugués, Dª. Leonor había vuelto a ponerse seria.

Tan pronto como aquél cesó en su perorata, la digna señora le preguntó:

—Pero, D. Gonçalo, ¿por qué no nos ha escrito usted durante todos estos meses?

—¿Me creerían si les dijera que no me ha sido posible?

»Sé que es difícil, pero deben hacerlo.

»Si fuesen ustedes tan amables de recibirme en su casa, estoy seguro de que sería capaz de explicarme y de deshacer los malentendidos. Ustedes, en su bondad, seguro que sabrán comprenderme.

»¡Ah! ¡He sufrido tanto...! ¡Han sido días tan difíciles! Pero todo ha merecido la pena con tal de poder regresar con el deber cumplido, y con la alegría de poder volver a ver a Dª. Consuelo...

Fernando estaba atónito ante cuanto veía y oía. Pues —pensó— no se expresaba mal el portugués. Sabía interpretar bien su papel.

Y qué duda cabía que sabía tratar a las mujeres. Al menos a Dª. Leonor, a la que, era evidente, pronto volvería a tener en el bolsillo.

—¿Quiere venir esta noche a casa? Aunque estará cansado...

»Tal vez prefiera descansar hoy y venir mañana.

—De ninguna manera, Dª. Leonor, esta misma noche me honraré con visitar su bonita casa. Nada me dará mayor placer que poder sincerarme ante ustedes, y volver a verme en ese marco incomparable, que es para mí como un segundo hogar.

»¡Qué digo segundo!

»Será para mí como volver al verdadero hogar...

—Para nosotros será también un auténtico honor —añadió D. Luis.

Sin que ni Consuelo ni Fernando hubieran tenido oportunidad de abrir la boca, D. Gonçalo volvía a abrirse las puertas de la casa de los Mairena con una facilidad tal, que no dejó de mortificar e inquietar grandemente al enamorado Teniente.

❧

Una semana después de la toma de posesión del nuevo Virrey, Fernando daba un paseo matutino, tal y como tenía por costumbre, antes de dirigirse hasta el gabinete de D. Blas.

Una vez que había conseguido adaptarse al fuerte calor del Caribe, le era agradable pasear a primera hora, a la tenue luz del amanecer, y contemplar la rápida mudanza que se obraba en la tonalidad del cielo, desde las oscuras coloraciones azules de los inicios del alba, hasta la blanca claridad del día, pasando por toda una gama intermedia de amarillos y naranjas.

Cuando no estaba acuciado por la prisa, en lugar de caminar entre las pintorescas calles, prefería dar un pequeño rodeo y caminar por encima de las murallas. A su paso, los centinelas nocturnos le saludaban con marcialidad.

El suave frescor de la brisa marina acariciándole en el rostro le hacía bien. Contribuía a levantarle el ánimo, que hacía días que tenía muy bajo: desde el mismo día y hora en que había contemplado con sus propios ojos el amenazante regreso del portugués.

Había quedado impresionado de ver cómo, con dos sencillas frases, su competidor había sido capaz de abatir las para él imponentes defensas que Dª. Leonor establecía en torno a su hija.

Por si fuera poco, desde aquel mismo día no había tenido ocasión de volver a ver a Consuelo. Los eficaces servicios de espionaje con base en Jamaica habían enviado informaciones preocupantes que le habían mantenido atareado en sus ocupaciones junto al Almirante.

Nada sabía del resultado de las explicaciones que D. Gonçalo habría dado ante los Mairena. Ni, sobre todo, del efecto que habrían podido tener sobre Dª. Leonor. Pero el pesimismo que le invadía le llevaba a plantearse lo peor.

Una fuerte llamada proveniente del mar vino a sacarle de sus cavilaciones:

—¡¡Ah de la costa! ¡Centinelas!

»¡Los ingleses se acercan…! ¡Una gran escuadra …! ¡Trece o catorce buques acompañados de una bombarda…!

Los que gritaban eran simples pescadores que, faenando por la noche, habían avistado las naves enemigas y se habían apresurado a dar la voz de alarma en la costa.

Fernando echó de inmediato a correr en dirección a la casa de D. Blas.

Al llegar, comprobó que éste ya había salido hacia su gabinete de trabajo.

El Teniente volvió a apresurarse en su marcha hacia la nueva dirección, hasta el punto de que llegó a las puertas del edificio al mismo tiempo que el Almirante:

—¡Señor! ¡Los ingleses están de regreso: una flotilla de trece buques y una bombarda…!

Uno de los centinelas se acercaba también, trayendo la misma noticia.

—Esta vez les cogeremos por sorpresa… —fue la lacónica respuesta del Almirante. Su rostro adquirió de inmediato aquella gravedad que le era propia en las grandes ocasiones.

Inmediatamente comenzó a dar las primeras órdenes: ante todo debía conocerse la posición exacta del enemigo. Pues tan pronto como la mar y el viento lo aconsejasen, zarparían a su encuentro. Esta vez se adelantarían a Vernon. No se le permitiría acercarse tanto, debía evitarse a toda costa que volviese a abrir fuego sobre la ciudad una segunda vez.

En cuestión de muy poco tiempo, los hombres de Lezo ocupaban sus puestos en las dos naves operativas con que contaban.

Entre la población civil, algunas gentes tomaron el nuevo asalto casi como un mero acontecimiento más del día. Era como si, con la experiencia del ataque anterior, hubieran quedado vacunados.

Otros, por el contrario, se vieron aun más afectados que la primera vez, y optaron por seguir los pasos de los que entonces habían abandonado la ciudad en busca de posiciones más seguras, a algunas leguas tierra adentro.

Los británicos se habían dirigido en esta ocasión hacia Barú, más allá de Bocachica, al Sur de la bahía exterior.

Parecía evidente que, dado el tamaño de la flota enemiga, al igual que había ocurrido en la anterior expedición, tampoco esta vez se tratara todavía del verdadero ataque, sino de una nueva salida de reconocimiento. Una exploración con vistas a preparar la agresión definitiva, aquélla con la que Gran Bretaña esperaba dar inicio a su invasión del entero subcontinente Sur de América, o «Tierra Firme», como era conocida por aquel entonces.

D. Blas subió a bordo de la «Galicia», su nave Capitana, con toda la gravedad que le permitía su pata de palo. Fernando le acompañaba, caminando a su lado.

El Almirante dio la orden de soltar amarras y de zarpar rumbo a Bocachica.

A pesar de la gran extensión de la bahía, en muy poco tiempo recorrerían las tres leguas que les separaban de su destino.

Las aguas de la ensenada, bien protegidas del mar abierto, serían muy rápidamente surcadas por la imponente nao de setenta cañones. A su derecha desfilaban los contornos de la Isla de Tierra Bomba, donde a las cabañas de los indios le sucedía los distintos accidentes geográficos, como las Cantera del Rey y los diferentes baluartes o baterías de cañones estratégicamente emplazados.

De modo plenamente intencionado, fueron a colocarse ante la misma entrada del paso de Bocachica, en una posición que resultaría fácilmente visible para el enemigo.

El Almirante había previsto que bastaría con ese gesto para poner en fuga a los ingleses.

Allí se detuvieron a esperar su llegada…

A pesar de la confianza que la presencia que D. Blas inspiraba en sus hombres, los rostros estaban tensos y el silencio se podía cortar. Siempre ocurría lo mismo durante los minutos previos a una batalla. La valentía nunca ha estado reñida con el temor.

Todavía hubieron de transcurrir algunos largos minutos antes de que los buques británicos asomaran por fuera del estrecho.

Hubo entonces algunos segundos durante los cuales la tensión creció en intensidad.

Ambas flotas parecían observarse mutuamente, como si una especie de artillería psicológica buscase intimidar al adversario, precediendo al fuego real.

Sin embargo, tal y como había previsto el curtido Almirante guipuzcoano, bastaría con ese gesto.

Ante la rápida respuesta española, perfectamente situada y dispuesta para el combate, los ingleses optaron por retirarse por el mismo lugar por donde había venido.

Vernon hubo de contentarse con una mera travesía de reconocimiento, una segunda travesía que finalmente resultó tan breve como pacífica.

Gracias a la oportuna reacción de Lezo, esta vez los británicos se vieron privados de la oportunidad de disparar un solo tiro contra la ciudad...

Por eso, nadie debió lamentar ni una sola baja, ni un solo herido.

Poco a poco, las velas enemigas se fueron alejando rumbo hacia el Norte, hasta perderse en la inmensidad del Océano, más allá del cabo de Punta Canoa.

El Almirante Lezo, satisfecho del resultado de la oportuna maniobra, ordenó poner rumbo a la ciudad. Regresaban a casa.

El recibimiento a su regreso a puerto resultó ser todavía más entusiasta que durante la primera escaramuza. En opinión del pueblo, con su rápida reacción, la actuación del Almirante había resultado superior si cabe a la de la anterior expedición enemiga. Pues el inglés había sido ahuyentado sin necesidad de disparar un solo tiro, y la ciudad había permanecido intacta.

—¡Viva D. Blas de Lezo...! ¡Viva nuestro defensor!

Hay quien llegó a decir que tanta aclamación hacia el marino guipuzcoano no resultaba del agrado del Virrey, que podía sentirse un tanto desplazado en su papel de máxima autoridad de la plaza y del entero territorio de Nueva Granada...

8

Transcurrieron varias semanas sin que nadie volviese a avistar ni rastro de los barcos británicos.

En la ciudad, los más optimistas incluso comenzaban a olvidarse de ellos, y de la posibilidad de que regresaran en el futuro.

No así Lezo y sus hombres, que continuaban recibiendo puntual información de los espías de Jamaica, en especial de uno que llegó a hacerse celebre y que respondía al apodo de «el paisano».

En el fondo —lo sabían—, lo que había era una falsa calma. En los ambientes militares se esperaba que la próxima vez las cosas irían mucho más en serio. Tan en serio que, cuanto más tardaran los hechos en precipitarse, peor sería. Significaría que el enemigo lograba hacer acopio de un número mayor de barcos y de hombres.

Una cosa estaba clara: la siguiente no sería ya una mera incursión de reconocimiento. La próxima vez los británicos vendrían «con todo». Entre las informaciones secretas se hablaba incluso de que éstos habían recurrido por primera vez incluso a una gran leva entre los colonos de Norteamérica. No en vano, el propio Lawrence Washington, medio hermano de George Washington, el que llegara a ser el primer presidente de los Estados Unidos, era quien se había ocupado personalmente de realizarla entre los colonos de Virginia. Lo había hecho por encargo directo del Almirante Vernon, a quien llegó a unirle un estrecho vínculo de amistad.

El Virrey Eslava era tal vez la única autoridad en la plaza que discrepaba. Él no creía que los ingleses fuesen a atacar de nuevo Cartagena. Él era más bien de la opinión de que dirigirían sus hostilidades hacia Panamá, La Habana o Veracruz.

Pero ya fuese por la insistencia de D. Blas, o por un mero sentido de prudencia, no por ello cejó en su obligación de continuar mejorando las defensas. De hecho, empleó una tan gran cantidad de recursos en las obras, que hubo de pedir un préstamo extraordinario a los habitantes del virreinato, lo cual le valió un auténtico levantamiento popular.

De cualquier modo, en medio de la general incertidumbre, las últimas informaciones llegadas de Jamaica no auguraban que el ataque fuera a ser inminente.

Uno de los hombres que mejor recibió esta última noticia fue sin duda Fernando que, como consecuencia, veía ligeramente reducidas sus obligaciones junto a Lezo. Ahora podría dedicar algunas de sus energías a resolver el problema que, a causa de la creciente incertidumbre, le comenzaba a minar por dentro.

Ante las infranqueables barreras establecidas por la Sra. de Mairena, se armó de coraje y de valor, y tomó la decisión de hablar a hurtadillas a Consuelo. Al menos, se dijo, saldría de dudas. Despejaría la incógnita que tanto le hacía sufrir. Se las arreglaría para conocer cuáles eran las nuevas disposiciones de Dª. Leonor para con el portugués.

Conociendo cuál era la habitación de Consuelo, en el primer piso, Fernando forjó su plan. Saltaría al jardín sin ser visto y, desde ahí, trataría de llamar la atención de la muchacha. Si conseguía que ella se asomara a la ventana, podrían al menos hablar durante unos breves minutos sin ser vistos. Los suficientes para disipar unas dudas que ya duraban demasiado tiempo.

Pensado y hecho.

Ese mismo día, tan pronto como madre e hija regresaron de su diario paseo vespertino, Fernando saltó la tapia sin ser visto. Lo hizo desde una callejuela lateral muy poco concurrida.

Esperó a que la muchacha hubiera tenido tiempo de llegar a su habitación y lanzó una pequeña chinita a los cristales.

No ocurrió nada.

Se agachó a recoger una nueva piedrecita.

Al llegar a casa, Consuelo se había dirigido derecha hasta su habitación. Después del largo paseo en «sociedad», sintiéndose curiosamente observada por unos y otros, cada vez le era más necesario retirarse a su habitación a descansar a solas durante un rato, antes de la cena.

Nada más entrar, cuando apenas había tenido tiempo para cerrar la puerta, percibió el sonido del ligero golpeteo contra la ventana. Su corazón comenzó a latir con fuerza, pues su femenina intuición le anunció con claridad de quién se trataba. Se arregló rápidamente el pelo, se alisó el vestido, y corrió a la ventana.

Fernando se disponía a arrojar una segunda chinita, cuando la muchacha se asomó y respondió en un susurro:

—¡Fernando! ¿Eres tú! ¡Gracias a Dios que has venido…!

»Estaba tan preocupada…

—Consuelo dime… ¿Es verdad lo que se cuenta por ahí acerca de D. Gonçalo?

—¡Ay Fernando…! Mi madre vuelve a las andadas. Quiere a toda costa casarme con él.

»Pero, gracias a Dios, que se apiada de nosotros, ahora es él el que, inexplicablemente, le da largas… Dice que es todavía pronto para anunciar el compromiso, que prefiere esperar a que se aclare la situación prebélica que vivimos.

»Eso me armó de valor anoche, y me atreví a hablar de ti con mi madre. Se lo dije todo: que te amo. Que quiero ser tu esposa y regresar contigo a España, o marchar a donde tú seas destinado…

El joven Teniente quedó momentáneamente esperanzado. De repente, sus pesares se vieron transformados en un gran gozo.

—¡Consuelo de mi vida…!

»Dime, ¿qué te dijo tu madre cuando le dijiste que me amabas?

—No sólo se opuso sino que… ¡Ay, Fernando! —Continuó la afligida muchacha entre sollozos—, temo que mi madre te cierre las puertas de esta casa y que no te permita volver a verme.

—¡Pero…, pero eso no puede ser! Si eso ocurriera, yo, yo…

—La próxima vez que vengas, debes fingir que ya no te importo, que ya no te preocupas de mí. Como si yo no existiera.

Tal vez, mi madre, que se fija en todo, se tranquilice y te deje en paz.

—Pero..., ¿y el portugués?

—Por ahora no es un peligro. Ya te he dicho que da largas. Es muy raro, pero es así. De repente, es él el que habla de calma, de no apresurar las cosas...

»No sé qué clase de hombre es, pero hay algo en él que no me gusta. Hay algo en él que, no sé porqué, me hace sospechar.

Llevaban ya un buen rato charlando. Demasiado para no ser advertidos por alguien de la casa.

De repente, Consuelo cayó en la cuenta de lo avanzado de la hora: llegaría tarde a cenar:

—¡Ay! Es tardísimo...

»Debo irme.

»Pero recuerda: a los ojos de mi madre, ya no te importo. ¿Serás capaz de hacerlo...?

—Haré lo que sea con tal de volver a verte.

—¡Adiós, Fernando! ¡Te quiero...!

—¡Adiós, Consuelo! ¡Hasta pronto...!

Tras la furtiva entrevista, el teniente quedó reconfortado en parte: el portugués daba largas. Si bien seguía suponiendo una grave amenaza, al menos, y en esto se asemejaba a los ingleses, no era un peligro que tuviera trazas de materializarse de manera inmediata.

Pero al poco de saltar de nuevo a la calle desde el jardín, Fernando tuvo la mala fortuna de tropezar con un transeúnte que, a paso firme y rápido, caminaba por la estrecha y apartada callejuela. Era ya de noche y la penumbra de la calle había propiciado el involuntario encontronazo.

A pesar del calor, el caminante llevaba el rostro semioculto bajo el reborde de un sombrero de ala ancha, y tras un amplio fular de seda.

—¡Mire usted por dónde va! —espetó encolerizado a

Fernando. Iba tan ensimismado y recogido en los negocios que se traía entre manos, que pareció no haberle visto saltar desde la tapia.

—Lo siento, venía usted tan rápido…

»Le ruego que acepte mis disculpas.

Pero el extraño, sin siquiera detenerse por un instante, reanudó la marcha a un paso aun más rápido del que traía.

—¿Dónde he oído yo antes esa voz? —se preguntó el Teniente. No tardó mucho en identificarla. Además, el ligero acento extranjero era inconfundible. No cabía duda: era el mismísimo D. Gonçalo.

El fortuito encuentro avivó de nuevo las dudas en el ánimo del teniente: ¿quién era, en realidad, aquel extraño personaje? Y, por otra parte, ¿le habría reconocido?

SEGUNDA PARTE
TRES MIL CONTRA TREINTA MIL

1

A finales de ese mismo año de 1740, llegó desde España una escuadra de diez navíos, capitaneada por el general Rodrigo de Torres. Era todo un refuerzo. Estableció su base de operaciones en el cercano puerto de Santa Marta, a unas treinta leguas de Cartagena, hacia el Norte.

Eran muchos los que opinaban que su poderío no dejaría indiferente a Vernon. Confiaban en que, en cuanto el inglés tuviera noticias de su presencia, pospondría su ataque. Otros, más ingenuos, llegaron incluso a pensar que tal vez desistiera por completo.

Pero las autoridades responsables de la defensa de la ciudad, con Eslava y Lezo a la cabeza, seguían puntualmente informadas de la marcha de los preparativos británicos en Jamaica.

Era un hecho incontestable que los ingleses se estaban armando hasta los dientes. Iban logrando hacer un acopio tal de navíos y de tropas, que nunca antes en la historia se había visto una flota tan grande en batalla alguna en Europa o en América. De conceder crédito a las noticias que llegaban desde Jamaica, la escuadra que preparaban superaba con creces en tamaño a la célebre Armada Invencible[1] (1 nota a pie de pág.):

Parecía claro que ni tan siquiera la valiosa ayuda de D.

1 El nombre de Armada Invencible no era el verdadero nombre de la Armada española enviada a las costas de Inglaterra por España en el siglo XVI. Éste fue el nombre que los ingleses le dieron, con la finalidad de hacer ver que, si ellos habían salido airosos de un enfrentamiento con semejante flota, ellos eran los verdaderamente invencibles. Aquella Armada española contaba con 127 buques, de los cuales sólo 122 llegaron efectivamente a las costas de Gran Bretaña, pues los otros cinco hubieron de darse la vuelta por el mal tiempo en el propio Golfo de Vizcaya.

Rodrigo de Torres sería suficiente para disuadirles de atacar. Y cada vez estaba más claro que, con semejante ejército a bordo, lo que pretendía el enemigo era una invasión y conquista en toda regla.

Sólo faltaba saber el «cuándo» y el «por dónde».

Tanto el Virrey como el Almirante coincidían en lo ocioso de formular cualquier tipo de cálculo o conjetura respecto al «cuándo». Por su propia naturaleza, aquél era sin duda el secreto mejor guardado de los británicos. Algo imposible de conocer, a no ser que alguno de los espías al servicio de la Corona española lograra obtener directamente tan valiosa información, ya fuera de boca del propio Vernon, o de alguno de sus más inmediatos colaboradores.

Sin embargo, a finales de enero de 1741 se produciría un hecho de la máxima relevancia para el futuro desenlace de los acontecimientos. Un hecho que Eslava conocería de primera mano tan pronto como se materializara, y que sin embargo, mantendría en todo momento oculto a Lezo. Y sin embargo, podía muy bien tratarse de un acontecimiento definitivo a la hora de determinar la previsible fecha del ataque por parte de los ingleses: ¡Torres había debido abandonar Santa Marta! Había debido trasladarse con toda su flota a la Habana, también en peligro de ser atacada.

Ésa, y no otra, era la ocasión propicia esperada por Vernon.

En cuanto a la cuestión de «por dónde» atacarían, los puntos de vista de las dos máximas autoridades diferían diametralmente.

D. Sebastián mantenía que los ingleses tratarían de desembarcar y avanzar hacia la ciudad y hacia el alto de la Popa desde la Boquilla.

D. Blas, sin negar que desembarcaran en aquel punto, sostenía que el verdadero ataque, donde se jugaría la verdadera batalla, sería probablemente en el paso de Bocachica, defendido por los castillos de S. Luis y de S. José. Aquél era el único punto de acceso a la bahía para los navíos ingleses.

Por este motivo —opinaba Lezo— era ahí donde verdaderamente convendría reforzar las defensas.

Aquel día de primeros de febrero de 1741, cuando el Almirante y el Virrey se hallaban despachando en el gabinete de este último, llegados al espinoso tema de la estrategia defensiva, el Virrey Eslava manifestó de modo abrupto:

—Usted lo ve todo muy claro, D. Blas, pero el hecho de ser un hombre de mar, le inclina a pensar que todas las batallas han de realizarse en ese medio.

»Sin embargo, ha de saber que si los ingleses son nuestros enemigos, eso no significa que sean estúpidos. Si algo me ha enseñado mi larga carrera militar, es a no despreciar nunca a un enemigo. Y menos a éste que, si se confirman las informaciones que vamos recibiendo, nos superará amplísimamente en número.

»Ellos saben, al igual que nosotros, que Bocachica es inexpugnable. Tratar de penetrar por ese paso significaría un auténtico suicidio, una carnicería para sus tropas. Por eso es por lo que estoy completamente seguro de que atacarán por la Boquilla.

»Eso, por no apelar a los informes recibidos del «paisano». ¿O es que pretende usted que Vernon cambie sus planes a última hora sólo por complacerle?

—Con todos los respetos, señor, no creo que los ingleses sean estúpidos, como tampoco creo serlo yo mismo.

»Una entrada desde la Boquilla está llamada a encontrar graves dificultades para los asaltantes. Con las baterías de cañones ahí emplazadas, si establecemos una segunda línea de defensa tras el caño del ahorcado, podremos resistir por ese flanco con relativa facilidad. Y ellos sufrirán graves pérdidas humanas.

»Pero, además, tengo fundados motivos para creer que Vernon no se limitará a jugar esa baza.

»Y los motivos son muy variados: en primer lugar, es muy posible que, si encuentra dificultades para avanzar desde la Boquilla, cambie de planes sobre la marcha. Eso, suponiendo que la estrategia que nos ha llegado a través de nuestros servicios de espionaje no constituya de por sí una trampa en la que los ingleses esperen hacernos caer.

»En segundo lugar, su superioridad numérica es tan grande, que una maniobra envolvente por dos flancos a un mismo tiempo es lo mínimo que podemos esperar de su mando, si es que el enemigo quiere realmente aprovecharse de su gran ventaja.

»Y en tercer lugar, Vernon es un hombre de mar. Si ha de dirigir una batalla, lo lógico es que se apoye en su medio, en las estrategias y en las armas que mejor sabe utilizar: las de sus navíos de guerra.

Eslava no se esforzó por reprimir un ostentoso bostezo, acaso forzado, tras el cual respondió con cierta petulancia:

—Creo que ha dado tantas vueltas al asunto, Almirante, que ha perdido usted el Norte.

»En cualquier caso, no se esfuerce por seguir con sus elaborados argumentos. Creo que a estas alturas, ni Vernon ni yo vamos a cambiar nuestras posiciones...

No era la primera vez que Lezo y Eslava discrepaban. Más bien sería la primera de una larga serie. Hasta el punto de que, tan sólo un par de días más tarde, D. Blas escribiría en su diario:

> «de mucho tiempo a esta parte D. Sebastián de Eslava no me ha respondido nunca a ninguna proposición y advertencia que le he hecho, conveniente a la defensa de esta ciudad (...) y todo ha sido callar, y manifestar displicencia.»

Tan sólo un mes más tarde a contar desde este primer desencuentro, el lunes 13 de marzo de 1741, volvieron a avistarse algunas velas enemigas desde la ciudad.

Era exactamente el mismo día en que se cumplía un año desde el primer ataque de Vernon a Cartagena.

Se trataba tan sólo de un bergantín acompañado por dos navíos de sesenta cañones, pero todo parecía augurar lo peor: que se tratara de una avanzadilla de la gran escuadra.

Habían hecho su aparición por punta Canoa a las nueve de la mañana.

Tan pronto como se acercaron lo suficiente, pudo reconocerse su nacionalidad inglesa.

Ese mismo día, el propio Fernando fue el encargado de entregar a D. Sebastián de Eslava una carta de parte de D. Blas, en la que éste le exponía las disposiciones que, a su parecer, debían comenzar a tomarse.

Aunque todavía muchos querían resistirse a creerlo, lo cierto es que en aquella aciaga jornada se iniciaban los preparativos para el mayor desembarco bélico que la historia hubiera jamás conocido en todos los siglos precedentes.

En la ciudad se repitieron algunas escenas de nerviosismo, aunque, a decir verdad, esta vez fueron de un tono muy inferior a las protagonizadas a lo largo de las dos ocasiones anteriores. La eficaz defensa realizada por Lezo en ambos casos, había conseguido serenar a sus habitantes. Al fin y al cabo, el inglés no parecía un enemigo tan temible como se había creído en un primer momento.

A pesar de todo, hubo quienes continuaron con las caravanas de desalojo iniciadas durante los ataques precedentes.

Fernando y D. Blas habían llegado a compenetrarse bien. Incluso en los momentos de mayor exigencia y tensión, en los que el Almirante tenía tendencia a encerrarse en sus profundas reflexiones, la cercanía de Fernando parecía infundirle una cierta serenidad, y constituir un sólido punto de apoyo para él.

A primera hora de la tarde, el Teniente y Lezo se hallaban departiendo en casa de este último. Charlaban acerca de las noticias que iban llegando e intercambiaban impresiones relativas a las más perentorias providencias a tomar.

Cuando más concentrados estaban, estudiando un mapa de la bahía, alguien llamó a la puerta.

Lo hizo mediante unos golpes tan fuertes, que de ninguna manera habrían podido pasar inadvertidos a nadie en el interior de la casa, a no ser que hubiera estado profundamente sordo.

—Ese que tan recio golpea, por necesidad ha de ser hombre de mar —aventuró D. Blas.

No se equivocaba.

Al poco entró la criada, acompañada por el Capitán de una Balandra francesa procedente del puerto de Leogano, en Haití.

Se trataba de un hombre de unos sesenta años, cuya escasez de pelo en la cabeza compensaba con su poblada barba, de color entre gris y blancuzco.

En cuanto el forastero abrió la boca, preguntó con una voz marcadamente aguardentosa, propia de quien ha ahogado muchas penas en ron:

—¿El Almirante Don Blas de Lezo?

—Yo soy.

—Mi nombre es Bainet, Capitán de la «Normandie», con base en Leogano. Me envía el General Brisson.

—Siéntese, Capitán, se lo ruego —le invitó Lezo—. ¿Se le ofrece algo?, si viene usted desde tan lejos vendrá sediento…

—Gracias, Almirante.

»Si tuvieran algo de ron… Este calor le hace a uno sudar como un condenado y…

—Estamos en apuros, pero no tantos como para carecer de ron…

—Gracias. Un trago me sentará a las mil maravillas…

Lezo ordenó a la sirvienta que trajera una botella con tres copas, antes de hacer las presentaciones de rigor:

—Éste es mi ayudante, el Teniente de navío D. Fernando de Castro.

—Encantado —Fernando acompañó su saludo con una leve inclinación de cabeza.

—Un placer, Teniente.

D. Blas invitó al francés a explicarse, pues estaba muy claro que traía noticias de interés:

—Dígame, Capitán: ¿qué le trae por aquí?

—Bueno, tengo ciertas informaciones que les conciernen a ustedes…

»No son muy halagüeñas, ¿sabe…? Pero espero que al menos les sirvan de alguna ayuda…

»He venido a toda vela, tratando de llegar a tiempo. Al menos podrán prepararse para lo que se les viene encima…

—¿Se refiere a los ingleses?

—Sí. Ingleses. De todo origen y condición. De la Gran Bretaña y de las colonias de Virginia.

»Y más de los que han podido ustedes ver juntos en toda su vida.

»He contado más de ciento treinta naves, entre las cuales navegan treinta y seis buques de guerra.

»Y que me aspen si no vienen todos ellos derechos hacia aquí…, hacia Cartagena.

Las pupilas de los ojos de Fernando y D. Blas se dilataron de manera involuntaria. No esperaban recibir una flota semejante.

Sabían que detrás del bergantín vendría una gran escuadra. Pero… ¡ciento treinta naves! ¡Treinta y seis buques de guerra! Era mucho más de lo que podían imaginar. Y… lo que era mucho peor: superaba con creces a la fuerza ante la que podrían oponer una resistencia con mínimas posibilidades de éxito. La terrible mortandad producida por la fiebre amarilla había diezmado a los marineros españoles a su llegada a aquellas tórridas regiones. En la actualidad, la totalidad de efectivos de la defensa no alcanzaban los tres mil, aun contando con seiscientos indios flecheros del interior de la provincia…

Volviendo a dirigirse al francés, el Almirante le preguntó:

—A juzgar por el tamaño de los barcos, ¿cuánta gente de guerra creéis que pueden estar transportando a bordo?

—No podría dar el número exacto. Pero si he de fiarme de mi intuición, no andarán muy lejos de treinta mil…

—¡Treinta mil contra tres mil mal contados! Una proporción de diez a uno… —exclamó Fernando sobrecogido.

—Esa información no debe salir de aquí, Fernando. Debemos

mantener alta la moral de nuestros hombres. Una moral de victoria es imprescindible para ganar una guerra…

»Incluso una guerra como ésta, donde más que un triunfo sobre nuestros enemigos, lo que debemos esperar es un auténtico milagro…

Aquella misma tarde, ya anochecido, D. Blas acudió a casa del Virrey. Por esta vez, no quiso que Fernando le acompañara. Deseaba evitar que D. Sebastián pensara que precisaba de ayuda para defender sus puntos de vista. Pues preveía que, una vez más, sus opiniones resultarían contrapuestas.

En cualquier caso, deseaba informarle acerca de las noticias recibidas de boca del Capitán francés.

Fernando aprovechó para correr a casa de Consuelo. Quería verla antes de que todo comenzara. De un modo inconsciente, después de lo que había escuchado, el Teniente temía por su vida y, acaso, aunque eso ni tan siquiera se atreviera a pensarlo, por la de Consuelo.

Por eso corría a verla.

No quería morir sin que sus ojos la contemplaran y sonrieran por última vez.

A pesar del creciente encono que Dª. Leonor le profesaba, aún no había vedado a Fernando la entrada a las reuniones en su casa. Tal vez por lo mucho que ella disfrutaba viendo cómo el portugués hacía notar su displicencia hacia él. Pues cada vez que aquél le soltaba una puya más o menos ingeniosa, Dª. Leonor reía abiertamente la gracia. No hace falta señalar que, con semejante apoyo, D. Gonçalo se crecía, y su engreimiento cobraba nuevos vuelos.

A pesar de su genio más bien vivo, Fernando hacía grandes esfuerzos por contenerse. Por nada del mundo hubiera querido provocar una discusión abierta. Eso podría acarrearle muy graves consecuencias, ya que Dª. Leonor sin duda aprovecharía para impedirle definitivamente la entrada a las reuniones en su casa.

Por si todo esto fuese poco, su incertidumbre acerca de si el portugués le había identificado el día en que había saltado del jardín a la calle, le obligaba a ser prudente. Sabía que, si D. Gonçalo le delataba, Dª. Leonor jamás se lo perdonaría. Era una razón de más para callar...

Pero, a pesar de todo, la paciencia del joven se iba colmando con el tiempo. Y no estaba lejos de desbordarse. Las tensiones previas a la guerra tampoco contribuían a apaciguarle precisamente...

Al llegar a la casa, fue conducido directamente hasta la terraza donde acababa de comenzar el café.

Además de la familia, allí estaba D. Gonçalo y dos o tres invitados más a los que Fernando apenas prestó atención. Le bastaba y le sobraba con la presencia de Consuelo y, por contraste, con la del lusitano.

Nada más entrar, Fernando reparó en que, si Consuelo tenía muy mala cara, Dª. Leonor se manifestaba inusualmente feliz y risueña, al igual que su rival. Se temió lo peor.

No tardaron en confirmarse sus malos augurios: los padres de Consuelo y D. Gonçalo acababan de anunciar formalmente el matrimonio entre éste y su hija, que tendría lugar en la Catedral de Cartagena, en fechas tan próximas como fuera posible.

Fernando no se lo esperaba. A la noticia de la proximidad de una formidable escuadra inglesa, se le unía ahora esa nueva desgracia.

Por un momento, el Teniente creyó que el mundo se hundía bajo sus pies. En su fuero interno, no sabía cómo calificar la actuación de Dª. Leonor. Le parecía simple y llanamente una felonía: le parecía que obraba como un auténtico monstruo con su hija, sin tener en absoluto en cuenta sus sentimientos.

¡Consuelo le amaba a él, no a ese opulento fantoche! ¡Bastaba con ver el rostro demudado de la muchacha!

El joven hizo esfuerzos ímprobos por mantener la calma. No era tarea fácil.

Pidió una copa de ron.

—¿No es maravilloso? ¡Me encantan las bodas! ¡Qué lástima no poder asistir a la de ustedes! —exclamó una de las invitadas en las que Fernando apenas había reparado. Al parecer, se trataba de la esposa de un adinerado terrateniente de Barranquilla, también presente en la reunión. Se hallaban de paso en Cartagena durante unos pocos días, antes de proseguir caminó hacia Santa Cruz de Bogotá.

Lo malo no fue su comentario, sino que, ignorante del terremoto que sacudía el interior del apuesto Teniente, tuvo el desacierto de dirigírselo a él, culminando su torpeza con una no menos desgraciada pregunta:

—¿Y usted, no ha encontrado todavía su «Consuelito» en Cartagena?

Para cuando quiso darse cuenta, Fernando ya estaba respondiendo a la pregunta. Pero sus palabras parecían salirle de la boca sin permiso, por su cuenta, como si primero las dijera y después las analizara con la mente, y no al revés:

—Señora, le agradezco su preocupación por mi persona. Y le diré que sí, que sí que he encontrado a mi «Consuelito», como usted dice.

»Pero los hombres que valen por lo que son y no por lo que tienen, es decir, los que carecen de fortuna, a veces encuentran escollos en su camino. Escollos que, con la ayuda de Dios, a menudo terminan por sortear, pues el verdadero amor no puede ser nunca avasallado, ni sustituido por meros intereses egoístas.

Dª. Leonor y el portugués supieron muy bien hacia quiénes iban dirigidas aquellas palabras, pero su posición les impedía darse abiertamente por aludidos. Dª. Leonor había presentado el enlace como el fruto de un profundo amor. También de su hija hacia el portugués.

Por su parte, Consuelo quedó horrorizada por lo que acababa de escuchar de labios de Fernando. Temió la reacción su madre.

Lejos de amilanarse, y llevado todavía de la mano de la pasión, Fernando continuó:

—Además, como ustedes saben, los ingleses están a las puertas de la ciudad. Es sólo cuestión de días, tal vez tan sólo de horas, que dé comienzo una gran batalla.

»Pues bien, los *hombres*, iremos a luchar. No es tiempo de amar, sino de batallar.

»Si a la hora de la guerra todos nos escondiéramos detrás de unas faldas, aduciendo que hemos de presentar a nuestra dama ante el altar, y eso nos impidiera luchar, ¿qué sería de nuestra patria? ¿Qué, de nuestra ciudad? ¿Qué de nuestro honor...?

El tono de Fernando iba «in crescendo» y adquiría ya los vuelos de un orador.

La esposa del terrateniente de Barranquilla, totalmente ignorante de la marejada que agitaba a los presentes, escuchaba fascinada la brillante retórica de Fernando:

—¡Qué militar tan distinguido! ¡Qué gran discurso!

Pero llegó un momento en el que, D. Gonçalo, se sintió aludido en tal forma que le era ya imposible callar. Por eso intervino entre acalorado y alborotado:

—¡Es inaudito! ¡En mi vida me he visto tratado de semejante manera!

»¡Y en el día del anuncio de mi boda...!

»¿Acaso me está usted acusando de cobardía?

Fernando no había pretendido herir ni insultar a su contrincante. Lo consideraban una víctima más de los tejemanejes de Dª. Leonor. Todo cuanto había dicho había sido un desahogo incontenido de su corazón adolorido. Su indignación le había hecho hablar con las primeras palabras que se le habían ocurrido, como podía muy bien haber utilizado otras.

Ahora comenzaba a darse cuenta de que había actuado imprudentemente, y que tal vez se había excedido en sus comentarios.

Trató de rebajar la tensión y de no humillar al ofendido D. Gonçalo:

—Nada más lejos que acusarle, señor mío.

»Tan sólo he querido explicar a esta señora que, siendo yo un hombre de armas, no puedo preocuparme en estas horas de grave amenaza extranjera por menesteres a los que, otros hombres menos vinculados a la guerra, pueden dedicar su tiempo y sus energías.

»De todas formas, si me lo permite, creo que en las actuales circunstancias, el deber de todo hombre en Cartagena, está en la primera línea de fuego. De lo contrario, correremos el riesgo de que todo se pierda. También la posibilidad de esposar a las mujeres que amamos.

El portugués se sintió aliviado por la rectificación del Teniente. Quedaba claro ante todos que lo dicho no podía interpretarse como un ataque directo hacia su persona. Pero sus ojos se iluminaron súbitamente cuando, con una mirada de fuego añadió:

—¡De todas formas tal vez tenga usted razón, mi querido soldado!

»Sí: nos veremos en el frente. Yo también participaré en la defensa de la ciudad. Me ha convencido usted. ¡De este modo tendremos ocasión de medir el valor de cada cual...!

Ahora fue Dª. Leonor quien intervino conmocionada:

—¡Pero D. Gonçalo! ¡Piense usted lo que dice...! ¡Qué va a decir Consuelo...! ¡Ella no podrá soportar su ausencia! ¡La boda se retrasará hasta Dios sabe cuando y...!

—No se preocupe, madre. Sabré esperar.

»D. Gonçalo tiene razón. Los hombres deben defender la ciudad. Un hombre incapaz de hacerlo por falta de valor sería despreciable a mis ojos...

No hicieron falta más palabras. Aquí también, las cartas estaban echadas. Fernando y Consuelo habían conseguido aplazar la boda, pero Dª. Leonor no olvidaría fácilmente lo que el «tenientillo» acababa de hacer, echando por tierra todos sus planes, después de meses de fatigosas maquinaciones y esfuerzos.

Ese mismo día, al final de la velada, la grave señora se acercó a despedir a Fernando y, en voz baja le susurró:

—No hace falta que se moleste en visitar más esta casa.

»Dedíquese usted a su guerra y haga el favor de no volver a poner sus pies nunca más por aquí.

Y en voz alta, para que le oyeran todos, añadió:

—¡Buenas noches, Teniente de Castro…!

—Buenas noches, señora —acertó a responder Fernando.

Si su voz resonó con normalidad, su alma estaba literalmente destrozada.

Ahora tenía un motivo añadido para dudar de que sus ojos pudiesen contemplar de nuevo a Consuelo.

2

El Capitán Bainet no se equivocaba, o mejor dicho: sí se equivocaba… pero por defecto.

Cuando las tropas inglesas finalmente se dejaron ver en las proximidades de la ciudad, el número total de embarcaciones no resultó ser de ciento treinta, sino de ciento ochenta. En su conjunto, iban equipados con unas tres mil piezas de artillería repartidas entre varios navíos de dos y tres puentes, es decir, de entre cincuenta y noventa cañones cada uno.

Además, contaban con doce fragatas de cuarenta cañones, y con dos bombardas.

Por su parte, Lezo contaba con seis navíos y novecientas noventa piezas de artillería.

Ahora sí, el pánico cundió por doquier. Se organizaron nuevas expediciones dispuestas a abandonar la ciudad, al menos hasta que la tormenta descargara.

En el otro platillo de la baraja, algunos hombres se presentaron voluntarios para empuñar las armas. Su generosidad no fue despreciada ni desatendida por Lezo. Se les daría instrucción y se les armaría en la medida de lo posible. Lo cierto es que, a la hora de defenderse de tan imponente amenaza, no sobraba nadie. Pero de cualquier modo, el número de fuerzas disponibles en el lado español apenas se vio modificado por este puñado de hombres. Seguían siendo apenas un pequeño reducto que debería enfrentarse a una colosal maquinaria de guerra.

En los primeros días, Vernon amagaba tratando de encontrar un lugar desde donde acceder directamente a la ciudad por la costa.

Bombardeaba Cartagena desde el mar, con diecisiete de sus navíos y las dos bombardas.

Muy pronto se convenció de que sus esfuerzos eran en vano. Sencillamente, porque no había un punto por el que poder desembarcar, y porque las defensas de las murallas, sabiamente dirigidas por el Almirante Lezo, causaban graves daños a sus barcos.

Vernon decidió entonces acometer por el lugar exacto por donde D. Blas había predicho: por la entrada de Bocachica.

El Almirante inglés envió ocho barcos a bombardear los castillos que defendían ese paso, en especial el de S. Luis.

Los navíos británicos se alternaban en su incesante cañoneo, en turnos de a cuatro buques cada vez. Así conseguían hacer fuego sin interrupción, día y noche, a un ritmo de algo más de un disparo por minuto. Su objetivo era «ablandar», hasta doblegar, los muros de las fortalezas.

Los artilleros españoles se batían con bravura bajo la lluvia incesante de balas. Respondían con igual coraje al fuego enemigo. Pero desde el primer momento se comprobó que las fuerzas eran desiguales.

Tan pronto como el Almirante español apreció los movimientos de la flota británica, en dirección a Bocachica, se dirigió personalmente hacia el lugar. Lo hizo a bordo de su nave capitana la «Galicia», y lo hizo dispuesto a organizar y dirigir las defensas «in situ».

Fernando, cabizbajo y carente del entusiasmo que le era propio, hacía una triste figura al lado del coraje y el arrojo de un hombre tan valeroso como Lezo.

Mientras los obuses británicos llovían a intervalos, produciendo ese silbido tan característico que precede a una gran explosión y, muchas veces, a la misma muerte, Lezo se interesó por el estado de ánimo de su ayudante:

—Hijo, ¿Puedo preguntarte qué te ocurre?

»¿Tienes miedo? ¿Quieres acaso pasar a la retaguardia por unos días, hasta que recobres el ánimo?

—¡Oh, no! No señor. No es eso...

—Entonces sólo puede otra la causa de tus males: estás enamorado, ¿me equivoco?

—No, no se equivoca.

—Si me permites un consejo, de hombre a hombre, pon la cabeza en lo que estás haciendo.

»Mira, Fernando. Esto es una guerra y no ha hecho más que empezar. Hay muchas posibilidades de que no salgamos con vida.

»Si tú y yo, y el resto de los hombres, no ponemos los cinco sentidos en el esfuerzo que ahora se nos pide, ten por seguro que ninguno de nosotros, ni nuestras familias, ni ninguno de nuestros seres queridos en Cartagena tendrán un futuro fácil.

»Así que, si de veras quieres a esa chica, por el amor de Dios, antes que nada, defiéndela. Y no dejes que otros pensamientos te distraigan.

»¿Serás capaz de hacerlo así?

—Sí, señor.

—Lo celebro. Pues entonces, pon otra cara y acompáñame a tierra. Quiero ver cómo van las cosas dentro de los muros del S. Luis.

Desembarcaron en una chalupa que les condujo hasta uno de los pequeños embarcaderos de la isla de Tierra Bomba.

Allí les estaba esperando D. Carlos Desnaux, el castellano, que había acudido a recibirles a la escollera.

—Bienvenido, señor.

—Gracias, D. Carlos ¿Cómo van las cosas, en el castillo?

—Hasta ahora bien. Los hombres mantienen alta la moral, y las paredes cumplen su papel: por ahora resisten.

»Hemos instalado rampas debajo de todas las cureñas y ha supuesto una gran mejoría.

»Sin embargo, hay algo que me preocupa. Los muros son sólidos y parece que podrán aguantar bastante tiempo, pero las esquirlas que se desprenden de las paredes, con gran violencia después de cada impacto, nos están causando muchas bajas.

»Son como balas de fusil que salieran despedidas en todas direcciones. Esto ocurre en especial cuando golpean contra los merlones, que saltan desechos en mil pedazos. Se hacen añicos hiriendo, cuando no matando, a los hombres más próximos al lugar del estallido.

—Lléveme hasta esos merlones, D. Carlos. Quisiera calibrar el daño con mis propios ojos.

Hubieron de caminar muy despacio, a causa de la irregularidad del terreno y de la pata de palo del Almirante. Dedicaron un buen rato a coronar la altura del muro Oeste del castillo, aquél donde mayor era el castigo recibido desde los barcos enemigos.

El fuerte sol golpeaba sin piedad. En algunos tramos, el camino atravesaba un trecho protegido por la sombra que la copa de una gigantesca bonga, un frondoso árbol tropical, proyectaba. Pero tampoco esta ayuda pudo evitar que, al llegar, estuvieran empapados en sudor.

Las bombas inglesas continuaban cayendo a un ritmo constante.

Cada minuto, poco más o menos, el inconfundible y mortífero silbido de los obuses ponía a todos los hombres en alerta. Había muy pocos segundos para intentar localizar la trayectoria del proyectil, y tratar de ponerse a salvo.

Lezo se colocó junto a los soldados más expuestos al fuego enemigo.

Una de las balas golpeó contra la muralla, con un estruendo ensordecedor. A consecuencia de la fuerza del impacto, algunos fragmentos se desprendieron, hiriendo a uno de los hombres.

Gracias a Dios, el proyectil había golpeado a un metro por debajo de los merlones entre los que asomaban los cañones.

Fiel a su modo de ser, y a la transformación que sufría en el combate, Lezo permaneció en silencio durante un cierto tiempo, con el rostro grave, mientras observaba con atención las curas a las que era sometido el herido.

Los artilleros españoles respondían con los medios de que disponían, inferiores a los de los atacantes. Sólo algunas de sus balas conseguían alcanzar a los navíos ingleses en el casco, produciéndoles daños de escasa consideración.

Para quienes conocían bien al Almirante, sabían lo que los marcados pliegues en la frente significaban. Su mente reflexionaba con la máxima intensidad de que era capaz.

Fernando se contaba entre quienes mejor sabían interpretar el rostro de su superior.

Cuando, transcurrido un tiempo, le vio relajar los músculos de la cara, supo que debía haber concebido alguna nueva solución para la defensa de Bocachica.

Dirigiéndose al castellano, Lezo le preguntó:

—D. Carlos, ¿mantienen ustedes en buen uso la fragua en Tierra Bomba, verdad?

—Sí señor, se encuentra no muy lejos de aquí, a menos de diez minutos a pie.

—¿Sería posible unir las balas de cañón entre sí, por pares, mediante una cadena de un metro de longitud, poco más o menos?

—Sí señor. Sería posible, y relativamente rápido y sencillo de fabricar.

—Bien. Le sugiero que prepare unas cuantas bombas encadenadas, y que, en lugar de apuntar a los cascos, las dirijan hacia los aparejos de las naves enemigas.

»Creo que con este procedimiento lograremos ampliar la acción destructora de nuestros proyectiles. Y, si funciona como espero, el inglés verá sus barcos desarbolados en menos tiempo del que podría esperarse.

»En cuanto a las esquirlas, el problema se solucionaría protegiendo los merlones mediante costales rellenos de tierra, o de arena.

»El Teniente de Castro y yo regresamos a la «Galicia». En cuanto estén listas las bombas dobles, envíenos un mensaje y volveremos de inmediato a comprobar su eficacia.

—A sus órdenes, señor.

—Hasta pronto, D. Carlos.

A su regreso a bordo de la «Galicia», Lezo se encontró con una sorpresa que de ningún modo esperaba: el Virrey estaba allí, recién llegado de la ciudad, pues deseaba conocer cómo se estaban desarrollando las cosas en la primera línea de batalla.

Comenzaba ya a atardecer. Los dos hombres se sentaron a dialogar en torno a una mesa sobre cubierta, tal y como era costumbre, y casi obligado, a causa del inaguantable calor en el interior del barco.

Mientras intercambiaban información y pareceres, las bombas continuaban cayendo cercanas, pues los cañones de la «Galicia» no habían dejado por un instante de participar activamente en la defensa del Castillo de S. Luis. A sus bombas, como no podía ser de otra manera, respondían con energía las de los buques ingleses.

Como buenos militares, ninguna de las dos autoridades parecía prestar la menor atención, ni conceder la mínima importancia, a los proyectiles británicos. De nada valdría asustarse o tratar de escabullirse de unos torpedos que, rápidos como bólidos, caían de manera continua a su alrededor, en lugares imposibles de prever. En cierto modo, era una prueba de virilidad y valentía la que los dos hombres sostenían entre sí.

Pero el peligro era cierto, y la conferencia tal vez se estuviera prolongando demasiado tiempo. Los obuses continuaban cayendo sin tregua.

Hasta que uno de ellos tuvo la mala fortuna de alcanzar la vela estay de perico, dañando el mastelerillo, y yendo a caer con formidable estruendo, a los mismos pies de D. Blas.

Sin apenas tiempo para reaccionar, un nuevo proyectil llegó

silbando a muy baja altura, hasta el punto de alcanzar la misma mesa que separaba a los dos hombres. La mesa saltó desecha en mil pedazos y, de resultas de las astillas, tanto Lezo como Eslava resultaron heridos. El navarro lo fue en un brazo, y el guipuzcoano en un muslo y en la mano.

Gracias a Dios, las lesiones no fueron serias, y gracias a Dios, todo quedó en un susto. Las consecuencias, qué duda cabe, podían haber resultado mucho más graves.

Era un aviso. Había llegado el momento de poner fin a una reunión que duraba en exceso.

Durante la noche, los herreros de Tierra Bomba habían trabajado de firme en la elaboración de los nuevos obuses encadenados, siguiendo fielmente las instrucciones de D. Blas.

Por la mañana, tan pronto como amaneció, D. Carlos Desnaux envió recado al Almirante, que regresó a la isla en el mismo bote en el que había acudido el mensajero, tal y como había prometido.

Se repitió la escena de la primera visita de Lezo, con la única diferencia de que D. Carlos Desnaux había preparado un carromato con el que transportar a D. Blas hasta el patio de armas del castillo.

Lezo no era amigo de que le trataran como a un lisiado. Fernando temió que lanzara algún pequeño exabrupto, o que se negara a subir. Gracias a Dios, nada de esto ocurrió. Al contrario, montó con los demás y, con rostro risueño, comentó:

—¡Veamos cómo responden esas balas encadenadas! Es una idea que me viene rondando la cabeza desde hace tiempo. Hoy saldremos de dudas, pero no sé… algo me dice que funcionará…

Estaba tan ilusionado como un niño con zapatos nuevos.

Mientras tanto, el intercambio de metralla de uno y otro lado continuaba imparable.

Las balas enemigas volaban sobre sus cabezas, mientras se aproximaban hasta la fortaleza de S. Luis.

Cuando alcanzaron la altura de la muralla, el Almirante comprobó con enorme satisfacción que los merlones habían sido ya convenientemente recubiertos mediante sacos de arena, tal y como había sugerido. Nada le agradaba más que ver que sus órdenes eran prontamente atendidas y puestas en práctica. Sabía muy bien, por experiencia, que la disciplina era un factor esencial en la eficacia de un ejército. El resultado conseguido era óptimo. Los proyectiles, al golpear contra los costales, perdían mucha de su capacidad destructora, hasta el punto de que el desgaste era ahora insignificante en las almenas, donde hasta muy poco antes se sufría el mayor daño.

Además, el problema de las mortíferas esquirlas quedaba completamente resuelto.

—¡Bien D. Carlos! Veo que han realizado ustedes un trabajo magnífico.

—La idea fue suya, señor. Y, en efecto, está resultando de una gran eficacia.

—¡Magnífico! Pues probemos ahora las bombas dobles.

D. Agustín de Iraola, Capitán artillero, se hallaba presente junto a D. Carlos. Nadie mejor que él para probar la eficacia del nuevo armamento. Conocedor de su pericia, Lezo le indicó:

—D. Agustín, por favor, tenga el honor de probar la nueva munición. Pero hágame el favor de no apuntar al casco, sino más arriba: directamente a los mástiles.

—A sus órdenes, señor.

El joven guipuzcoano, paisano del Almirante, introdujo las bombas encadenadas junto con la pólvora, ajustó la dirección del disparo y, a una señal del Almirante, disparó.

Las balas encadenadas salieron catapultadas con un formidable empuje, volteando entre sí, como dos planetas gemelos que disputaran en velocidad giratoria, uno respecto del otro.

Pero el peso de las dos bombas, unido al de las cadenas, era muy superior al de un solo proyectil. Tanto, que el cálculo resultó insuficiente, y las balas cayeron a tres cuartos de distancia de los barcos enemigos.

—¡Muy bien, D. Agustín! Con esta referencia, en el próximo tiro no se nos escaparán… —le animó Lezo.

El artillero se dirigió al cañón contiguo, modificó el ángulo de inclinación de la boca, añadió una mayor cantidad de pólvora, cargó la munición, y se dispuso a repetir la operación, corrigiendo el disparo.

—¡Fuego! —repitió el Almirante en cuanto la pieza estuvo a punto.

Nuevamente, la doble bomba salió despedida como un torbellino arrollador.

No le hizo falta a D. Agustín una tercera oportunidad para corregir el tiro, pues ante el asombro y el pánico de los marineros ingleses, el ingenio ideado por D. Blas destrozó el palo mayor de una de las naves más grandes, a la que alcanzó a la altura del mastelero de gavia.

—¡¡¡Hurra!!! —gritaron los hombres, al presenciar cómo el mástil se inclinaba poco a poco, hasta caer al mar, llevándose consigo la gavia, el juanete y el sobrejuanete mayores.

El artillero, que trataba de mostrarse humilde y digno ante sus superiores, no pudo evitar que una gran sonrisa, de oreja a oreja, manifestara a las claras su satisfacción por haber acertado el tiro.

Además de orgulloso, D. Blas se sentía profundamente aliviado. Ahora que sabía que su idea funcionaba, veía crecer sus esperanzas, a pesar de hallarse frente a una flota tan extraordinariamente grande y bien equipada.

—¡Excelente, D. Agustín!

»¿Sería usted capaz de repetir su hazaña en el palo del trinquete?

—Lo intentaré, señor.

Incluso los obuses enemigos se detuvieron por algunos minutos. En la escuadra británica, el doble disparo no había pasado inadvertido.

D. Agustín volvió a cargar, modificando ligeramente el tiro.

—¡Fuego…!

Volvió a acertar de lleno. Esta vez sobre el palo del trinquete, tal y como le había sugerido el Almirante.

El disparó resultó un poco alto, tal vez, pero suficiente para llevarse por delante todo el aparejo desde la verga del velacho hacia arriba.

Una nueva ovación acompañó al éxito del artillero, que

volvió la cara hacia D. Blas, esperando instrucciones para el siguiente tiro.

—¡Muy bien, D. Agustín!

»¡Vayamos ahora a por el palo de mesana!

»Trate usted de partirlo a la altura de la cofa...

Los ingleses seguían sin disparar. Dos mástiles partidos en dos tiros, era demasiada casualidad. ¿Qué diablos hacían los españoles para disparar con tal acierto y capacidad de destrucción?

D. Agustín se concentró en el nuevo objetivo.

—¡Fuego!

Esta vez la doble bala cayó en el mar, muy cerca de la popa del barco.

—¡Bien, D. Agustín! El tiro iba bien dirigido. Le ha faltado tan sólo un poco más de fuerza.

»Pruebe otra vez, por favor.

El artillero se dispuso a corregir, a su discreción, el ángulo al que debía apuntar, y repitió el disparo.

—¡¡¡Hurra!!!

Acertó de lleno en el macho de la mesana. Cangreja, estay, sobremesana, perico y sobreperico cayeron sin remedio al agua.

En cuestión de pocos minutos, todo un navío de dos puentes y setenta cañones acababa de quedar fuera de combate para la flota británica.

Lezo estaba tan contento, que se permitió dedicar su paisano D. Agustín unas palabras en vascuence:

—Oso ondo Agustintxo, oso ondo! Segi horrela! Zu zera gure artillero onena![2]

Sólo en ese día, los cañones españoles lograron desarbolar hasta cinco navíos de guerra británicos. Entre ellos había dos de tres puentes y noventa cañones...

Qué duda cabía de que era un buen comienzo.

2 (¡Muy bien, Agustín, muy bien!, ¡Sigue así!, ¡Eres nuestro mejor artillero!)

En la ciudad, las campanas de las iglesias se lanzaron al vuelo durante un largo rato, celebrando la victoria de aquella memorable jornada.

La hazaña había supuesto un gran estímulo no sólo para el propio Lezo, sino para la entera Cartagena. Desde que se avistara por primera vez el impenetrable bosque de velas enemigas y la población se viera sumida en tan profundo desánimo, ésta era la primera vez que las heroicas defensas eran capaces de demostrar de lo que eran capaces.

Hoy, muchos acudieron hasta la hermosa Catedral, para dar gracias, y para implorar la protección del Cielo durante los difíciles días que, a pesar de todo, deberían afrontar...

3

El destrozo de los cinco barcos ingleses tuvo como consecuencia el cese pasajero del fuego enemigo. Era como si los británicos se hubiesen retirado a deliberar.

El Almirante decretó que, dada la calma transitoria que se había instalado, se produjera el relevo de algunos de los hombres desde Bocachica. No estaban sobradas de efectivos las tropas españolas. Pero Lezo sabía muy bien que un merecido descanso, cuando las circunstancias lo permitían, redundaba en una mayor eficacia de los marineros a su regreso a primera línea de combate.

También D. Blas y Fernando llevaban ya varios días embarcados a la entrada de la bahía, sin ningún contacto con la ciudad. Ellos también recorrerían las casi tres leguas de distancia hasta Cartagena, donde tratarían de rehacerse, gozando de algunas horas de merecido reposo.

Además, el Almirante consideraba su deber informar puntualmente al Virrey de la marcha de las operaciones.

Al llegar a puerto, anochecía.

Con el regreso a la ciudad, Fernando, que a duras penas había logrado olvidar la gran barrera que se interponía entre Consuelo y él, vio cómo sus fantasmas regresaban ahora con mayor vehemencia que nunca.

El teniente trataba de sobreponerse. Nada conseguiría atormentándose con las últimas palabras de Dª. Leonor, cerrándole el paso a su casa.

Pero entonces, como si sus peores pesadillas se hubieran puesto de acuerdo para tomar cuerpo y presentarse ante sus ojos en forma real, vio en el muelle a un personaje que le recordó vivamente a D. Gonçalo. No se parecía al D. Gonçalo de siempre, aristocrático y delicado. Su indumentaria y sus maneras eran muy otras.

Pero su físico era idéntico, y sus ropajes eran muy parecidos a los que había llevado el portugués el día del inesperado encontronazo a la salida del jardín de los Mairena.

El extraño personaje permanecía de pie, y miraba fijamente a Fernando, en una actitud a todas luces desafiante.

¿De quién podía tratarse? ¿Era el mismo D. Gonçalo, o se trataba de un simple curioso más, entretenido en ver arribar a las tropas?

La tenue luz crepuscular, mezclada con las titilantes linternas del puerto, creaba sombras que distorsionaban el perfil y la fisonomía de las gentes.

De cualquier forma, aquella imagen, real o no, bastó para desatar todas las preocupaciones, angustias y miedos del joven teniente.

«Él amaba a Consuelo y Consuelo le amaba a él.»

«¿Por qué debía entonces esposarla un tercero?

«Debía existir algún modo de resolver tan injusta situación. ¿Pero cuál?»

En estas estaba, cuando el personaje en cuestión se le acercó, clavándole los ojos con la misma fiereza con que lo haría un águila ante su presa. El resto de su cara permanecía oculta bajo un pañuelo.

Nunca antes Fernando había visto una mirada semejante. Los ojos que le atravesaban eran tan negros como los del abismo más sombrío y profundo. Y lo que es peor, destilaban odio. Tanto rencor y animadversión como podría albergar el más perverso y ruin de los corazones humanos.

Desde luego, nada tenía que ver aquella siniestra y retadora actitud con la del gentilhombre que había frecuentado los cafés de los Mairena. En caso de constituir la misma persona, debía tratarse de un actor consumado.

El hombre acercó su cara a la de Fernando, hasta que éste se vio envuelto en la desagradable pestilencia de su aliento. Entonces, aquél le susurró en un tono de voz tan frío como amenazador:

—O te apartas del camino de D. Gonçalo, o eres hombre muerto.

»Puedes intentar acabar con él, si puedes…, pero entonces la muchacha lo pagará.

»¿Lo has comprendido? Ella sufrirá las consecuencias.

»A no ser que te olvides de Consuelo y de D. Gonçalo…

Dichas estas palabras, en las que no era difícil apreciar su claro acento portugués, apartó a Fernando de un violento empujón, y corrió a escabullirse a grandes zancadas entre la muchedumbre y la creciente oscuridad de las calles.

La primera reacción del amenazado fue acudir a casa de los Mairena.

Debía prevenirles acerca de la clase de persona que era D. Gonçalo. Pues, ya fuese él mismo el autor de las amenazas, o ya fuese un enviado a su servicio, la conclusión era la misma: se trataba de un hombre peligroso.

Consuelo debía ser puesta a salvo de las garras de semejante canalla. Debía ser puesta sobre aviso lo antes posible.

Fernando corrió por las calles como si le fuera en ello la vida. Corrió, a pesar del cansancio acumulado durante los últimos días. Acortó cuanto pudo por las más diminutas callejuelas y estrechos pasadizos, apenas transitados, hasta que llegó, en muy pocos minutos, hasta la casa de Consuelo.

Llamó a la puerta con ímpetu. Jadeaba.

El criado, al abrir la puerta, se extrañó de verle. Dª. Leonor había debido darle instrucciones…

—¿Está Consuelo en casa?

—No le sabría decir, señor…

—Déjese de tonterías, Eliécer, es algo de extrema gravedad. Dígame: ¿está o no está?

—Sí está, señor.

—Bien, eso me tranquiliza.

»¿Y está bien?

—Sí, claro, ella se encuentra bien.

—¿Y el portugués…? D. Gonçalo, quiero decir…

—No. Él no vino hoy, señor.

—Bien. ¿Podría pasar a ver a Dª. Leonor? Debo decirle algo de la máxima importancia.

—Ella está en el café y no quiere que se la moleste, señor.

—Mire, Eliécer. Le digo que es algo muy urgente, muy importante.

»Verá usted cómo, después de hablar con ella, nos agradece a los dos que usted me haya permitido pasar a verle.

—Espere aquí, señor D. Fernando, por favor.

»Veré qué es lo que puedo hacer.

—Muchas gracias, Eliécer. Esperaré.

Los gritos de Dª. Leonor se oyeron desde el piso bajo. Muy indignada debía estar la obstinada señora con el Teniente, cuando no le importó gritar en presencia de sus ilustres invitados.

—¡Dile a ese soldadillo de tres al cuarto que no se le ocurra volver a llamar a la puerta de esta casa, o que le denunciaré a las autoridades! ¡Y que no invente más patrañas para tratar de entrar…!

Ahora Consuelo estaría más indefensa que nunca.

¿Cómo avisarle de la clase de persona que era el portugués?

Era demasiado tarde para intentar una entrevista por el jardín. Consuelo no aprobaría una visita a esas horas.

Y lo peor de todo era que, a primera hora de la mañana, Fernando tendría que presentarse en el muelle para ser llevado hasta Bocachica...

—Señor, debemos realizar una salida desde S. Luis para cerciorarnos de que los ingleses no intenten establecer una cabeza de playa en Tierra Bomba. Si lo lograran, sería desastroso para nuestras posiciones.

»Si consiguen colocar sus piezas de artillería en tierra firme, ocultos tras la espesa maleza, y comienzan a cañonearnos, también desde allí, entonces el castillo tendrá sus días contados.

»Y si S. Luis cayera..., entonces los ingleses tendrían ganada más de la mitad de la guerra.

—Vamos, D. Blas. No me sea usted pregonero de desventuras.

»¿No me acaba usted de decir que en un solo día han conseguido desarbolar cinco barcos británicos?

»¿A qué viene ahora, entonces, ese repentino fatalismo?

—No es fatalismo, señor. Es mera estrategia defensiva.

»Las bombas dobles han supuesto un gran paso adelante. Y mantienen a raya a los navíos enemigos. Pero precisamente esa es una razón de más para evitar que se establezcan en tierra.

»Desde tierra firme podrían cómodamente bombardear día y noche las paredes del castillo hasta derrumbarlo. Y entonces, aprovechando su apabullante superioridad numérica, avanzar sin dificultades hasta tomarlo.

»¿No me entiende? Es de vital importancia impedirles que se hagan fuertes en tierra, que desembarquen e instalen las piezas de artillería...

—Le repito lo que ya le he dicho. Ustedes mantengan a los barcos ingleses a raya, y no habrá peligro de desembarco.

—Es muy posible que hayan comenzado a asentarse ya, señor. Como ya le previne en su día, debíamos haber limpiado la zona de vegetación, desde mucho antes de que comenzaran los ataques…

No tenía pelos en la lengua, D. Blas.

Y comenzaba a perder la paciencia. Cuando estimaba que la imprudencia de un gobernante, unida a su altanería, causaba un grave daño a los intereses de la Corona y a la seguridad de sus hombres, que se jugaban a diario la vida, lo expresaba con claridad, aun cuando su franqueza pudiera acarrearle graves perjuicios a su persona.

Así pues, continuó:

—Es más, estoy prácticamente cierto de que una avanzadilla británica ha comenzado ya a desembarcar. Y será sólo cuestión de tiempo comprobarlo. Pero entonces será demasiado tarde. Tarde para expulsarlos, y tarde para defender la integridad del castillo.

—D. Blas, está usted cansado. Retírese a su casa, con su familia. Mañana verá las cosas con menor apasionamiento y con más objetividad.

»Piense que, de hacerle caso a usted, tendríamos que comenzar a peinar toda la costa y las islas adyacentes, desde la Boquilla hasta Bocachica y que, como usted podrá fácilmente comprender, esa es tarea prácticamente imposible, habida cuenta de nuestra escasez de hombres, necesarios todos ellos en sus puestos de combate.

Lezo comprendió que no tenía nada que hacer. Sabía por experiencia que, cuanto más insistiera, peor sería. El Virrey era terco como una mula. A veces parecía que todo su empeño se cifraba en dirigir la resistencia contrariando siempre y en todo el criterio de su bravo Almirante.

Al día siguiente, a primerísima hora de la mañana, D. Blas fue someramente enterado de algunas desagradables noticias. Al parecer, las traían dos prisioneros canarios que habían conseguido escapar de manos de los ingleses.

El vasco quiso interrogarlos en primera persona, por lo que los insulares fueron inmediatamente conducidos hasta su despacho en el Almirantazgo. Se trataba de un hombre alto y grueso de unos cuarenta y cinco años, y otro más joven, probablemente su hijo, que no sobrepasaría los veinte. Eran civiles.

A su llegada, fueron anunciados por el oficial de guardia:

—Le presento a D. Miguel Teguise y a su hijo, Marcos.

—Siéntense, caballeros —les invitó Lezo con una sonrisa forzada en los labios. Estaba preocupado y no era capaz de ocultarlo. Se le hacía cuesta arriba sonreír.

—Gracias, señor.

—He oído decir que fueron ustedes apresados por los ingleses y que han logrado escapar, ¿es esto correcto?

—Así es, Almirante —el padre era quien respondía por ambos.

—¿Pueden por favor relatarme los hechos que consideren más relevantes desde su apresamiento, y sobre todo aquellos que ustedes consideren de mayor importancia para la defensa de estas costas?

—Verá..., viajábamos de Canarias a Curaçao en un barco cargado de vino cuando fuimos apresados por los ingleses. Esto ocurrió hace ya varios días.

»Desde entonces hemos viajado con nuestros captores hasta estas costas de Cartagena.

»Hemos podido saber que los ingleses esperan un convoy de refuerzo y que ayer un capitán y cinco hombres murieron a bordo de un navío británico. El fuego del día veinte les causó muy graves perjuicios. Al menos les destrozó cinco barcos.

»Sus intenciones son tomar el castillo de San Luis, desembarcar en Manzanillo, y avanzar hacia la Popa, de Sur a Norte.

»Pero por otra parte también tienen previsto desembarcar en la Boquilla y avanzar hacia la Popa de Norte a Sur, en una gran envolvente por ambos flancos.

»Hablaban de catorce mil hombres preparados para un rápido desembarco.

—Catorce mil hombres son muchos hombres —comentó Lezo pensativo.

—¡Padre! Se le olvida lo más importante: el correo que se

dirigía a la Habana pidiendo auxilio al Almirante Torres fue interceptado en alta mar. Torres no vendrá.

Éste fue el preciso momento en el que Lezo, aparentemente sin inmutarse, recibió la noticia de que Torres había partido de Santa Marta y de que no podrían contar con él. Así pues, tendrían que apañarse ellos solos como pudieran, con sus seis barcos frente a los casi doscientos del enemigo.

Poco más tenían que añadir los canarios a lo ya dicho.

Con una nueva y fuerte preocupación en el alma, D. Blas despidió a los bravos evadidos, no sin antes ordenar que fuesen atendidos y acomodados como mejor se pudiera.

Algo más tarde, ya en el muelle, Fernando cruzó su mirada con la del Almirante. Ambas presentaban un rostro sombrío.

Esta vez Lezo no se atrevió a reconvenir a su ayudante, pues él mismo no constituía un ejemplo de optimismo para sus hombres.

Pero, como si ese breve intercambio visual le hubiese bastado para comprender cuánto distaba del papel que debía desempeñar ante sus hombres, no tardó en modificar su actitud.

Al momento se esforzó por adquirir la gallardía y fuerza que le eran propias, y que tanto contribuían a elevar la moral de la tropa.

Fernando quedó impresionado por la lección. Sabía que la víspera habría tenido un nuevo encontronazo con el Virrey. Y, sin embargo, aquel *mediohombre* sabía sacar fuerzas de flaqueza en medio de las condiciones más adversas.

Viéndose incapaz de imitar el ejemplo de su superior, Fernando se dijo que, más que «mediohombre», el Almirante Lezo debía ser conocido cuando menos como: «hombre y medio».

4

—Ssshhht… ¡Silencio! Me ha parecido ver algo detrás de esos arbustos —exclamó el Sargento Navarro, en un susurro apenas perceptible por el resto de sus hombres.

Los cuatro soldados se detuvieron en seco. Sólo Totuma, como se hacía llamar el indio que hacía de guía, se adelantó algunos pasos sobre el resto del grupo.

Totuma había nacido y se había criado en de la propia isla de Tierra Bomba. Conocía el terreno como la palma de su mano.

Con los músculos y el rostro en máxima tensión, comenzó a inclinarse hacia adelante muy lentamente. Extendió sus brazos y continuó agachándose con la misma imperturbable parsimonia. Se deslizaba muy despacio, muy poco a poco, sin detenerse en su armonioso movimiento, hasta que, finalmente, todo su cuerpo quedó tendido en el suelo boca abajo.

El resto de los hombres, todos ellos españoles de la Península, inmóviles y rodeados de un profundo silencio, le observaban entre curiosos y asombrados, sin quitarle los ojos de encima.

Ahora el indio reptaba como una serpiente en dirección hacia los arbustos.

Al otro lado, si es que realmente había algo, también había cesado todo movimiento o señal de vida.

El nativo seguía avanzando sigiloso, sin producir el menor ruido. De vez en cuando se detenía por completo, hasta quedar como muerto. Entonces aplastaba la oreja derecha contra el suelo. Ante el asombro de los peninsulares, parecía estar escuchando algo absolutamente imperceptible para todos los demás.

Cuando menos podían esperarlo, Totuma se encogió sobre sí mismo como un muelle al ser comprimido, para a continuación saltar como un tigre por encima de la maleza, lanzando un alarido que heló la sangre de los españoles. En su mano sujetaba un cuchillo, listo para ser empleado.

El sargento dio la señal de apoyar al indio en su decidida acción. Los hombres corrieron en dirección hacia los arbustos.

Antes de que pudiesen alcanzar a ver lo que ocurría, un estrépito indeterminado y vacilante, el propio de una gran confusión, llegó hasta sus oídos. También el sonido de un disparo.

Continuaron corriendo.

Al alcanzar la maleza descubrieron a un soldado británico muerto de un profundo corte en la garganta.

Otro más, posiblemente el mismo que presa de la sorpresa y del pánico había disparado al aire, corría desarmado e indefenso, perseguido por Totuma.

—¡Ingleses!

»El Almirante tenía razón. Ya están aquí. Apuesto a que llevan días y han instalado los morteros en algún lugar de la costa.

»Si tenemos suerte, todavía estarán comenzando a hacerlo. Pero en la guerra no se puede confiar en la suerte. Hay que confiar en las propias fuerzas…

»¡Ojala estemos a tiempo de evitarlo!

—Si los británicos estuviesen ya asentados, el disparo les habrá puesto sobre aviso, sargento.

»Y no tardarán en venir hacia aquí…

—Sí, eso me temo, soldado.

El indio había dado alcance al fugitivo, al que había asestado otra puñalada mortal. Regresaba satisfecho junto a sus compañeros. El Sargento Navarro quiso saber su opinión:

—¡Muy bien, Totuma! Esos ya no nos molestarán más.

»¿Has visto indicios de que pueda haber más casacas rojas en la isla?

—Totuma no saber. Pero creer que sí. Rastros de más pisadas.

»Poder espiar desde altura: allá en roca.

Se refería a un altozano próximo desde el que podrían observar la costa sin exponerse al contraataque de los ingleses, en el caso de que sus tropas en la isla fuesen ya numerosas y estuviesen cercanas.

—¡Bien! ¡Subamos hasta esa peña! —Ordenó el sargento—. Démonos prisa. Ese disparo puede traernos muchos problemas.

La distancia hasta la cumbre no era mucha, unos seiscientos o setecientos metros de distancia.

El indio corría más aprisa y no tardó en distanciarse del resto del grupo. Avanzaba abriéndose paso a través de la vegetación, allá donde ésta fuese practicable. El resto de los hombres tenían dificultades para seguirle. Cuando Totuma alcanzó el punto más alto, se llevó la mano a la frente para hacer de sombrilla, mientras recorría la costa con su penetrante vista.

Un par de minutos más tarde llegó el sargento seguido del resto de sus hombres. El oficial, sin esperar a otear el panorama por sí mismo, preguntó al indio:

—¡Totuma! ¿Has visto algo?

—¡Casacas rojas! ¡Muchos! Desembarcar bocas de fuego en playa.

»Algunos venir aquí. Saber que nosotros salir desde castillo y atacar amigos.

No se equivocaba el lugareño. Aún en su primitivo y elemental modo de expresarse, nadie podía haber hecho un mejor resumen de la situación: los ingleses habían desembarcado y comenzado a instalar sus cañones en la propia isla. Eran muchos y tenían ya instalado todo un asentamiento, imposible de desalojar por cuatro hombres. Los británicos dominaban ya esa zona de la isla. Además, era evidente que un destacamento salía en dirección hacia donde ellos se encontraban. El disparo de su compañero les había alertado.

—¡Demasiado tarde! —observó con pesar y no sin cierta congoja el sargento—. ¡Se han hecho fuertes en este lado…!

»Más nos valdrá que aprovechemos nuestra ventaja y regresemos a casa cuanto antes. Nada más podemos hacer ya aquí.

»Sólo nos queda volver con vida para poder informar de nuestro triste hallazgo.

Transcurridos algunos días más en Bocachica, a bordo de la «Galicia», D. Blas acudió a visitar de nuevo el castillo de S. Luis. Las cosas se estaban poniendo muy feas para la defensa española. El Almirante quería conocer de primera mano cómo soportaban sus hombres tan recio bombardeo. También deseaba cambiar impresiones con el castellano, D. Carlos Desnaux.

Fernando, algo más entero y dueño de sí que en días pasados, tal vez por la continua atención que le exigían las acciones de combate junto a Lezo, le acompañó en la breve travesía hasta la isla de Tierra Bomba. Viajaban con ellos algunos otros destacados marinos, entre los que se encontraba el artillero D. Agustín de Iraola.

Una vez desembarcados, caminaron bajo una incesante lluvia de obuses, ya que el fuego había venido intensificándose considerablemente durante las últimas jornadas.

A medida que se aproximaban a la fortaleza, la vista de lo que iban encontrando a su paso les produjo una profunda y vivísima consternación.

Muerte y desolación por doquier.

El baluarte, que durante la última visita de Lezo mostraba un aspecto todavía sólido, con capacidad de resistencia para largo tiempo, presentaba ahora muy graves carencias. La artillería enemiga había conseguido abrir amplias brechas en los muros Oeste y Norte, hasta el punto de que ambos estaban a punto de venirse abajo.

En cuanto D. Carlos fue puesto sobre aviso, corrió a recibir a D. Blas en el maltrecho patio de armas.

—¡A sus órdenes!

—Buenas tardes, D. Carlos.

—Celebro verle aquí, señor.

»El enemigo ha logrado desembarcar y establecer una cabeza de playa. Se han hecho fuertes con tropa y artillería pesada.

»Ahora el fuego de tierra se une al que nos llega desde el mar. Han logrado convertir este lugar en un auténtico infierno.

»Aunque una avanzadilla salió a inspeccionar el territorio,

y a tratar de desalojar su asentamiento, he de reconocer que emprendimos la acción demasiado tarde. La maleza ha mantenido a los ingleses ocultos y a salvo durante todo este tiempo. En su salida, nuestros hombres fueron repelidos con facilidad. Ahora los invasores se han hecho fuertes, y dominan esa zona de la isla.

»Debía haberse limpiado el monte como usted sugirió.

—¡Claro que debía haberse limpiado, pero el Virrey Eslava no lo consintió...! —aunque el Almirante en realidad no quiso pronunciar estas palabras en voz alta, ni tampoco era su intención que sus hombres las escucharan, su rabia mal contenida hizo que algunos de ellos alcanzaran a oírlas.

—El incesante fuego combinado —continuó Desnaux— está causando graves daños en la fortaleza.

»También las bajas entre los hombres son muchas.

»No podremos aguantar mucho tiempo más...

—Si los ingleses consiguen rebasar la entrada de Bocachica, nuestras posibilidades se reducirán drásticamente. Nos veremos ante una situación límite —Lezo hablaba ahora ante hombres de su entera confianza. Les estaba invitando a resistir.

»D. Carlos, recuerda usted cuántos días han transcurrido desde que se divisaron las primeras velas inglesas ante Cartagena?

—Hoy se cumplen tres semanas, señor: veintiún días exactos.

—Al menos, el tiempo juega a nuestro favor.

»Muchos de los nuestros murieron víctimas de la fiebre amarilla al poco de su llegada. Y eso ocurrió en tiempo de paz, cuando podíamos atender a los enfermos con todos los medios a nuestro alcance, y cuando los cadáveres podían enterrarse a medida que los infectados iban perdiendo la vida.

»A los ingleses les ocurrirá igual. Pero en su caso será peor, pues no tendrán tiempo de sepultar a sus muertos. Y en cuanto a los enfermos hacinados en los barcos, no harán otra cosa sino transmitir rápidamente sus enfermedades.

»Por eso hay que resistir. Tarde o temprano, la peste hará su macabra labor. ¿Me ha comprendido, D. Carlos? En ese sentido, el tiempo juega a nuestro favor.

—Sí, señor. ¡Todos mis hombres están dispuestos a pelear hasta la muerte!

Pero si el espectáculo desde el muelle hasta la fortaleza había resultado descorazonador, en el interior del castillo resultaba sencillamente dantesco. Muertos, heridos y mutilados se acumulaban en condiciones penosas, sin apenas medios para la evacuación de los más graves.

Lezo quiso asomarse a lo alto de las murallas, entre los merlones. A lo lejos podía adivinarse la posición de la batería construida por los ingleses: desde allí, veinte cañones de veinticuatro libras cada uno, ayudados por cuarenta morteros, abrían su mortífero fuego sin cesar.

A pesar se sus palabras, D. Blas supo que la caída del fuerte de S. Luis sería cuestión de horas. De dos o tres días, en el mejor de los casos.

Pero era cierto que el tiempo jugaba a su favor, y que debían aguantar cuanto pudieran. Cada día que los ingleses se retrasaran en su avance, supondría a la larga un aumento de las posibilidades de victoria de los españoles. Pero el triste espectáculo de tantos valerosos jóvenes luchando en tan clara inferioridad de condiciones, a causa, en gran medida, de la incompetencia del Virrey, supuso un nuevo mazazo para el abatido y adolorido espíritu del valeroso Almirante. Sabía mejor que nadie que la ventaja cobrada por el enemigo podía haber sido fácilmente evitable.

Lezo iba viendo, una vez tras otra, cómo la falta de aptitudes del Virrey iba echando por tierra las posibilidades de resistencia de la ciudad. Y con ellas, las vidas de sus heroicos defensores.

Tal y como D. Blas había previsto, sólo dos días después, el 5 de abril, tras diecinueve días de cañoneo continuo, la infantería inglesa se decidió finalmente a atacar el castillo de S. Luis. Aunque, en rigor, aquel montón de escombros ya no podía recibir el nombre de tal. Las brechas abiertas en los muros eran de tal magnitud, que los contingentes desembarcados podrían entrar a la carga a través de ellas.

Y es lo que hicieron.

Mientras los barcos de guerra británicos continuaban bombardeando sin tregua, apoyando el asalto terrestre de sus tropas, un puñado de españoles exhaustos, heridos y hambrientos, disparaban desde los escombros, tratando de detener sin ninguna posibilidad de éxito a la marea humana que se les venía encima.

Lezo contemplaba la desoladora escena desde la «Galicia».

Muy mal se ponían las cosas para los intereses de la Corona española en Cartagena de Indias.

Lejos de contemplar tanta muerte y destrucción inactivo, D. Blas peleaba y hacía pelear con la proverbial bravura de su magnánimo temperamento. No era la suya la actitud de un loco romántico que decide inmolarse a sí mismo, e inmolar a sus hombres, en el ara del honor y del heroísmo, en el fuego de una batalla perdida de antemano. Para él cada hombre, cada vida, contaba. Y mucho.

Sabía darlo todo, pero sin por ello perder la cabeza.

Sus cuatro barcos, el «San Carlos», el «África», el «San Felipe» y la «Galicia», respondían con fiereza al fuego enemigo. Pero, ¿qué eran cuatro navíos frente a docenas de buques ingleses que se relevaban sin cesar?

Las balas enemigas, como mortíferos obuses de fuego, silbaban amenazadoras en el aire, antes de dejar caer su fuerza destructora sobre las cabezas de los maltrechos soldados españoles. Y esto era cierto tanto para los soldados de tierra, como para los desdichados marineros que, a bordo de las cuatro naves que trataban inútilmente de defender la posición, veían cómo sus barcos iban siendo reducidos a astillas por la potencia de la artillería enemiga.

El paso de Bocachica se estaba convirtiendo en una auténtica ratonera para los españoles.

El «San Carlos», el «África» y el «San Felipe», deshechos en combate, terminaron por prender fuego y arder en llamas.

Mientras esto ocurría en la mar, en la isla, las tropas inglesas recibían la orden de pasar a cuchillo a toda la guarnición española del Castillo de S. Luis.

Estaba claro que no se podía hacer más. Se había llegado al límite de lo humanamente posible. Había llegado el momento de abandonar la posición. Había que salir de allí cuanto antes. Y salvar a cuantos hombres fuese posible.

El Almirante dio la orden de retirada. Las tropas debían abandonaban la isla en dirección a la ciudad, en cuantas embarcaciones útiles pudieran encontrase.

Finalmente, la heroica resistencia del S. Luis abandonaba sus posiciones. Hombres ensangrentados, lisiados, exhaustos y heridos, se ayudaban como podían entre sí, tratando de llegar incluso a rastras hasta el muelle de la isla.

Una vez embarcados, por no decir hacinados, en los pequeños botes y chalupas todavía utilizables, partirían a golpe de remo con las escasas fuerzas que todavía les quedaran, hasta cubrir las tres leguas que les separaban del puerto de Cartagena.

La isla de Tierra Bomba se había perdido para España. Y, con ella, el hasta entonces infranqueable paso de Bocachica. La entera bahía exterior quedaría a partir de ahora enteramente libre y expedita para los navíos invasores.

En un último y tal vez desesperado intento de detener al inglés, Lezo ordenó incendiar y hundir la maltrecha y ya ingobernable nave capitana en la que él mismo navegaba. El fuego enemigo la había dejado inservible. Ahora el bravo Almirante trataría de bloquear el tránsito a los barcos británicos mediante su hundimiento en mitad del estrecho.

Una vez que a duras penas hubo logrado conducir la nao al punto deseado, dio la orden:

—¡A los botes! ¡Abandonad la nave!

Y, dirigiéndose a Fernando, le encomendó la tarea más difícil y arriesgada:

—¡D. Fernando! Tome tres hombres y prenda fuego a la proa, yo haré lo mismo en la popa.

»Abandonaremos la nave en el último bote…!

—¡A sus órdenes, señor!

Los obuses enemigos caían ahora con mayor frecuencia y estrépito que en ningún otro momento de los vividos hasta entonces durante el largo y duro combate. Y eso, a pesar de que los oficiales del fuerte de S. Luis habían contabilizado en más de seis mil las bombas con las que los británicos habían logrado «ablandar» el castillo.

D. Blas y sus hombres lograron abandonar la nave con todos los hombres a salvo, pero a pesar de sus esfuerzos, el fuego tardaría tanto en prender en la embarcación que cayó en manos enemigas antes de que los daños a bordo fuesen irreparables.

Un trofeo más para las imparables tropas británicas…

A pesar de todo, tampoco todo eran alegrías para los ingleses. Pues, aunque habían logrado un gran triunfo, el precio había sido muy alto. Sus pérdidas habían sido enormes. Las bajas en el asedio al fuerte de S. Luis se calculaban en 1.600 hombres, muy superiores a las españolas, de 370 soldados, contando muertos, heridos y prisioneros.

Además, los británicos habían perdido diez navíos en la operación. Pero la toma de la entrada de Bocachica suponía tal avance en la ofensiva a Cartagena que, a partir de ese momento, Vernon y sus oficiales dieron a la ciudad por conquistada. Sabían que ya sólo sería cuestión de tiempo.

En medio de su incontenida euforia, el Almirante inglés no dudó en enviar una fragata a Londres, anunciado la inminente conquista de Cartagena de Indias para su Majestad británica, el rey Jorge II. A bordo de la fragata viajaban como prisioneros dos oficiales españoles, a los que acompañaba el estandarte del buque insignia de Lezo.

Una vez más, como ya había ocurrido con la toma de

Portobelo, el imperturbable carácter del pueblo inglés perdió temporalmente su flema, para festejar por todo lo alto tan esperada noticia.

Cuentan las crónicas que se dispararon salvas desde la Torre de Londres, se echaron a volar las campanas de las iglesias, e incluso hubo fuegos artificiales a orillas del Támesis.

Pero no quedó aquí la cosa. Esta vez, dicho en lenguaje popular «se vendió la piel del oso antes de cazarlo», pues el Parlamento británico ordenó acuñar monedas conmemorativas de tan magno acontecimiento. En algunas de ellas se representaba a «D. Blass» (como aparecía nombrado en las mismas) de rodillas (con dos brazos y dos piernas) entregando su espada al Almirante inglés. En el ribete de dichas medallas rezaba la leyenda: «el orgullo español humillado por Vernon».

5

Dª. Josefa recibió a su consternado esposo con el tacto y la delicadeza que le eran propias. Se ha dicho que detrás de un gran hombre hay siempre una gran mujer y, desde luego, en este caso era así. Sólo ella era capaz de elevar el espíritu de un personaje de tan gran temperamento, pero que, precisamente por eso, por su grandeza, era más difícil de levantar las raras veces en que llegaba a abatirse.

Después de agasajarle con una buena comida, durante la cual la buena esposa apenas habló, dejando que D. Blas se desahogara a sus anchas, pasaron a la sala favorita del Almirante, en la esquina Norte de la casa. Hasta allá llegaban los suaves efluvios del mar. Pues la corriente de aire que, a través de las celosías, cruzaba entre las dos fachadas del edificio, proporcionaba un ambiente grato y fresco donde poder charlar y descansar a sus anchas.

Los niños participaron dichosos del reencuentro con su

padre. Lezo amaba entrañablemente a sus hijos, su presencia constituía el mejor lenitivo para su cansado y malhumorado ánimo. Dª. Josefa lo sabía bien, por eso se limitó a dejar actuar al añorado ambiente familiar.

Más tarde, cuando los esposos se quedaron solos tras acostar a los pequeños, la señora de la casa se encontró preparada para responder a la cuestión que, sabía muy bien, volvería a plantearse en el hogar:

—Josefa, tenéis que marcharos. Este ya no es un lugar seguro para vosotros. Las cosas se están poniendo muy mal. Los ingleses han logrado entrar en la bahía. Y una vez dentro, va a costar mucho pararles los pies. Para defender la ciudad va a haber que poner toda la carne en el asador. Va a haber muchas bajas. No quisiera que ni a ti ni a los niños os pasara nada. No lo podría resistir.

—Blas, Blasillo. Dime una cosa: ¿cuándo has temido tú a los ingleses o a otro enemigo por formidable que fuera?

—Creo que nunca... Pero no estoy hablando de mí, estoy hablando de...

Dª Josefa le interrumpió y prosiguió:

—¿Cuándo has perdido una sola batalla en la que fueses tú quien dirigiera a las tropas?

—Nunca. Pero, mujer...: ¿es que no lo entiendes? Aquí no mando yo. Aquí manda Eslava y, no sé qué mosca le ha picado, pero es incapaz de seguir mi parecer. No consigo dialogar con él en igualdad de condiciones. Basta que yo diga una cosa para que él ordene la contraria o, lo que todavía me enerva más, dé la callada por respuesta...

»Sinceramente: no sé qué se le ha metido a ese hombre en la mollera...

—¿No crees que ha llegado el momento de que le lances un órdago?

—¿Un órdago? ¿Al Virrey? ¿Qué es lo que quieres decir?

—Muy sencillo. Tú eres el Almirante en jefe de la Armada española. Si no se aviene a aceptar que seas tú quien dirijas a tus propios hombres, pídele que te releve del puesto.

»Creo que ése va a ser el único camino para hacerle comprender que vas en serio. Y para que, cuando se vea solo e incapaz, te llame de nuevo y te acepte como verdadero mando supremo de las tropas.

D. Blas se quedó mirando atónito a su mujer. Él había estado muchas veces tentado de hacer exactamente lo que acababa de oír de los labios de Dª. Josefa, pero siempre lo había desechado, por considerarlo una mala ocurrencia. Lo había tomado como una idea equivocada y fuera de lugar; en definitiva, como un mero fruto espurio de su ira y de su indignación.

Pero ahora, de repente, escucharlo de boca de su equilibrada y juiciosa esposa, era harina de otro costal. Ella sabía siempre lo que decía. Jamás hablaba por hablar.

Visto el problema desde otro ángulo, ¿acaso no estaría pecando de cobardía y debilidad ante el Virrey? ¿Acaso no debería plantarse ante él antes de que fuese demasiado tarde? ¿Antes de que con su incompetencia y falta de decisión continuara enviando inútilmente cada vez más hombres a la tumba?

Como en tantas otras ocasiones, su sabia esposa había sabido poner el dedo en la llaga. Le había dado un consejo que, cuando peor se estaban poniendo las cosas, tal vez pudiera actuar como un revulsivo que lograra volver a ponerlas en su sitio.

Cuando, a la mañana siguiente, D. Blas acudió a entrevistarse con Eslava, se presentaba dispuesto a todo. Tras haber consultado con la almohada los consejos recibidos de Dª. Josefa, muy lejos de echarse atrás, el bravo Almirante había crecido en el convencimiento de su sabiduría y oportunidad. Además, no era la primera vez que iba a enfrentarse a todo un Virrey. En Lima, en su día, hubo de hacer lo propio ante el del Perú.

Curiosamente, había conseguido dormir muy bien. El cansancio acumulado había hecho su parte.

Al llegar a la residencia de D. Sebastián, a primera hora, fue recibido de inmediato. Los británicos estaban a las puertas de la ciudad y no había tiempo que perder:

—Pase, pase, D. Blas.

—Gracias, señor.

—... y siéntese, por favor.

»¿Fuma usted, Almirante?

—No, no estoy acostumbrado a hacerlo por las mañanas. Se lo agradezco.

Tras encender parsimoniosamente un puro, el Virrey se dispuso a comenzar hablar. Dio una profunda calada al habano y por fin apuntó:

—Las horas que vivimos son delicadas. Va a haber que armarse de valor. ¿Cómo ve usted las cosas ahora, cuando tenemos a los británicos a nuestras puertas, en el interior de la bahía? —Pero, a pesar de haber formulado una pregunta muy clara y definida, el Virrey pasó directamente a exponer las medidas que había decidido tomar, sin esperar a escuchar la respuesta del Almirante—. En mi opinión, estimo que debemos abandonar el Castillo de la Cruz Grande. Nuestras tropas son demasiado escasas para defender un fuerte que, tarde o temprano, está llamado a perderse.

»Para contrarrestar esta pérdida, he estado reflexionando y he llegado al convencimiento de que la mejor solución será hundir el «Dragón» y el «Conquistador», al objeto de obstruir el paso a los buques enemigos, pues de este modo se les impedirá el acceso desde la bahía exterior hacia la interior.

A pesar de sus palabras cargadas de énfasis y de engolamiento, estaba claro que D. Sebastián parecía no haber comprendido todavía la gravedad de la situación.

Por su parte, Lezo no daba crédito a lo que acababa de oír. Pero, ¿tal vez se había vuelto loco aquel hombre? ¡Abandonar un castillo intacto al enemigo! ¡Hundir dos barcos de sesenta y cuatro cañones en perfecto estado de artillería y navegación! ¡Los dos únicos barcos que les quedaban!

¿Por qué no rendirse y entregar la ciudad directamente a los ingleses? Al menos así se ahorraría mucho dolor y, sobre todo, incontables bajas de ambos lados...

El vasco no hubo de hacer ningún esfuerzo para responder al navarro:

—¡Señor! Con todos los respetos, las medidas que usted propone me parecen completamente fuera de lugar.

»Precisamente el fuego cruzado desde el castillo de la Cruz Grande, en combinación con los cañones del fuerte de Manzanillo, será el mejor modo, tal vez el único, de detener el avance inglés.

»Rota nuestra primera línea de defensa en Bocachica, Manzanillo y la Cruz Grande, que hasta ahora constituían nuestra segunda línea defensiva, pasan inmediatamente a ser la primera.

»¡Si entregamos uno de esos dos castillos a los ingleses, no haremos sino regalarles una nueva victoria que no hará otra cosa que acercarlos a paso de gigante a su objetivo final! ¡Y todo ello sin que se vean precisados a realizar ni un solo disparo! ¡Sin que les suponga el más mínimo esfuerzo!

»A partir de ese momento, ya sólo les quedará por tomar el cerro de la Popa.

»No me cabe la menor duda, de que ése será su próximo objetivo. Pues desde lo alto podrán bombardear a placer la ciudad y, lo que todavía es peor, tendrán a merced al propio Castillo de S. Felipe de Barajas.

»Y el día en que caiga S. Felipe, todo estará perdido para nosotros en Cartagena de Indias.

—No me ha entendido usted, D. Blas. O no ha querido entenderme. No sé si ha prestado la suficiente atención a lo que le he dicho.

»De nada les valdrá a los ingleses la toma de la Cruz Grande si sus barcos no pueden acceder a la bahía interior, y eso lo conseguiremos mediante el hundimiento del «Dragón» y el «Conquistador».

»Y supongo que eso también les dificultará su avance hacia la Popa, a la que usted concede tanta importancia.

—Señor, conocemos bien la profundidad de la bahía, que es muy superior a la del calado de estos navíos. El hundimiento de ambos buques será incapaz de cerrar el paso al enemigo.

»Por el contrario, si cometemos el error de hundir el «Dragón» y el «Conquistador», lo único que lograremos será perder los dos únicos barcos que nos quedan. Y eso, repito que con todos los respetos, es una acción absurda.

—Mi querido D. Blas, ¿no trató usted de bloquear Bocachica mediante el hundimiento de la «Galicia»?

»¿O es que cuando usted planea una acción es correcta y cuando la planean sus superiores es absurda? —el soniquete burlón empleado por el Virrey consiguió alterar los nervios del Almirante.

Una vez más trató de contenerse y de responder con sosiego:

—Señor, en los fondos marinos de Bocachica existe un estrecho corredor de formaciones coralinas a través del cual deben pasar todos los buques. Si hubiese conseguido cegar ese corredor con el casco de mi nave, sin duda que se hubiera obstaculizado el paso a los barcos enemigos. Pero aquí, en medio de la bahía, la situación es muy otra: la profundidad es tanta, que de ninguna manera se podrá cegar el paso de los barcos.

»Eso, por no hablar de la anchura, pues incluso en el hipotético caso de que un barco hundido supusiera un obstáculo para la navegación, muy fácilmente podría ser esquivado o rodeado, dada la enorme anchura de la bahía.

—Cada día me resulta más difícil hablar con usted, D. Blas. Mejor será que lo dejemos aquí.

»Se hará como le he dicho, y usted será el encargado de ejecutar mis órdenes.

La cuerda se estaba tensando mucho. Demasiado. Corría el riesgo de romperse y, en efecto, se rompió:

—Si ese es su parecer, señor, le ruego que, desde este mismo momento, me releve de mi puesto.

»Continuaré peleando como un combatiente más. Prefiero hacerlo así, a colaborar con el sacrificio inútil de la vida de tantos valientes soldados españoles en la flor de la edad.

—Acepto su renuncia, Lezo —no hizo esfuerzos el Virrey por mostrar su contento ante semejante decisión—. Pero antes deberá usted encargarse del desalojo del Castillo de la Cruz Grande y del hundimiento de los dos buques de guerra que le he señalado. Nadie mejor que usted podrá hacerlo.

»Una vez cumplida esta misión, podrá retirarse a su puesto como simple soldado, si eso es lo que más le satisface. Puede incluso comandar una patrulla y dirigirse a defender el cerro de la Popa, que tanto le preocupa.

En su larga y rica experiencia militar, el Almirante jamás había debido padecer tanto. Ni tan siquiera cuando se vio amputar la pierna, desgajada por un proyectil enemigo. Los dolores morales pueden exceder, y a menudo lo hacen, a los dolores físicos.

D. Blas debió hacer acopio de toda su fuerza de voluntad para sobreponerse a la indignación y al dolor, y para ser capaz de responder, siquiera con un escueto:

—¡A sus órdenes, señor!

❧

Muy de mañana, Fernando había corrido a casa de Consuelo. Continuaba muy preocupado por ella. Ahora que sabía qué clase de hombre era el portugués, todos sus afanes y desvelos se encaminaban a prevenir a la muchacha.

Resultándole imposible acceder a la casa por la puerta principal, volvió a dirigirse hacia el jardincillo lateral desde donde, si todo iba bien, podría conversar a escondidas con su amada.

Rezó para que la muchacha se encontrara en su habitación, y para que nadie más de la casa les descubriera.

Al igual que el ya lejano día en que se tropezó de bruces con D. Gonçalo, se agachó para recoger una piedrecilla, y lanzarla a las celosías.

Aguardó impaciente a que produjese el efecto esperado.

Pero la ventana permanecía cerrada y no había señales de movimiento en el interior.

Lanzó una nueva piedrecita.

Las cortinas parecieron oscilar ligeramente.

Así era. Y en seguida apareció Consuelo por detrás.

El joven pudo comprobar de primera mano cómo su bello rostro había perdido buena parte de su lozanía. Grandes ojeras rodeaban a sus bonitos ojos claros y su tez, de naturaleza muy blanca, presentaba una palidez enfermiza.

Cuando vio que era Fernando, sus ojos recuperaron parcialmente su fulgor y la muchacha, como una cautiva en su propia casa, exclamó en un suspiro:

—¡Ay, Fernando! ¡Qué dicha poder verte, aunque sólo sea por unos instantes!

—¡Consuelo! ¡Consuelo de mi vida!

»¿Qué te ha ocurrido? Pareces enferma...

—Padezco mucho. Mi madre me vigila sin cesar. Está furiosa contigo. Te culpa de que D. Gonçalo se haya alistado.

»Y teme que nos veamos. Sólo encuentro cierta libertad aquí, encerrada en mi habitación.

—Consuelo, escúchame bien: has de tener mucho cuidado con él, con D. Gonçalo. Hace poco le vi en el puerto. A él, o a un hombre a su servicio. Al fin y al cabo es lo mismo.

»Créeme: no es persona de fiar. No sé lo que pretende, pero sé que no es lo que aparenta ser. Es un hombre peligroso. Muy peligroso.

»Pase lo que pase, debes evitarle.

»Y debes tratar de convencer a tu padre de lo que te digo.

—Pero Fernando: no hacía falta que me dijeras eso. Tú sabes que a quien quiero de verdad es a ti.

—No. No es eso. No me has entendido. Se trata de que permanezcas en guardia. Ese hombre es un canalla, un delincuente. Una mala persona. No sé qué es lo que pretende, pero nada bueno.

»¡Si fuera necesario, deberás huir antes que casarte con él...!

—¡Mi madre está cada día más cautivada por él!

»Gracias a Dios, hace días que no le he vuelto a ver, pues, como te digo, ha cumplido la palabra que te dio: se ha presentado voluntario como combatiente.

—Entonces, ¿no ha vuelto a aparecer por aquí?

—Hace días que no. Pero yo también he creído ver algo extraño en él. Parece muy seguro de sí mismo. Muy convencido de que, pase lo que pase en esta guerra, saldrá bien parado y podrá hacerme su esposa...

—¡Consuelo! ¡Eso nunca! ¡No puedes caer en las manos de ese infame impostor...!

—Lucharé, Fernando. Pero cada día temo más a mi madre. No sabes hasta qué punto ese hombre ha conseguido engañarla...

—Resiste un poco más, Consuelo. Por favor...

»Te lo prometo, en cuanto me sea posible, volveré y te rescataré de las manos de ese hombre.

»Ahora debo marchar. Nadie debe vernos aquí. Eso podría echarlo todo a perder...

»Adiós, vida mía. ¡Volveré...!

—¡Adiós, Fernando! ¡Por lo que más quieras, no tardes...!

❧

Cuando los hombres del Castillo de la Cruz Grande recibieron la orden de abandonar su puesto y retirarse hacia el de S. Felipe de Barajas, no podían creer lo que oían.

Sabían que era un absurdo, una decisión casi suicida.

Para D. Blas, ejecutar una orden de tal falta de sentido, resultaba heroico. Ante los hombres, él era el responsable de la decisión. No podía ni debía explicar que, en realidad, estaba radicalmente en contra de semejante medida, y que todo era fruto del ingenio del Virrey Eslava.

Fernando tampoco comprendía cómo el Almirante podía actuar así. Pero intuía que, si Lezo lo ordenaba, sería porque detrás de aquella incomprensible maniobra habría algún motivo estratégico que a él se le escapaba.

A no ser que fuese una nueva ocurrencia de D. Sebastián.

Pero por ahora no podía saberlo.

Lezo supo organizar el transporte de los hombres, artillería y dotación desde la Cruz Grande hasta S. Felipe con admirable orden y eficacia. Tanto, que consiguió desempeñar su cometido en un tiempo récord.

Los ingleses, dueños ya de Bocachica, habían establecido allá sus bases.

Incrédulos ante lo que ocurría a mitad de la bahía, tan pronto como vieron abandonado el castillo, enviaron un destacamento a ocuparlo.

Con auténtico dolor, D. Blas pudo contemplar cómo la bandera del Reino Unido no tardaba en ondear sobre las murallas.

Fernando alcanzó a oír cómo, de sus labios, se escapaba un desahogo en forma de súplica:

—¡De dirigentes incapaces, *líberanos Dómine*!

Ahora supo que el abandono de la fortaleza no obedecía a una misteriosa táctica estratégica, sino a una nueva veleidad del Virrey.

Pero no habían acabado aquí las penalidades para Lezo. Aún tendría que cumplir la segunda y más dolorosa parte de las órdenes recibidas aquella tristísima mañana: pues, además del abandono del castillo, el Virrey había sido capaz nada menos que de ordenar al mismísimo Almirante en jefe de la Armada española que se encargara de hundir sus propios barcos. Los dos únicos buques que quedaban para la defensa de la ciudad, cuyo estado era inmejorable, y que se hallaban listos para entrar en combate en cualquier momento.

Nuevamente, las virtudes militares del admirable D. Blas hubieron de ponerse en ejercicio en grado heroico. No en vano, se ha escrito que el fuego amigo es el que más dolor y daño causa. Mucho más que el enemigo. En este caso, el propio fuego español debería quemar y hundir sus propias naves...

Al igual que en la evacuación de la Cruz Grande, el Almirante puso todo su empeño en realizar la operación con la mayor competencia. Sin embargo, tal vez por lo que de antinatural tenía que un magnífico marino prendiese fuego a sus propios barcos cuando ello no era necesario, en esta ocasión se produjo un notable fallo de ejecución por parte de sus hombres.

Cuando el «Conquistador» era conducido hasta la mitad de la bahía y preparado para su «sacrificio», el enemigo realizó una rápida salida para tratar de apresarlo.

Los marineros de a bordo, presionados por la cercanía de los buques ingleses y acuciados por la escasez de tiempo, no fueron capaces de colocar los barrenos con la pericia requerida. Por eso, al igual que ya había ocurrido con la «Galicia» en Bocachica, los británicos lograron también hacerse con este barco antes de su total destrucción.

Las cosas no podían ir peor para los españoles.

Por si fuera poco y como era previsible, el único barco hundido no impidió en lo más mínimo la superioridad inglesa en la bahía. Tampoco entorpeció la navegación de sus barcos, ni siquiera en el punto en el que yacía el casco sumergido.

Una vez concluida tan embarazosa misión, tal vez la más dura de cuantas hubiera de realizar a lo largo de su dilatada carrera, el Almirante D. Blas de Lezo y Olavarrieta pasó a engrosar las filas de la tropa, donde pelearía, con su pata de palo, como uno más entre los infantes de la Corona.

El Virrey se congratulaba de quitarse de en medio a un hombre de fuerte carácter. A alguien que, lejos de aplaudir a cada rato sus decisiones, se permitía contradecirle y corregirle cada vez que lo consideraba necesario. Y estaba claro que lo consideraba con harta frecuencia, demasiada para el gusto de Eslava...

6

A los pocos días, exactamente el tiempo que los ingleses tardaron en reubicarse en sus nuevos dominios, y en emplazar sus cuarteles generales en la isla de Tierra Bomba, comenzaron a caer los primeros proyectiles sobre la propia Cartagena.

La respuesta defensiva de la artillería de la ciudad fue muy débil.

Tanto, que D. Blas llegó a temerse lo peor: que en su interior reinara el caos y el desconcierto, como en verdad ocurría.

El Almirante sabía muy bien que, si las tropas británicas decidían abalanzarse directamente sobre las murallas, las fuerzas de resistencia que encontrarían serían prácticamente nulas.

Pero ante una reacción tan llamativamente débil, los oficiales ingleses se temieron que, en realidad, no se tratara más que de una trampa, en la que de ninguna manera estaban dispuestos a dejarse caer.

Continuarían avanzando paso a paso. Sin buscar atajos innecesarios. Seguirían el plan trazado de antemano, en movimientos minuciosamente preparados. Ahora que acariciaban la victoria con la punta de los dedos, no querían arriesgarse a cometer un error.

Por su parte Lezo, ayudado de Fernando y de algunos de sus hombres más cercanos, trataba de impedir un desembarco enemigo en las inmediaciones del cerro de la Popa. Para ello contaba con la inestimable ayuda de los cañones que había rescatado de los buques recientemente sacrificados.

Pero a partir de ahora era un soldado más. Su ascendencia sobre el resto de los hombres provenía única y exclusivamente de su prestigio y de su acusada personalidad. Por lo demás, estaba claro, carecía ya de la autoridad propia de su rango.

Ello no le impidió, sin embargo, visto el cariz que tomaban los acontecimientos, enviar un mensaje escrito al Virrey. En él le instaba a cavar una trinchera desde la que las fuerzas de la Popa pudiesen defenderse por su flanco Sur, desde el que, sin duda, atacarían los colonos de Virginia.

Fiel al modo de proceder seguido hasta entonces, el Virrey Eslava desoyó una vez más las advertencias y sugerencias del Almirante.

Así fue como, durante la noche del día 15 de abril, un contingente de mil quinientos angloamericanos se lanzó a consolidar una cabeza de playa en la península de Manzanillo. Otro destacamento haría lo propio en la isla de Manga. Sus esfuerzos iban encaminados en última instancia hacia el cerro de la Popa. Pues desde allí, podrían bombardear a placer el Castillo de S. Felipe de Barajas, último bastión español en Cartagena.

Por su parte, además de la ciudad, las naves británicas, enteramente libres y dueñas de la bahía, bombardeaban sin piedad el Castillo de Manzanillo, aquel que, situado frente al ya perdido de la Cruz Grande, constituía la puerta de entrada a la bahía interior.

Las cosas no podían ir mejor para los intereses británicos.

D. Blas no cejaba en su lucha por impedir el acceso de los virginianos al cerro de la Popa. Al menos se lo pondría tan difícil como pudiera. Acompañado por un reducido grupo de apenas cuatrocientos hombres, entre los que se contaban algunos Granaderos de España, Piquetes de Marina, e Infantes de Aragón, se enfrentaba al colosal destacamento enemigo, que les superaba varias veces en número, y al que no cesaban de agregárseles nuevas fuerzas.

El combate, por desigual, estaba resultando muy duro.

De madrugada, los soldados ingleses desembarcados en la playa eran ya más de tres mil.

Por si fuera poco, la artillería enemiga batía la zona sin cesar.

Pero nadie estaba dispuesto a rendirse. El Almirante Lezo, con o sin mando en plaza, era una auténtica furia de la naturaleza que, desatada en toda su fuerza, sabía transmitir su entusiasmo y valentía. Había algo en él, tal vez su intrepidez, o su entereza de su carácter, algo..., que hacía que los hombres que le acompañaban le guardaran una heroica fidelidad hasta la muerte.

La lucha con las armas no le impidió tratar de insistir todavía una vez más ante Eslava. Era absolutamente necesario reorganizar las fuerzas y, aprovechando la oscuridad de la noche, realizar una embestida que desalojara a los ingleses de la zona ocupada.

Pero, una vez más, su petición ante el Virrey hubo de caer en saco roto...

Fernando jamás se había visto envuelto en un fuego semejante. Ahora comprobaba en sus propias carnes la asombrosa transformación que la furia del combate produce en los hombres. Olvidado de sí mismo y de cuanto le rodeaba, sólo pensaba en la inmediata misión que se traía entre manos. Exponía su vida a la muerte a cada rato, una y otra vez, con la misma despreocupación con que, en otras circunstancias, se hubiera expuesto a mojarse en medio de un simple aguacero.

Las balas silbaban sin cesar a su alrededor. Pero, de alguna manera, habían pasado a formar ya parte del paisaje.

En su entorno más próximo, sus compañeros de armas hacían lo propio: disparaban y cargaban, disparaban y volvían a cargar; parapetados tras lo que se pudiera: una roca, el tronco de un árbol… Cualquier resguardo era bueno para, desde allí, tratar de detener la formidable fuerza de unos atacantes que, a pesar de la feroz resistencia, continuaban avanzando imparables, tomando posiciones de forma lenta pero constante.

Los ingleses, muy bien adiestrados, constituían una formidable máquina de guerra a la que sólo un milagro conseguiría detener.

Los hombres de ambos bandos caían por docenas. Era mayor el número de bajas británicas, pues era mayor su desamparo, ya que debían exponerse con mayor frecuencia al fuego enemigo. Pero también los españoles iban cayendo inexorablemente, uno detrás de otro.

Algunos morían en el acto. Otros quedaban maltrechos en el campo, sin posibilidad de recibir la asistencia de sus compañeros.

De manera inesperada, en medio de la dura escaramuza, uno de los hombres se separó de las filas españolas. Echó a correr hacia adelante como un demente y, ante la sorpresa de todos, se pasó al ejército enemigo.

Fernando, aun inmerso en la tremenda tensión de la batalla, pudo seguir con la vista la entera maniobra del desertor. No sólo saltaba a las filas enemigas, sino que, el muy canalla, hizo inmediata entrega de un pliego escrito a uno de los oficiales ingleses. Sin duda debía contener información sensible acerca del estado de las defensas españolas.

Tras despreciar interiormente al traidor, el teniente continuó disparando y luchando por su vida y la de sus compatriotas, sin volver a prestar mayor atención a tan triste acontecimiento. Sin embargo, por unos instantes, creyó haber percibido en aquel hombre algo que se le hacía extrañamente familiar. Tampoco tuvo tiempo de pararse a reflexionar sobre ello. El combate le exigía mantener los cinco sentidos puestos en el campo de batalla. El más pequeño descuido, la menor distracción, podía costarle la vida.

Sólo algunos minutos más tarde, como en un súbito relámpago, se hizo la luz en su inteligencia. El desertor corría con la cara semioculta tras las anchas alas de un sombrero. Embozado exactamente de la misma manera que lo había hecho D. Gonçalo el día del encontronazo junto al jardín de los Mairena. Además, sus andares eran inconfundibles, al igual que su desgarbada figura. ¡Era él! ¡No le quedaba la menor duda! ¡El desertor era D. Gonçalo de Oliveira! Si es que ése era su verdadero nombre...

Poco duró el efecto del sorprendente descubrimiento en la mente de Fernando. Una extraordinaria carga de los ingleses le obligó, junto al resto de los hombres, a emprender la retirada.

El mismo Lezo ordenó el repliegue:

—¡Hacia S. Felipe! ¡Hay que retroceder sin romper las filas...!

Durante la maniobra, algunos de los británicos, excesivamente confiados, se adelantaron tanto, que quedaron fuera del amparo de sus compañeros de la retaguardia. Algunos de ellos cayeron bajo el fuego español. Unos pocos fueron hechos prisioneros.

La sorpresa fue grande cuando, entre estos últimos, alguien reconoció al traidor. En seguida lo llevaron ante Lezo:

—¡Señor! Este es el hombre que ha desertado. Está herido. Es portugués. Parece ser un espía.

—Custodiadlo bien. Lo llevaremos a la enfermería. Una vez que haya sanado de sus heridas veremos qué hacer con él.

La dura refriega se prolongó todavía durante varias horas.

Los españoles, desde sus parapetos, conseguían dificultar el avance inglés, pero de ningún modo paralizarlo. Al igual que había ya ocurrido en Bocachica, la situación se hacía insostenible. Todos lo sabían. Y, lo peor de todo era que, una vez rebasadas sus líneas, la caída de la Popa en manos del enemigo sería mera cuestión de tiempo. Y no mucho.

Hacia las ocho de la noche, los británicos efectuaron un toque de llamada y enarbolaron una bandera blanca. No era una rendición, ni mucho menos. Deseaban parlamentar.

Uno de los soldados, provisto de un tambor, se adelantó repicando un monótono y acompasado redoble, mientras caminaba despacio, acompañado de otro hombre que ondeaba una bandera blanca bien visible. Se acercaban a paso lento hacia las tropas españolas, que aguardaban en silencio, respetando el alto el fuego.

Cuando los emisarios alcanzaron un punto desde el que podían ser oídos, el abanderado exclamó:

—¡Solicitamos una tregua para recoger a los muertos y heridos!

Tras una breve deliberación por parte española, el encargado de responder fue el Comandante Alderete:

—¡Podéis recoger a los muertos!

»¡Pero no a los heridos, son nuestros prisioneros y serán atendidos por las religiosas del hospital!

Durante el breve cese de hostilidades, D. Blas acudió a interrogar al desertor. Fernando y algunos oficiales presenciaron la escena:

—¿Cuál es vuestro nombre?

—Gonçalo de Oliveira —respondió el aludido, con aire altivo

y muy dueño de sí mismo. No era la suya la altivez del noble guerrero que no teme a la muerte, sino más bien la del hombre pendenciero que, a pesar de haber sido descubierto con las manos en la masa, desafía a las autoridades con aire chulesco.

—¿Sois portugués?

—Sí. Portugal es mi patria.

—¿Por qué os habéis pasado al enemigo? —continuó interrogándole D. Blas.

—No me he pasado al enemigo. Siempre he estado del lado inglés. Como hombre de armas que sois, deberíais saber que mi nación es aliada de Gran Bretaña desde hace siglos.

—¿Sabéis la pena con la que se paga vuestra acción?

—Con la muerte.

—Vos lo habéis dicho…

—No iréis a ejecutar a un hombre malherido…

—Sabéis muy bien que no.

»Seréis llevado al hospital y atendido de vuestras heridas.

—De cualquier forma, cuando yo haya sanado, no seréis los españoles quienes deis las órdenes aquí… —Esta vez habló en tono cínico, mientras clavaba, amenazantes, sus ojos en Fernando. Su actitud era tan claramente retadora, que Lezo le preguntó a Fernando:

—¿Conoces a este hombre?

—Sí. Lo conozco bien…

El portugués no le dejó acabar la frase:

—No digáis que no os lo advertí, Teniente de Castro.

»Yo ahora me voy a la enfermería, pero vos necesitaréis algo más que eso para recuperaros de la pérdida de vuestra dama, en cuanto los ingleses me la entreguen…

Fernando alzó violento su vigoroso brazo para golpear al deslenguado prisionero. Pero, viendo su lastimoso estado, consiguió contenerse a tiempo.

Sin perder su maliciosa y provocativa sonrisa, el portugués fue retirado hacia la enfermería.

La fugaz interrupción del fuego fue tan sólo un breve momento de respiro durante el que el gigantesco engranaje militar británico pareció aspirar todo el aire que cupiera en sus poderosos pulmones, y con el que se aprestara a descargar su última andanada mortal. Una embestida tan terrible, que los españoles no podían siquiera imaginar.

En todos los frentes de guerra los ingleses atacaban con fuerza redoblada: el cañoneo desde los navíos buscaba el «reblandecimiento» de los castillos, para hacerlos accesibles a las tropas de infantería, del mismo modo que había ocurrido ya con el de S. Luis, en Bocachica.

Los colonos de Virginia lograban abrirse paso en su avance hacia la Popa. A la vez que ascendían, transportaban grandes baterías de tierra que, convenientemente instaladas, supondrían un elemento decisivo para doblegar el Castillo de S. Felipe desde la altura.

La propia ciudad se veía por primera vez envuelta en el torbellino de la primera línea de batalla. Un auténtico chaparrón de obuses caía sin piedad sobre casas y edificios, destrozándolo todo. La mayor parte de la población corrió a refugiarse a la zona más alejada de las bombas, mientras todos los hombres en edad de combatir trataban de colaborar en la defensa, de un modo u otro, pero con todos los medios a su alcance.

Uno de los proyectiles alcanzó de lleno a la iglesia de Santo Toribio de Mogrovejo. En el templo se encontraba un sacerdote anciano que, con gran estupor y agradecimiento a Dios, observó cómo el obús impactaba con gran violencia contra el bastimento, pero sin llegar a explotar.[3]

Al otro lado del campo de batalla, en la Boquilla, el regimiento de Aragón resistía, e incluso salían en piquetes a hostigar al enemigo. Pero ante lo recio del fuego enemigo, apoyado en todo momento por la artillería naval, su Capitán hubo de acudir de madrugada ante el Virrey a solicitar refuerzos.

Así las cosas, estaba claro que sólo un milagro podría ya salvar a Cartagena de Indias de caer en manos de la Corona Británica.

---

3 Esta bala de cañón puede todavía hoy contemplarse en dicha iglesia de Santo Toribio, en el centro amurallado, en la plaza Fernández Madrid.

Finalmente, el día 17 de abril, los colonos americanos lograron tomar el cerro de la Popa. A partir de ese momento, la bandera británica ondearía orgullosa en el punto más alto de la ciudad. Podía verse a una distancia de un par de leguas en dirección hacia cualquiera de los puntos cardinales de la rosa de los vientos.

Sin esperar más, el mismo día siguiente, Vernon instó oficialmente a los Cartageneros a rendirse. A cambio, les ofrecía el derecho a poder ejercer el comercio con los ingleses, y la promesa de que el libre ejercicio de la Religión Católica por parte de sus habitantes sería respetado.

Por si todo esto fuera poco, la penuria de víveres, e incluso de agua, en el interior del Castillo de S. Felipe, comenzaba a hacerse notar. Los hombres habían debido comerse a los famélicos caballos que, teóricamente, habrían debido servirles para la lucha.

A estas alturas, incluso el Virrey Eslava, profundamente turbado, permanecía encerrado en el fuerte, mientras contemplaba impotente cómo en los alrededores, un enemigo muy crecido campaba a sus anchas.

—Señor —le informó el Comandante D. Lorenzo de Alderete— la situación es crítica en todos los frentes.

»No sabemos cuál será el primero en ser desbordado por el empuje enemigo, pero en cualquier caso, en cuanto las tropas situadas a lo alto de la Popa consigan armar sus cañones, este castillo estará perdido, y con él, toda Cartagena.

Eslava miraba a Alderete con una cara que lo decía todo. Se mostraba serio y preocupado, pero a la vez, era evidente, el primero en haber sido desbordado era él. No sabía qué hacer. No tenía idea de qué medidas debían tomarse en semejantes circunstancias.

En las profundidades de su conciencia, su angustia libraba otra guerra de enormes proporciones contra su orgullo.

Gracias a Dios, aquélla se impuso sobre éste:

—¡D. Lorenzo! ¡Haga usted el favor de llamar a D. Blas de Lezo! Quiero hablar con él.

El Almirante no estaba lejos. Pues aunque en aquellas horas difíciles le hubiera gustado acudir a su casa y acompañar allí a su mujer e hijos, permanecía en el lugar en donde estaba el deber de todo hombre de armas: en el Castillo de S. Felipe de Barajas.

—¡A sus órdenes, D. Sebastián!

El Virrey, tremendamente alterado, si bien trataba inútilmente de disimularlo, buscaba las palabras más adecuadas para expresar lo que debía decir y no se atrevía.

Finalmente acertó a hablar de esta manera:

—D. Blas, quiero reponerle en su puesto al frente de las tropas.

»¿Está usted dispuesto?

—Sí, Señor. Lo estoy.

»¿Me permitirá usted actuar conforme a mi criterio, sin cortapisas ni objeciones que dificulten las operaciones?

—Obre usted como estime más oportuno para la defensa de la ciudad. Haga lo que quiera, pero, por el amor de Dios, detenga a los ingleses. No deje que conquisten la ciudad...

—Haré cuanto esté en mi mano. ¿Manda algo más?

—Nada más. Puede retirarse, y ponerse desde este momento manos a la obra.

Sin perder un solo instante, el brillante marino se puso a actuar con la urgencia y determinación que exigían las difíciles circunstancias.

Tan pronto como salió por la puerta con la recuperada potestad de nuevo en sus manos, ordenó de inmediato abrir un foso de un par de metros de profundidad alrededor del fuerte, en su lado Este. Ésta era una de las muchas sugerencias en su día desoídas por Eslava, que ahora debía realizarse por trescientos hombres exhaustos, de noche, en muy penosas y peligrosas condiciones.

También pudo ahora D. Blas comenzar la ejecución de lo que desde hacía tiempo venía demandando: una larga y zigzagueante trinchera que rodeara el castillo en sus diversos flancos, sobre todo en su lado Sur, aquél que presentaba mayores carencias en la construcción.

Además, contrariamente al Virrey, el Almirante quería dar la batalla en campo abierto, donde los españoles eran especialmente temidos. No quería hacerlo tras el parapeto de unas murallas de piedra que, tarde o temprano, terminarían por ser sometidas a un duro asedio.

Incluso las mujeres que se habían quedado en la ciudad, contribuyeron al trabajo de las obras defensivas. Ningún brazo estaba de más. Todos los cartageneros que, de un modo o de otro pudieran colaborar, eran necesarios y bienvenidos.

Pero no todo acababa aquí. El gran estratega que era D. Blas de Lezo sabía muy bien que se había llegado a un punto en el que habría que arriesgar, y mucho, si de veras se quería dar la vuelta a la marcha de los acontecimientos.

Los británicos seguían siendo muchos más y seguían estando mejor equipados. Y, desde luego, las cosas ya no eran como al principio, cuando todavía estaban en alta mar, a las puertas de Bocachica. Ahora habían alcanzado las mismas puertas de la ciudad, que recibía a cada momento sus destructoras bombas desde las inmediaciones de la bahía.

Por este motivo, el Almirante hubo de idear un plan ciertamente arriesgado. Encargaría su ejecución a dos de sus hombres de máxima confianza: al propio Fernando de Castro, y a un soldado criollo que durante los últimos combates había destacado por su bravura y determinación: respondía al nombre de D. Juan Sebastián Romero. Era un hombre joven, soltero, y que conocía el terreno a la perfección.

TERCERA PARTE
LA HORA DE LA VERDAD

1

D. Blas se puso tan serio que Fernando casi se asustó. Nunca le había visto así, ni siquiera durante los momentos más difíciles del combate. Tampoco durante sus frecuentes desencuentros con el Virrey, a lo largo de la ya prolongada contienda.

Había una tremenda carga de gravedad en sus palabras.

No era para menos. Sabía que iba a enviar a aquellos dos jóvenes, a los que había llegado a tomar un gran aprecio, sobre todo en el caso de Fernando, a un peligro cierto. A las puertas de la misma muerte.

En realidad, sabía que sería muy difícil hacer tragar el anzuelo a los ingleses.

Sin embargo, había que intentarlo. La situación era tan dramática, se había alcanzado un grado tal de apuro, de aprieto, que cualquier acción con un mínimo de probabilidades de éxito debía ser puesta en práctica. Por grande que fuese el riesgo que conllevara. Pues, en realidad, ya estaba casi todo perdido. Sería muy difícil darle la vuelta a la terrible posición en la que se habían colocado los defensores de Cartagena.

Si hacía un rato era Eslava quien debía hacer un esfuerzo por escoger sus palabras, ahora era el turno del propio Lezo:

—Fernando y Juan Sebastián, escuchadme bien. Sé que lo que os voy a pedir no va a resultar una tarea sencilla. Supondrá un sacrificio grande. Para vosotros y para mí.

»Pido a Dios que os ayude a salir con vida, pues no será fácil que lo logréis. Dependerá de vuestro aplomo y sangre fría.

»Tengo que pediros que corráis hasta las filas británicas y que, una vez allí, os hagáis pasar por auténticos desertores.

»Es de vital importancia que os crean, que no duden de vuestras intenciones.

»Les contaréis que en nuestras filas la moral está muy baja, que apenas quedan hombres para el combate y que, previendo la inminencia de la derrota, habéis decidido dar este paso. Diréis que, aunque amáis a vuestra patria, tenéis mujer e hijos, y que no podéis dejarles solos y desamparados.

»Y, como prueba de buena voluntad y de la sinceridad de vuestras palabras, os brindaréis a conducirles hasta la que les diréis que es la parte más accesible y fácil de las murallas de S. Felipe.

»Si aceptan vuestra propuesta, les llevaréis hasta el muro oriental del castillo, hasta el lugar donde hemos abierto el foso. ¿Me comprendéis? Es de capital importancia que el grueso del ataque se dirija por ese lado.

»Es muy probable que no os crean y que os ejecuten de inmediato, sin atender a vuestras razones. Pero el bien de Cartagena y de sus habitantes, y la defensa de la Corona de España, precisan de vuestra colaboración, incluso hasta este extremo: es necesario que lo intentéis.

»No es una orden. No os obligo a hacerlo. Podéis rehusar en este mismo momento, y yo seré el primero que lo comprenderá. Sé muy bien que no es lo mismo caer y morir peleando, en el fragor de una intensa batalla, que exponerse indefenso a la incierta voluntad del enemigo, como un manso corderillo que muy bien podrá terminar por ser sacrificado, a sangre fría.

»Pero si aceptáis, también seré el primero en saber apreciar la importancia de vuestra acción, y en agradecérosla de por vida.

»En el caso de que logréis culminar con éxito vuestra misión, y por lo tanto lleguéis a acompañar al inglés hasta el flanco Este, entonces por favor os lo pido, aprovechad las sombras de la noche para escapar antes de que descubran vuestro engaño.

»Creedme que no podré dormir tranquilo hasta que os vea regresar sanos y salvos. E, insisto, ruego a Dios que se apiade de nosotros, y que os conceda regresar sanos y salvos.

»Ahora, respondedme con toda franqueza: ¿estáis dispuestos a ir?

—Yo iré —respondió Fernando, sin ocultar la emoción que las sentidas palabras del Almirante le habían producido, en una proporción no menor que el miedo que, inevitablemente, experimentaba.

—Yo también iré, señor.

—Muchas gracias, muchachos. Lo cierto es que no esperaba menos de vosotros.

»Juan Sebastián, conoces el terreno como la palma de tu mano. Deberás conducir a Fernando hasta el mismo Wentworth, el General en jefe de la infantería británica, si ello te fuera posible. Pero una vez en manos del enemigo, deja que sea Fernando quien dirija las cosas.

»¿De acuerdo?

—De acuerdo, señor.

—Partiréis tan pronto como sea posible. En otras circunstancias quizás os hubiese aconsejado que esperarais al anochecer. Pero, tal y como están las cosas, lo mejor será que lo intentéis cuanto antes. Temo que no lleguéis a tiempo de dirigir la ofensiva por donde más nos interesa...

Apenas algunos minutos más tarde, Fernando y Juan Sebastián se deslizaban hacia al campo abierto desde un lugar oculto tras la frondosa vegetación. Sus compañeros de armas, convenientemente alertados, lanzaron grandes voces que simulaban denunciar su acción:

—¡Desertores!

»¡Dos hombres se escapan!

Al mismo tiempo, los arcabuceros dispararon contra los fugitivos, poniendo buen cuidado en no alcanzarles con sus balas.

Los falsos desertores corrían como gacelas, atravesando el campo de nadie entre las líneas de fuego.

Debieron vadear un par de regatos y sortear algunos otros accidentes del terreno. A ratos quedaban ocultos a la vista de las posiciones enemigas, pero el criollo continuaba siendo capaz de orientarse sin dificultad a través de la espesura.

Una vez en la cercanía de las filas inglesas, desplegaron un gran paño blanco con que habían sido convenientemente equipados.

Antes de que pudiesen recuperarse de la vertiginosa carrera, todavía jadeantes, fueron capturados por un par de fornidos soldados que les condujeron de inmediato ante la presencia de uno de sus coroneles. Posteriormente supieron que se trataba del Coronel Grant.

Cuando otros oficiales fueron también informados del suceso, todos ellos se reunieron bajo la superior autoridad del General De Guise.

Fiel a las órdenes del Almirante Lezo, a partir de ese momento fue Fernando quien llevó la voz cantante, y quien hubo de cargar con el peso de las necesarias explicaciones.

Interrogado por el Coronel Grant, el teniente inició su alegato:

—Mi nombre es José Avilés —mintió, temiendo que, a través de los espías su verdadera identidad pudiese ser conocida y asociada a la del ayudante de D. Blas de Lezo—. Mi compañero es Juan Sebastián Romero. Los dos pertenecemos a los Piquetes de Marina.

»Somos buenos españoles, señor, pero el estado de nuestro ejército es calamitoso, la ciudad caerá en cuestión de muy pocos días. Tenemos mujer e hijos y, aunque como soldados que somos, estamos dispuestos a morir por nuestro Rey, no queremos hacerlo cuando el derramamiento de nuestra sangre ya no es necesario para la defensa de la patria. Cuando la guerra está ya perdida.

»En estas circunstancias, no queremos dejar viuda y huérfanos. Juzgamos que la entrega de nuestras vidas sería inútil tratándose de una causa que es ya imposible de defender.

»Por eso hemos decidido unirnos a las tropas vencedoras.

Uno de los oficiales presentes exclamó:

—No parecen cobardes. Tal vez deba dárseles una oportunidad. Al fin y al cabo, todos tenemos familia e hijos...

—¿Y si fuera un engaño? —preguntó un comandante grueso cuyo rostro adusto culminaba en una gran nariz de tintes rojizos.

—¿Engaño? —le respondió De Guise—. ¿Qué engaño podría haber? Yo no lo veo por ningún lado...

El comandante hubo de callar y morderse los labios ante la sencilla respuesta del general.

Grant no les quitaba ojo de encima. Trataba de leer en los rostros de los prisioneros. Pero, tal vez tranquilizado por las palabras de De Guise, también él pareció convencerse de sus buenas intenciones.

El General decidió poner fin a la reunión, encargándole a uno de los capitanes presentes que tratara de obtener alguna información de los desertores:

—Tal vez puedan sernos útiles en algo.

»Y si colaboran en el rápido final de la guerra, mejor para todos. Son ya demasiados días bajo este sol inclemente, pongamos fin a esta tortura cuanto antes.

Como confirmando las palabras de De Guise, Fernando se asombró de ver el mal aspecto que ofrecían muchos de los soldados británicos. Al igual que había ocurrido con los españoles a su llegada a Cartagena, la fiebre amarilla, conocida también como el vómito negro, estaba diezmando a los atacantes. Por eso tenían prisa por acabar. Y por eso D. Blas había querido siempre prolongar la batalla cuanto fuese posible, vendiendo muy caro cada metro que el enemigo pugnaba por conquistar. Desde el principio, él había sabido que el tiempo jugaba en favor de España.

¿Qué ocurriría a partir de ahora —se preguntó Fernando? Desde el punto de vista de los efectivos militares, los hombres de Lezo estaban en las últimas. Pero el desgaste padecido por los ingleses tampoco era desdeñable.

El capitán, a través de un intérprete, comenzó con su interrogatorio. Trataba de mostrarse amable. Incluso les ofreció un trago de «grog» una nueva bebida a base de ron diluido con agua, que había inventado el Almirante Vernon:

—Van a tener ustedes ocasión de demostrar su buena voluntad de acabar cuanto antes con esta absurda resistencia.

»¿Cuántos hombres quedan en el interior del castillo?

Fernando comprendió que había hecho bien en esperar a que los ingleses le interrogaran, sin haber cometido el error de adelantarse a ofrecer la información que debía hacerles fracasar en el ataque.

Le fue fácil dirigir la respuesta al terreno que más le interesaba:

—No son muchos, señor. Desde el primer momento hemos padecido una gran inferioridad numérica que, con el tiempo, no ha hecho sino aumentar.

»Pero si me permite, el problema no es tanto la cantidad, sino la disposición de las defensas en el interior del castillo.

»En mi opinión, si lanzaran ustedes un ataque por el muro Este, la toma de la fortaleza se aceleraría grandemente. Aunque es la pared más empinada, es la zona menos protegida. Ahí los muros son más fácilmente accesibles mediante simples escalas, y es donde el edificio presenta las más graves deficiencias de fortificación.

El capitán parecía morder el anzuelo con relativa facilidad. Sus informaciones coincidían con lo que estaba oyendo de labios del español. Los muros del castillo no eran verticales, sino construidos con diferentes grados de inclinación. De este modo se conseguía rechazar mejor el fuego enemigo lanzado desde ras de tierra. Pero, precisamente por ser la pared Este ser la más empinada de toda la fortaleza, era también la que mejor admitía el uso de las escaleras de mano para su asalto.

También los ingleses tenían sus espías, como había quedado demostrado con la acción del portugués. Y éstos les habían facilitado la altura exacta de los muros de S. Felipe.

Con la información adicional de que el lado Este era el más vulnerable, el ataque por esa zona podría preceder a los demás que, tal y como estaba previsto, se realizaría por los cuatro flancos del baluarte.

Por descontado, nada de esto trascendió a Fernando y a Juan Sebastián. Los desertores tan sólo fueron informados de que ellos conducirían por delante a la vanguardia de las tropas británicas. De este modo, si algo fallara, ellos dos serían los primeros en caer...

D. Blas seguía impartiendo órdenes a diestro y siniestro. No había tiempo que perder. Su dilatada experiencia de guerra le hacía prever que el momento decisivo se acercaba a marchas forzadas. El resultado de la contienda muy pronto se decantaría definitivamente hacia uno u otro lado de la balanza. Por eso continuaba trabajando incansable o, mejor dicho, sobreponiéndose a la extenuante fatiga acumulada. Se esforzaba por adoptar las medidas que debían haberse practicado mucho antes, y que ahora, sólo con una dosis excepcional de esfuerzo, todavía estaban a tiempo de poder llevarse a cabo.

Las trincheras cavadas delante del castillo, en su lado Sur, acababan de terminarse y estaban ya plenamente operativas. Su trazado en zig-zag permitiría disparar sobre el enemigo en fuego cruzado, evitando que pudiera ser asaltada en una sola carga. Además, tendría la virtualidad de atraer sobre sí gran parte de los cañonazos que, de otra manera, caerían sobre los muros de la fortaleza.

Ahora se hacía necesario defenderla con un número adecuado de hombres. Hombres que, como habían explicado los dos desertores ante los oficiales ingleses, habían escaseado en todo momento, desde el principio de la guerra, y cuyo número no había hecho sino disminuir.

Por ese motivo, el Almirante hubo de recurrir de nuevo a una medida extrema: hubo de apelar a la reserva de marinos que todavía quedaba en la ciudad, unos doscientos hombres, y trasladarlos a S. Felipe.

Con esta maniobra, la ciudad quedaría indefensa. Literalmente vacía de tropas. Hasta tal punto, que Lezo ordenó volar el puente de acceso.

Seiscientos cincuenta soldados defenderían la trinchera, en el lado Sur, aquel que en verdad era el más vulnerable del castillo, y quinientos serían los hombres que defenderían el fuerte desde dentro. Entre estos quinientos se contaban los doscientos marinos recién traídos de la ciudad.

❧

En Cartagena, mientras tanto, reinaba una calma tensa. Apenas quedaban hombres en la ciudad. Tan sólo ancianos y niños.

Todos aquellos que, de un modo u otro podían colaborar en la defensa de S. Felipe, habían acudido a ayudar.

D. Luis, el esposo de Dª. Leonor, era de los pocos que permanecían en la ciudad. Desde niño había padecido una grave enfermedad en huesos y articulaciones. Fuertes dolores le impedían realizar movimientos bruscos, o cargar con pesos.

La práctica totalidad de la población se hallaba congregada en la Catedral. Conocedores del peligro que les acechaba, se habían reunido de manera espontánea a rezar por las vidas de sus maridos, y por la salvación de la maltrecha Cartagena.

El Obispo de la ciudad, D. Diego Martínez, presidía las rogativas. Invocaba confiado a la intercesión del venerado Pedro Claver, cartagenero de adopción, que sería canonizado algunos años más tarde.

La familia de Mairena al completo, desde D. Luis hasta el pequeño Tomás, ocupaban uno de los bancos de la iglesia. A su lado se hallaba Dª. Josefa, también acompañada de sus tres hijos.

Consuelo padecía lo indecible. Eran muchos los rumores que circulaban por la ciudad. Rumores de todo tipo, y que, a pesar de ser muchas veces contradictorios, le afectaban muy directamente. La desdichada joven no sabía muy bien a qué atenerse.

Había oído hablar de la abominable acción del portugués.

También había llegado a oídos de su madre.

Dª. Leonor que, en medio de sus defectos, era una patriota, había prometido a Consuelo que, esta vez, podía estar segura, D. Gonçalo había muerto por lo que a ella y a la casa de los Mairena se refería. Jamás permitiría que su hija esposara a un miserable espía y traidor a la patria a la que había simulado defender.

Pero, a pesar de todo, Consuelo dudaba. Dudaba de la firmeza de la determinación de su madre. ¿Acaso el portugués no había sido ya condenado por ella en una ocasión? ¿Y, sin embargo, no habían bastado dos zalameras palabras a su regreso para que el muy bellaco volviera a ganársela?

¿Y qué ocurriría ahora si ganaban los ingleses? ¿Acaso D. Gonçalo no tendría una buena posición entre ellos? ¿No interesaría entonces a su madre volver a firmar las paces con él y entregarle la mano de su hija?

Pero lo que más preocupaba al angustiado corazón de la joven eran las habladurías que a su vez habían llegado a la ciudad, afirmando que también Fernando había desertado.

Y esto hacía padecer a Consuelo un inmenso dolor. Tenía una cruel espina clavada en el corazón, una cruel espina que no le permitía descansar de día ni de noche. Ya ni siquiera era capaz de llorar. Se le habían secado las lágrimas de tanto como lo había hecho.

Pero ella no podía creer semejante cosa. No podía o, tal vez, no quería creerlo.

Aceptar semejante acción del portugués no le era difícil. Pero..., ¿de Fernando? Eso nunca. Le era imposible admitirlo. Sería tanto como aceptar que el mundo había dejado de girar, o que el sol se había detenido para siempre...

¡Qué duro le era luchar contra algo que, a cada hora que pasaba, se iba confirmando de boca en boca!

Al salir de la iglesia, Dª Josefa y su prole coincidieron con los Mairena.

A pesar del ánimo y la resolución que Dª. Josefa mostraba en presencia de su marido, y de la confianza que tenía en él, la esposa del Almirante también sufría. Prueba de ello eran las marcadas ojeras que rodeaban sus bellos ojos negros.

D. Luis, viéndola sola y desvalida, a cargo de sus tres hijos, quiso expresarle su apoyo:

—Dª. Josefa, hemos oído decir que D. Blas se ha hecho cargo de la defensa de S. Felipe.

»Estamos seguros de que él nos sacará de ésta. Su esposo es un gran hombre, ¡y un gran militar...!

—Muchas gracias, D. Luis —respondió la mujer, agradecida—. Sobre todo es un buen hombre, y eso es lo que más me importa. Pero creo que tiene usted razón, que Dios, que nos ha probado mucho en estos días, terminará por concedernos la victoria y la paz.

—Así lo esperamos.

»Buenas noches, Dª. Josefa.

—Buenas noches...

2

De madrugada, poco antes de las cuatro, una columna de soldados ingleses se acercaba sigilosa hacia la negra mole del Castillo de S. Felipe de Barajas. Se trataba tan sólo de la vanguardia de un enorme regimiento. Pues por detrás, ocultos tras la espesura, les seguía una inmensa muchedumbre de hombres. Gentes entrenadas para dar el asalto final a la fortaleza.

Los dos desertores guiaban el avance hacia la cortina Este, de acuerdo con las instrucciones recibidas de D. Blas.

Caminaron hasta el reborde mismo de la planicie que rodeaba los escarpados muros del baluarte. Allí, ocultos tras la exuberante vegetación, se detuvieron algunos minutos. Antes del asalto, los oficiales deseaban estudiar y contemplar a sus anchas las dimensiones de su ansiado objetivo.

Fernando y Juan Sebastián habían caminado siempre a un par de metros por delante del Coronel Grant y del resto de los soldados.

Nada más detenerse, Fernando hizo una discreta seña a Juan Sebastián. Éste sabía muy bien lo que significaba. Había llegado el momento de escapar. Había que abandonar el campo enemigo.

Mucho más que en el camino de ida, ahora iban a resultar imprescindibles la pericia y los conocimientos geográficos del soldado criollo.

Sin esperar un segundo más de los necesarios, tan pronto como creyó llegado el momento adecuado, Juan Sebastián echó a correr en dirección hacia el Suroeste, hacia el lugar en donde se encontraban las trincheras abiertas por el Almirante. A pesar de tener las manos esposadas, partió tan rápido como una exhalación: tanto, que se diría que había visto al mismísimo diablo tras de sí.

Fernando, que desde el mismo momento en que había realizado la señal había permanecido alerta y con los músculos en tensión, consiguió también adelantarse a la reacción de Grant y del resto de sus hombres.

Ahora no podía perder de vista a Juan Sebastián, le iba la vida en ello.

Los ingleses se vieron tan sorprendidos, que nada pudieron hacer por detenerles. No podían disparar, pues con ello se delatarían ante los centinelas del castillo, y eso no les interesaba en absoluto.

Tampoco podían perseguirles en la intrincada oscuridad de la espesura. Sería inútil. Además, eran tan sólo dos hombres. Tarde o temprano volverían a caer en sus manos. Si es que antes no perdían la vida en el campo de batalla…

Lo que de verdad preocupaba a los británicos era la posibilidad de que la acción de los desertores obedeciese a un plan preconcebido. En definitiva, que les hubiesen conducido hacia una trampa.

Grant se reunió de urgencia con el General De Guise y con los otros oficiales:

—Mi General, los desertores han huido…

—¿Cómo han permitido ustedes la fuga? ¿Acaso no estaban siendo convenientemente custodiados?

—Creímos que no lo intentarían. Entre los suyos les espera la horca…

—¿No lo dije? Era una trampa… —se apresuró a decir el comandante grueso que desde un principio había recelado.

—Trampa o no trampa, debemos continuar con el plan previsto —zanjó De Guise—. De cualquier modo, a lo largo del día de hoy el castillo se verá atacado por los cuatro flancos. Es demasiado tarde para echarse atrás. No podemos cambiar de planes a estas alturas.

»Vuelvan a sus puestos y prosigamos con el programa que nos habíamos trazado desde el principio…

Mientras tanto, Fernando y Juan Sebastián continuaban corriendo veloces. Lo hacían siguiendo las zonas más boscosas y tupidas, evitando dejarse ver en campo abierto siempre que les fuera posible.

Eran plenamente conscientes de estar moviéndose entre dos fuegos. Atravesaban tierra de nadie. Podían ser atacados tanto desde sus propias filas, como desde las líneas enemigas.

Por suerte, hasta ese momento no habían encontrado dificultades en el camino. Al parecer, tampoco habían sido avistados desde las murallas.

El pestífero hedor que la brisa nocturna traía de vez en cuando, manifestaba de modo inequívoco que eran ya muchos los muertos que se acumulaban en los campos y en las aguas de la bahía. Las prisas de los atacantes por forzar la rendición o la victoria, hacía que nadie se ocupara de enterrarlos.

Fernando sabía bien que ésa no era una política acertada. Recordó una vez más las palabras de Lezo: «el tiempo juega a nuestro favor. Cada día que pasa, las enfermedades tropicales aumentarán su mortífera acción contra los británicos. Nosotros pagamos nuestro tributo al tiempo de nuestra llegada, ahora serán ellos quienes deberán satisfacer el suyo».

No enterrar a los cuerpos difuntos no haría sino acelerar las cosas...

Continuaban acercándose hacia los parapetos. Ya no estaban muy lejos.

Si arriesgado había sido escapar del campo inglés, no lo sería menos presentarse de improviso, en mitad de la noche, ante su propia gente.

Ése sería tal vez el paso más difícil de todo el plan de huida.

Apreciando la cercanía de las trincheras, Fernando lanzó una voz a Juan Sebastián, instándole que se detuviera.

—¿Qué ocurre, señor? Ya casi hemos llegado.

—Debemos evitar que nos tomen por ingleses. Sería ciertamente una desgracia... ¿no crees? —quiso bromear el teniente.

—¿Cómo podremos acercarnos sin que nos confundan con el enemigo?

—Por de pronto, dejemos de correr.

»Lo mejor será acercarnos con sigilo hasta donde podamos

hacernos oír sin llamar la atención de los británicos, que tampoco deben andar muy lejos de aquí.

»Y confiemos en no tropezarnos con ningún compañero de gatillo fácil, de esos que primero disparan y después preguntan…

—Esperemos que eso no nos suceda…

Continuaron caminando con mayor cautela.

Al cabo, hallándose a tan sólo un tiro de piedra de uno de los extremos de la trinchera, se echaron cuerpo a tierra y se detuvieron a observar.

Todo parecía estar en perfecta calma, como si nada ni nadie alterase la paz de la caliente noche caribeña. Nada, salvo el omnipresente hedor de los cadáveres en descomposición. En la naturaleza, sólo su desagradable pestilencia recordaba que estaban en guerra, y que la muerte era el triste fin que aguardaba a los que sucumbieran a sus horrores.

Pero las trincheras estaban ahí. Y desde luego, en ellas había soldados españoles en máxima alerta.

De repente, el lejano sonido de disparos desgarró la tranquilidad de la atmósfera.

A juzgar por la dirección de dónde provenían, debía de tratarse de Grant y de sus hombres, que iniciaban el ataque por el flanco Este…

Fernando aprovechó la inesperada ruptura del silencio, para decidirse a actuar. Desde su posición de cuerpo a tierra, gritó:

—¡Ah de las trincheras! ¡No disparen! ¡Soy el Teniente de Castro, ayudante del Almirante D. Blas!

»¡Vengo acompañado del soldado Juan Sebastián Romero!

Una ronca voz respondió desde el otro lado de las tinieblas:

—¡Agáchense y corran hasta el parapeto, mi teniente! ¡Los ingleses están al otro lado del río!

Los dos ex desertores obedecieron de inmediato. Alzándose, corrieron hasta la trinchera, a la que saltaron felices de hallarse de nuevo a salvo y rodeados de su gente.

—¡Bienvenido, teniente!

»Soy el Sargento Vargas, de los infantes de Aragón.

»¿Qué les ha ocurrido? ¿Se han perdido en medio de la noche?

—Sería largo de contar.

»Quítennos las esposas y condúzcanos, por favor, hasta el Almirante D. Blas de Lezo.

—A sus órdenes, mi teniente.

El Coronel Grant y sus hombres intentaban con escaso éxito asaltar el castillo por su lado oriental. Las escalas que habían construido para tal fin medían exactamente la misma altura que los muros de la fortaleza. Los cálculos no habían fallado. Pero no habían contado, porque no podían saberlo, con las zanjas de dos metros de profundidad abiertas por Lezo, casi en el mismo instante en el que había sido repuesto en su cargo.

Mientras las tropas de vanguardia británicas se esforzaban inútilmente por alcanzar la cima de las murallas, los arcabuceros y fusileros españoles lanzaban desde lo alto un fuego de tal violencia e intensidad, que estaba produciendo una auténtica carnicería entre los ingleses.

El propio Coronel Grant resultó herido de muerte.

Pero los soldados británicos de la retaguardia continuaban acercándose en número creciente, ignorantes de la suerte que les esperaba al alcanzar los pies del fortín.

Así continuaron siendo rechazados, durante más de una hora, hasta que, salido ya el sol, al constatar la inferioridad de sus posiciones y la imposibilidad de lograr su objetivo, hubieron de batirse en retirada.

Por extraño que pueda parecer, las tropas españolas habían llegado a extenuarse de escopetear sin cesar durante un periodo de tiempo tan prolongado. Sin embargo, sabedoras de la importancia de aprovechar hasta el final una ocasión tan favorable, al observar el repliegue enemigo, calaron sus bayonetas y cargaron contra los fugitivos, a los que persiguieron hasta las mismas inmediaciones de su campamento.

Mientras tanto, algo muy similar ocurría en el flanco Oeste, asaltado por las tropas norteamericanas de Washington.

También por ese lado el plan de Lezo había funcionado a la perfección, produciéndose un altísimo numero de bajas por parte de los atacantes, contra prácticamente ninguna del lado de las defensas.

Por su parte, la resistencia de S. Felipe en su lado Norte se mantenía firme.

D. Carlos Desnaux, nombrado castellano desde la caída del castillo de S. Luis, en Bocachica, dejó escrito en su diario de guerra:

> «… por el frente que mira al Norte llegaron hasta la batería baja; pero con el fuego continuado de la tropa y artillería que estaba apostada en el hornabeque y cortaduras, después de tres horas de porfiado combate, no adelantaron ni ganaron puesto alguno…»

Poco a poco, el gran estratega que era el Almirante Lezo —también en tierra firme, tal y como estaba demostrando a cada paso— iba alcanzando su objetivo principal: dirigir el grueso de los combates hacia el lado Sur. Hacia el flanco en donde había excavado la trinchera, construida a toda prisa, pero que sería capaz de cumplir plenamente su doble función: la de atraer las bombas del enemigo para así ayudar de forma decisiva a mantener la integridad del castillo; y la de servir como punto de partida para las sucesivas cargas que, desde allí, se realizarían contra las tropas británicas.

❧

A pesar de sus inmensos avances, también entre los mandos ingleses se producían graves disensiones.

El General Wentworth, al mando de la infantería, se quejaba ante el Almirante Vernon de su total falta de apoyo naval para la toma del castillo de S. Felipe:

—Almirante, sabe tan bien como yo que el fuego de los buques de guerra resultaría decisivo a la hora de desbaratar las frágiles líneas defensivas españolas. No hace falta que insista en la eficacia de una actuación combinada de las fuerzas de tierra y de la artillería de sus barcos.

»Esa fuerza combinada se reveló insuperable para la toma del Castillo de S. Luis en Bocachica.

—No le falta razón, General.

»Pero tal vez carezca usted de los elementales conocimientos de estrategia naval que le ayuden a sopesar otros factores de no menor importancia.

»Por ejemplo, que los fuegos combinados desde los Castillos del propio S. Felipe, unidos a los del Pastelillo y a los de las murallas de la ciudad, no serán fáciles de contrarrestar.

»La Armada debe avanzar con la máxima cautela, y con prudencia. A no ser que quiera usted ver cómo nuestros barcos son rápidamente enviados al fondo de la bahía, a hacer compañía a los de los españoles.

—Almirante. Esto es una guerra. En la guerra se producen bajas y graves daños materiales.

»Lo que no podemos es pretender que nuestra Armada regrese a Inglaterra con sus barcos intactos y en perfecto estado.

Vernon tenía mal carácter. Y a su juicio, las palabras de Wentworth estaban rayando en la insolencia.

—Mire, Wentworth, ocúpese de su trabajo y yo me ocuparé del mío.

»Cuando el grueso de las operaciones se concentraron en la mar, fuimos capaces de tomar Bocachica. Sólo le pido que, ahora que la guerra se juega en tierra, haga usted lo propio.

—Puede estar bien seguro de que por parte de mis hombres no habrá nada que objetar. Ellos se baten con bravura.

»Hemos tomado la Popa y hemos avanzado hasta asentar nuestras fuerzas en torno al Castillo de S. Felipe.

»Incluso tenemos a todo un regimiento de España sitiado en el playón de S. Lázaro.

»Pero avanzamos a un precio demasiado alto en vidas humanas. Demasiadas muertes para apenas obtener unos resultados exiguos. Incluso a veces nos hemos visto obligados a retroceder.

»Si me lo permite, con todo respeto quisiera pedirle que, si es la fortaleza del Pastelillo la que le impide darnos cobertura desde sus buques, acabe cuanto antes con ella...

Al igual que ocurría en las conversaciones entre Lezo y Eslava, también Vernon y Wentworth a menudo se veían obligados a concluir sin haber sido capaces de ponerse de acuerdo.

Tal vez en esta ocasión de manera especial, cuando Vernon, visiblemente irritado, terminó por devolver la moneda a Wentworth, recordándole a su vez sus errores estratégicos:

—Es posible, General, que usted olvide que en Manzanillo la infantería tampoco hace progresos, incluso con el apoyo de la artillería de los barcos desde la bahía.

»Mire, Wentworth, ya hemos hablado suficiente por hoy. No me fatigue con más razones.

»Como le he dicho anteriormente, usted haga su trabajo, y déjeme a mí hacer el mío.

»¿Ha quedado claro?

—Perfectamente, señor.

—Puede retirarse, General.

—A sus órdenes.

Wentworth se retiró cabizbajo y apesadumbrado. En su fuero interno estaba convencido de la veracidad y del acierto de su planteamiento: sin apoyo naval, el avance inglés en tierra, cuando se producía, era muy limitado, y siempre a costa de grandes sacrificios entre sus soldados.

En su opinión, sin el apoyo de la artillería marina, las condiciones en que se veían obligados a luchar sus hombres, y a las que él se veía obligado a conducirles, vulneraban el más elemental sentido de humanidad.

3

En la ciudad, a pesar de que el bombardeo sobre los edificios había cesado, todas las actividades ordinarias estaban, de hecho, suspendidas por completo. Sus escasos habitantes continuaban rogando por el pronto y favorable fin de la guerra. Tan sólo las experimentadas religiosas que atendían a los heridos de ambos bandos, continuaban trabajando en las tareas que les eran propias. Lo hacían de sol a sol, sin apenas poder concederse unas imprescindibles horas de descanso.

Había llegado a oídos de los Mairena que entre los heridos se encontraba D. Gonçalo.

Algunos aseguraban acaloradamente que era un miserable traidor, además de espía. Pero otros muchos defendían con el mismo ardor que todo eran vulgares calumnias provocadas por la envidia y que, en realidad, había sido herido en una heroica acción de ataque contra los ingleses.

También continuaban llegando noticias confusas acerca de Fernando. Pero en este último caso, crecía con fuerza la idea de que era un ingrato desertor que, a su regreso a filas, se había librado de la horca única y exclusivamente por su amistad con D. Blas.

En definitiva, en medio de la terrible zozobra de la guerra y, sobre todo, de la incertidumbre por su desenlace final, las habladurías crecían en amplitud e intensidad. Y como consecuencia, en la misma mediada en que esto ocurría, Consuelo y Dª. Leonor padecían cada vez más. Lo hacían de modo diverso y por motivos bien distintos, pero ambas sufrían mucho.

El ambiente en casa había vuelto a hacerse casi irrespirable.

D. Luis, habitualmente sumiso y complaciente con sus esposa, por primera vez en su vida comenzó a ejercer su papel de padre de familia. A todos asombró la repentina fortaleza de carácter que supo extraer de alguna recóndita profundidad de su sorprendente espíritu. Sin duda fue la necesidad la que obró el milagro. Pero lo cierto es que no le tembló la voz a la hora de prohibir, con una autoridad indiscutible, que madre e hija volvieran a mencionar a D. Gonçalo o a Fernando, en tanto no finalizara la guerra y se aclararan las cosas.

Ni qué decir tiene que, semejante medida, para ambas mujeres, suponía una carga poco menos que insoportable.

Consuelo no podía resistir el pensamiento de que su adorado Fernando fuese un cobarde, un vil desertor y traidor a la patria. Lo que en realidad fuese D. Gonçalo, le traía sin cuidado. Sólo le importaba en la medida en que pudiera afectar a su madre y, en consecuencia, a su futuro matrimonio.

La joven hubiese deseado correr hasta el hospital en donde se hacinaban los enfermos y heridos, e interrogar a cuantos soldados pudiera, hasta salir de dudas, hasta disipar la terrible perplejidad que le corroía por dentro. Pero esto no era posible. Le estaba vedado terminantemente por sus progenitores.

También Dª. Leonor quería salir de dudas. Pero en su caso las cosas eran notablemente más sencillas. Le sería fácil burlar la prohibición de su esposo y acudir hasta el hospital con cualquier inocente excusa. Quizás la de llevar algunos víveres y auxilios para los enfermos...

Tan pronto como encontró la ocasión favorable, aprovechando el habitualmente tardío despertar de D. Luis, la señora de Mairena ordenó preparar el coche y, conducida por Eliécer, acudió muy de mañana a entrevistarse con D. Gonçalo.

El improvisado hospital de campaña donde yacía el portugués era una parte del convento que las buenas religiosas habían debido habilitar para atender a tan gran número de necesitados.

Cuando la insigne señora accedió al edificio, se halló con que los enfermos, heridos y mutilados de todo tipo y condición, se apiñaban como podían en una amplia sala y en el claustro adyacente. Ingleses y españoles entremezclados sin ningún tipo de barrera ni separación, sino más bien hermanados por unos mismos padecimientos.

Las compasivas religiosas se veían obligadas a sobrellevar como buenamente podían la agobiante estrechez de espacio y de medios. Para ello debían multiplicarse, robando cuantas horas podían al sueño.

El calor y el hedor que se respiraban en el recinto eran difícilmente soportables para una dama acostumbrada a una vida fácil y regalada, como era Dª. Leonor. El afán por saciar su curiosidad, sin embargo, pudo más que su repugnancia.

Encontró al portugués tirado sobre un viejo jergón, en medio de la inmensa sala. Tenía suerte: la gran mayoría de los pacientes yacían en el suelo.

Sor Matilde, la religiosa que acompañaba a la Sra. de Mairena, le previno:

—Dª. Leonor, debe usted permanecer aquí un par de minutos, no más. No debe fatigar al enfermo ¿De acuerdo?

—De acuerdo, hermana. No se preocupe, en seguida me marcharé. Quiero solamente interesarme por el estado de este buen amigo de familia, y ofrecerle un minuto de consuelo, si es que está en mi mano...

—Perfecto. Tenga presente que, en cuanto regrese con la bacinilla que ahora salgo a buscar, le tendré que pedir que se vaya.

—No se apure, hermana, haré como usted me ordene.

D. Gonçalo estaba lo suficientemente malherido como para no poder escapar por su propio pie, pero, con todo, su estado general, comparado con el triste cuadro que se dibujaba a su alrededor, era relativamente bueno.

El enfermo se alegró de ver ante sí a Dª. Leonor. Las pupilas de sus ojos se abrieron maliciosamente, como si la presencia de la Sra. de Mairena le devolviera las fuerzas.

La mujer, acuciada por el poco tiempo que tenía, se vio obligada a abordar de inmediato la cuestión que tanto le agitaba por dentro:

—D. Gonçalo, por nada del mundo quisiera contribuir a empeorar su estado de salud con mi conversación. Pero vengo angustiada, movida únicamente por la gran estima que le profeso, y por un indeclinable deber de conciencia.

»Tal vez usted desconozca las habladurías que corren por la ciudad. Imagínese: se dice que es usted un traidor que, viendo la superioridad del enemigo, se ha pasado a sus filas. Hay quien ha llegado a afirmar que es usted un espía al servicio de los ingleses.

»Comprenderá usted el estado de agitación en que nos encontramos en casa. Pues, aunque no podemos conceder ningún crédito a tan malintencionadas informaciones, carecemos de argumentos para poder callar la boca a quienes, de modo mejor o peor intencionado, propalan tales infamias.

»A pesar del delicado estado en que se encuentra, he decidido venir hasta aquí para poder preguntarle de primera mano:

¿D. Gonçalo, qué ha ocurrido para que esas mentiras corran de boca en boca por la ciudad? ¿Podría usted decirme algo que nos ayudara a acallarlas?

El taimado portugués comprendió que, por un motivo o por otro, Dª. Leonor deseaba que él le convenciera de que todo eran, en efecto, meras calumnias. Comprendió muy bien que ella se sentía inclinada a creerle. En una palabra, ella quería que él le persuadiese de su inocencia.

A su vez, D. Gonçalo sabía muy bien que el poderío británico era tan abrumadoramente superior, que sólo un milagro podría salvar a los españoles de una gran derrota. Y sabía que, una vez tomada Cartagena por los ingleses, él sería liberado y rehabilitado. Entonces podría utilizar toda su influencia para, una vez más, ganarse a Dª. Leonor. No así Fernando que, si no moría en el campo de batalla, él se encargaría de que lo ajusticiaran. Así pues, el portugués vio una oportunidad inmejorable de volver a jugar sus cartas:

—Dª. Leonor, créame que nada podría confortarme más en un momento como éste, que su presencia aquí.

»¡Qué buena ha sido usted viniendo a verme…

»Además, así podré descargar mi conciencia ante usted. Pues sé que puedo confiar en usted. Y que usted sabrá deshacer los infundios que, como ya sospechaba, circulan por ahí en torno a mi persona.

»Pero sepa que no, que jamás he sido desleal a la patria a la que me comprometí a defender. Por desgracia, no podría decirse lo mismo de ese muchacho militar que frecuentaba su casa: Fernando de Castro. Sólo su amistad con D. Blas le ha salvado la vida. Pero por nada del mundo quisiera estar en su pellejo de traidor.

»No me extrañaría que fuese él quién estuviese propalando las habladurías sobre mi persona. Tengo motivos para creerlo así…

»¡Ay, Dª. Leonor, qué difícil es conocer el corazón de los hombres. Sólo a veces, las situaciones límite, las que nos colocan ante la vida y la muerte, son las que al cabo nos dan noticia de lo que de verdad subyacía en el interior del alma de cada ser humano…!

Llegaba Sor Matilde con la bacinilla.

Sin esperar a ser desalojada, pues su orgullo no sería capaz de soportarlo sin padecer un fuerte agravio, Dª. Leonor se apresuró a despedirse:

—No sabe usted el peso que me ha quitado de encima.

»Cómo me alegro de haber confiado en usted y en haber venido a verle.

»Y descuide, D. Gonçalo, que en cuanto esté en mi mano, no dejaré de reparar su quebrantada reputación.

»¡Que se mejore pronto, le estaremos esperando en casa...!

—¡Adiós, Dª. Leonor!

»¡Muchas gracias por haber tenido el valor de venir! ¡...Y muchas gracias por su franqueza para conmigo!

Pero Dª. Leonor no sería la única persona que abandonara furtivamente su casa en aquel día. Consuelo también lo hizo. La pobre muchacha tenía los nervios destrozados y a punto de estallar.

Eran demasiados días de encierro bajo la estrecha y férrea vigilancia de su madre. Días en que desfilaban ante ella en un tortuoso baile un sinfín de noticias y pensamientos contradictorios.

La joven sufría en silencio, incapaz de despejar tantas dudas como le atenazaban. Por eso, tan pronto como vio la primera oportunidad favorable ante sí, no dudó en escapar de su cautiverio, como un pajarillo que repentinamente encontrara ante sí las puertas de su jaula abiertas de par en par.

Pues si Consuelo era vigilada por su madre, también ella había aprendido a espiar los movimientos de su progenitora. Y, en cuanto la muchacha supo que ella abandonaba la casa, le fue fácil burlar al resto de sus moradores y salir a la calle en busca de un poco de aire puro. En realidad, no buscaba más. Tan sólo unos minutos de libertad, de independencia.

Se tapó la cara bajo un pañuelo de seda y se encaminó derecha hacia las murallas. Quería contemplar el mar directamente, sin la distancia ni las barreras que lo alejaban desde la terraza de su casa.

Desconocía los detalles de la guerra. Por eso se animó a sí misma diciéndose que tal vez Fernando navegara por las cercanías.

En realidad, sabía bien que podría ser peligroso, y que sería demasiada coincidencia que su Fernando estuviera por allí. Pero era tanta su fatiga, y tan grande su deseo de verle, que no pudo o no quiso detenerse.

Tal y como había decidido, trepó a lo alto de los muros de la ciudad.

Pero, además, una vez allá, quiso saltar sobre una prominente peña que sobresalía del agua a muy poca distancia de las murallas. Conocía bien el arrecife, pues de niña lo había visitado a menudo, cuando había tratado de escapar de sus niñeras.

Hacía mucho tiempo que no regresaba hasta ese islote tan querido y, por alguna extraña razón, repentinamente añorado. Un impulso irracional le movió a hacerlo.

Se asombró de la facilidad con que todavía era capaz de saltar y trepar hasta lo más alto, desde donde, lo recordaba bien, podía abarcar con la vista la entera ensenada, hasta la lejana costa de Pasacaballos. Hacía el efecto de estar a bordo de un barco, navegando sobre las aguas.

Pero para su sorpresa y decepción, esta vez el panorama no resultó tan de su agrado. Dos barcos ingleses, orgullosos y desafiantes, patrullaban por la bahía.

No había ninguna nave española que pudiera hacerles frente.

Pero, a pesar de ello, sin saber muy bien porqué, Consuelo se mantuvo un buen rato inmóvil, en pie sobre la roca, como si su actitud desafiante y retadora bastase por sí misma para hacer frente a los dos navíos enemigos.

Una ráfaga de viento le arrebató el pañuelo de la cabeza.

Entonces, un extraño pensamiento se alzó con fuerza en su interior. Algo así como un recuerdo que repentinamente hilara varios fragmentos de conversaciones oídas en su casa y que hasta ese momento hubieran permanecido olvidados:

«Éstos son los amigos de D. Gonçalo. Él sabía desde un principio que vendrían, y les ayudó a preparar el terreno, por eso se mostró siempre tan seguro.»

Todavía se mantendría abstraída, firme en su posición, durante algún tiempo difícil de medir. Hasta que, al cabo, repentinamente consciente del peligro que corría, saltó de nuevo a las murallas, y echó a correr de regreso hacia su casa.

Afortunadamente, llegó antes de que nadie hubiese podido notar su ausencia.

Con la experiencia adquirida en Bocachica y la bravura aquilatada durante tantos días de lucha bajo el intenso cañoneo a la entrada de la bahía, las tropas españolas acantonadas en los fuertes de Manzanillo y del Pastelillo, estaban siendo capaces de oponer una asombrosa y enérgica resistencia frente a los ingleses.

La empresa estaba siendo tanto más heroica y meritoria, cuanto que los medios materiales con los que contaban eran de todo punto insuficientes o, cuando menos, muy inferiores a los de los atacantes. Pero lo cierto era que día tras día estaban siendo capaces de mantener el pabellón español orgullosamente ondeante en lo más alto de las murallas, a pesar del durísimo martilleo de la potente artillería enemiga.

La resistencia que ofrecían estaba siendo tan eficaz que, a pesar de los graves daños recibidos en la estructura de los fuertes, continuaban manteniendo en jaque a los británicos, que no eran capaces de progresar ni un milímetro en sus posiciones.

El Castillo del Pastelillo recibía este nombre por su forma aplastada, pues había sido construido de forma achatada para no entorpecer los disparos de la artillería desde S. Felipe, al Sur del cual se ubicaba. El fuego cruzado desde los dos baluartes era por el momento insuperable para los ingleses y sus buques de guerra.

En cuanto al fuerte de Manzanillo, su situación era sin embargo, algo más delicada. El Capitán de Milicias D. Sebastián de Ortega resistía con tan sólo veinticuatro hombres. Para ello debían emplear todos los medios a su alcance: artillería, fusil o cuerpo a cuerpo, según lo demandaran las cambiantes circunstancias a las que se veían sometidos por el enemigo.

En cualquier caso, este «desvío» de tropas inglesas hacia ambos baluartes favorecía grandemente los intereses españoles en S. Felipe, que, a la postre, era donde debería jugarse el desenlace final de la batalla. Más concretamente en su flanco Sur, allá donde la trinchera cavada «in extremis» por Lezo, comenzaba a jugar un papel determinante. Pues, además, ése, el lado Sur, era el verdadero punto débil del castillo.

Mediante la maniobra de los falsos desertores y la apertura de zanjas a los lados de las murallas, se estaba logrando que los asaltos por los otros flancos estuviesen resultando una auténtica escabechina para los atacantes.

La trinchera, además, también atraía sobre sí una gran parte del fuego de artillería que, desde lo alto de la Popa, el enemigo empezaba a descargar sobre los defensores.

Mediada la mañana, las bajas atacantes en los flancos Norte, Este y Oeste eran tales, que podía hablarse ya de un auténtico desastre para los ingleses. Aunque los soldados británicos que avanzaban desde el Sur todavía no lo sabían, comenzaba a vislumbrarse que donde verdaderamente se iba a jugar la resolución definitiva de la contienda iba a ser precisamente ahí.

En efecto, forzadas por el ritmo de los acontecimientos y conforme al plan previsto por el Almirante Lezo, el grueso de las tropas atacantes se iba concentrando en el flanco meridional del castillo.

Desde el amanecer, Fernando había estado dirigiendo el fuego de fusilería desde la posición que ocupaba, en el extremo de una de las alas de la trinchera.

Los ingleses, exhaustos, padecían lo indecible. Sufrían un intensísimo desgaste bajo el fuego español y bajo un fuego no menos hiriente, el del sol abrasador del Caribe.

Aprovechando un momento de relativa calma, el ayudante de D. Blas llamó a uno de sus inmediatos colaboradores en la trinchera:

—¡Sargento...! ¡Sargento Navarro...!

El aludido, tan pronto como descargó su fúsil sobre las tropas enemigas, se acercó hasta el lugar en donde se encontraba su superior.

—¿Me llamaba, Teniente?

—Sí, sargento. Le he llamado porque me gustaría conocer su opinión...

—Dígame, señor.

—Mire, sargento, yo soy un hombre de mar. Usted está mucho más familiarizado que yo con este tipo de acciones en tierra.

»Quería saber cuál es su sentir respecto a lo que tenemos por delante.

»Parece que ellos están atascados y que apenas son capaces de avanzar.

»Nosotros tenemos la ventaja de nuestra posición más elevada sobre el terreno. Pero ellos son muchos, cada vez más, y sabemos que nos superan varias veces en número.

»Llevamos ya muchas horas bajo este sol terrible, capaz de hacer enloquecer al hombre más cuerdo.

»Estimo que debería intentarse algo que fuese capaz de romper este mortal equilibrio de desgaste.

—Si quiere que le sea sincero, y que le diga mis verdaderas impresiones, debo adelantarle que, a pesar de todo, no son buenas.

»Creo que el tiempo, esta vez, juega en nuestra contra.

»Como usted dice, ellos no sólo son más, sino que son muchos más. Y a cada momento se les van sumando nuevos efectivos.

»Temo que, en algún momento lleguen a acumular tal cantidad de fuerzas, que sean finalmente capaces de desbordar nuestras filas.

»Ojala me equivoque, pero intuyo que haría falta un auténtico milagro para librarnos de una derrota que, a la larga, creo segura. Un milagro o, como usted dice, una acción que rompa este mortal equilibrio de fuerzas. O, tal vez, ambas cosas a la vez: una acción genial acompañada de una «ayudita» desde el Cielo…

»¿Pero qué acción podría intentarse cuando nos vemos rodeados por un valeroso enemigo que nos supera varias veces en efectivos humanos y militares?

Una bala pasó muy cerca de los dos interlocutores. Tan cerca, que les sacó de inmediato de sus profundas cavilaciones. Hubieron de volver a poner los pies sobre la tierra para enfrentarse a un peligro que se les presentaba mucho más inmediato, al que amenazaba sus vidas en el instante presente.

Por primera vez a lo largo de toda la mañana un soldado inglés había logrado acercarse a tan corta distancia del parapeto, que había conseguido dirigir su disparo hacia el interior del foso.

Fernando y el Sargento Navarro se veían indefensos ante el mismo atacante que, ahora con la bayoneta cargada, se abalanzaba imparable hacia ellos.

Un oportuno y certero disparo acabó con la vida del inglés. Provenía del mosquete del soldado Romero.

—Gracias, Juan Sebastián, una vez más te debo la vida…

Pero el ánimo de Fernando, concentrado nuevamente en el intenso intercambio de fuego, volvió a alterarse tan pronto como apreció que un nuevo e importante contingente de refresco se incorporaba a las filas inglesas. Eran al menos cuatro centenares de soldados los que venían a unirse a las ya de por sí numerosas tropas que pugnaban por abrirse paso en dirección hacia el castillo.

Las horas continuaban sucediéndose muy lentamente bajo el ardiente sol. El astro rey parecía deseoso de castigar la maldad de los hombres que, una vez más, peleaban a muerte, los unos contra los otros.

Gracias a Dios —acertó a discurrir Fernando mientras mojaba la lengua en el agua caliente de una de las cantimploras, ya casi vacía— a pesar de los refuerzos recibidos, los ingleses continúan estancados.

Entonces, inesperadamente, sobre el constante estruendo producido por los disparos se oyó alzarse con claridad un preciso y bien definido toque de corneta. Desde las murallas del castillo, por orden de D. Blas de Lezo, se daba el toque de oración.

Era exactamente mediodía.

Como consecuencia, en el campo español las tropas detuvieron su fuego de inmediato.

La caballerosidad de los mandos ingleses hizo que también éstos secundaran la iniciativa, ordenando a sus hombres el cese de los disparos.

4

El espectáculo de las tropas españolas recogidas en oración al toque del Ángelus resultaba verdaderamente sobrecogedor. Lo hubiera sido para cualquier espectador ajeno que se hubiera encontrado presente, y no lo fue menos para las propias tropas inglesas.

Hombres de aspecto tosco, sudorosos, fatigados y sedientos, dirigían una sentida plegaria a su protectora, la Virgen Inmaculada, a la que invocaban pidiendo amparo para sí mismos y para todos los suyos: esposas, hijos, padres, madres... para todos aquellos seres queridos que, ya fuese en la cercana Cartagena, o ya fuese en la lejana Península ibérica, padecían angustiados por su incierto destino.

La quietud era tan profunda, que hizo que los soldados británicos no sólo respetaran el alto el fuego, sino también el imponente silencio. Seguramente también ellos, los más, dirigirían su particular plegaria hacia el Cielo.

Pero el deseable alivio que el intervalo de paz suponía, no podía prolongarse por demasiado tiempo. La guerra, una guerra que venía desarrollándose en medio de las condiciones más penosas y adversas, debía continuar. Desgraciadamente para todos, el toque de oración hubo de tocar muy pronto a su fin.

Cuando, al cabo de pocos minutos, se dio la señal de reanudar las hostilidades, los mandos ingleses ordenaron el ataque a bayoneta calada. Esto significaba que su artillería dejaría de disparar. Tan sólo lo haría en los momentos de repliegue de las tropas españolas. Pero también significaba que los británicos tratarían de desbordar y rebasar la trinchera por todos los medios posibles a su alcance.

Lezo, a la vista del cariz que tomaba la soberbia ofensiva, ordenó la salida desde el Castillo de S. Felipe de sus doscientos marineros. Debían reforzar las defensas ante el formidable ataque que se les venía encima.

En aquel momento, y a pesar de los doscientos hombres de refresco, las tropas atacantes superaban a las defensoras en una proporción de cuatro a uno.

Había llegado el momento más temido para los españoles. Todos sabían bien que, si el enemigo conseguía superar el parapeto, todo estaría perdido. Entonces muy poco o nada quedaría por hacer. El castillo tendría sus horas contadas, y con él, la entera ciudad de Cartagena de Indias, que pasaría inevitablemente a manos británicas.

La guerra se habría perdido.

Por su parte, el Teniente de Castro jaleaba a sus hombres hasta quedarse ronco:

—¡Vamos, muchachos! ¡El momento es decisivo! ¡Hay que resistir con todo! ¡Hay que resistir como se pueda…!

Los ingleses, que de repente parecían surgir a centenares desde debajo de las mismas piedras, comenzaban a ascender la suave pendiente de la colina en perfecto orden de combate.

Viendo su número, algunos españoles se sintieron tentados de abandonar.

Pero la bravura y proximidad de sus oficiales se lo impedía. Y, sobre todo, la cercana presencia del Almirante, que desde lo alto de las murallas seguía dirigiendo a cada paso el curso de las operaciones.

Muy pronto, en el sector defendido por Fernando, comenzó a pelearse cuerpo a cuerpo. Allá, como en otros sectores del parapeto, se desataba una encarnizada lucha entre quienes trataban de rebasar la trinchera, y sus defensores.

Pero el empuje británico era tan superior, que no tardaría en superarla por varios puntos.

En la mayor parte de su extensión, sin embargo, los españoles todavía resistían.

¿Por cuánto tiempo?

Los defensores empezaban a dar claros signos de debilidad. Eran muy pocos para detener a tan gran ejército. Un ejército cuyas tropas eran disciplinadas y estaban inmejorablemente instruidas.

Las cosas se estaban poniendo realmente feas para Lezo y su menguada infantería. Los lúgubres presentimientos que el Sargento Navarro expresara apenas algunos minutos antes, comenzaban a cumplirse al pie de la letra.

Los ibéricos comenzaban a sucumbir ante el fuerte empuje de los británicos. Faltaba ese golpe de mano que Fernando había buscado y que no había tenido oportunidad de encontrar. Pero lo peor de todo era que, por desgracia, eran muchos los que pensaban que haría falta todavía mucho más: haría falta un auténtico milagro para impedir el fracaso total. El ánimo de los hombres comenzaba a flaquear.

Si durante toda la mañana ambas fuerzas habían permanecido estables, en una especie de empate continuado, ahora, por primera vez, la derrota comenzaba a mascarse entre las filas españolas. Su proximidad comenzaba a entreverse, y el proceso se aceleraba a medida que pasaban los minutos. Esto no era bueno, no podía serlo, pues menguaba la moral de las tropas, y no hacía sino precipitar el proceso de descomposición de las defensas.

El Almirante D. Blas de Lezo contemplaba la triste escena desde su puesto de observación.

Su rostro, ceñudo, permanecía serio y reconcentrado, como tantas otras veces durante el desarrollo de las contienda. Pero, quienes le conocían bien, hubieran sido capaces de detectar algunas señales de especial preocupación en su frente, surcada ahora por profundas arrugas.

El momento era crucial, y el Almirante lo sabía mejor que

nadie. Todos sus hombres estaban peleando en campo abierto, en el flanco Sur del castillo, parapetados tras una trinchera que, aunque todavía resistía, comenzaba a ser desbordada en varios lugares.

En demasiados…

Por su parte, en el interior del castillo tan sólo quedaba una guarnición de trescientos hombres, todos ellos marinos, que hasta ese momento habían servido a los cañones de las murallas.

Entonces Lezo, volviéndose hacia el castellano, el Coronel Desnaux, le dirigió una orden cuyo tenor resonó entre las piedras de la fortaleza con un timbre de voz firme y templado. Por su tono, el Almirante daba a entender que era consciente de la importancia y, sobre todo, de la gravedad, de lo que estaba diciendo. También daba a entender que se trataba de una decisión bien sopesada y meditada y que, por tanto, no admitía discusión posible:

—¡Coronel! Disponga a los trescientos hombres de la artillería para que salgan a la carga contra el enemigo.

Desnaux, buen militar, sabía muy bien lo que esto suponía: algo a un mismo tiempo tan sencillo y sublime, tan grandioso, como era el jugarse el todo por el todo.

Victoria o derrota. Ganar o perder. Vivir o morir…

—¡Señor! ¡Son los últimos hombres de la fortaleza! ¡Detrás de ellos ya no queda nadie más…!

»¡Si ellos caen, nadie podrá reemplazarlos…!

—Lo sé perfectamente, Coronel.

»Haga lo que le ordeno —esta vez la voz de Lezo ya no sólo sonó firme, sino de todo punto irrevocable.

Desnaux comprendió que debía obedecer sin demora, sin perder un tiempo precioso, y que sin duda sería necesario para el buen éxito de la operación. Por atrevida que fuese la orden recibida, venía de un superior sobradamente experimentado, y cuya valía había quedado probada innumerables veces en el pasado.

El Coronel transmitió la resolución a sus inmediatos colaboradores, a fin de que la ejecutaran de inmediato.

En cuestión de muy pocos minutos, los trescientos marinos formaban ante Lezo, en el patio de armas de la fortaleza. El silencio entre ellos se podía cortar. Eran muy conscientes de la gravedad de la situación, y de que el Almirante contaba con ellos para algo grande.

D. Blas quiso dirigirles unas brevísimas palabras:

—El enemigo está a punto de rebasar la trinchera.

»Si eso llegara a ocurrir, ustedes saben bien lo que significaría para nosotros: ¡la derrota!

»Por eso, no debemos permitirlo bajo ningún concepto. Y aún estamos a tiempo de evitarlo.

»Seremos capaces de hacerlo si cada uno de nosotros cumple con su deber como sabe, hasta el último aliento.

»Ustedes son hombres de mar, acostumbrados al abordaje de las naves enemigas. Pues bien, háganse a la idea de que esto es un abordaje.

»No se pierdan en otros pensamientos que puedan distraerles de su misión, y limítense a actuar del modo más efectivo posible. Hoy es de ustedes de quienes depende el desenlace final de esta guerra.

»Y quiero que sepan de antemano que, ocurra lo que ocurra, cuentan con toda mi estima y confianza. Bien sé que sabrán no sólo detener, sino poner al enemigo en fuga, hasta su total expulsión de estas tierras, que deben continuar ahora y por siempre bajo la soberanía de, su Majestad, el Rey de España.

»¿Están ustedes listos?

La respuesta fue unánime:

—¡¡¡Sí, señor!!!

Si las palabras del Almirante habían resultado sencillas en cuanto a su contenido, la emoción que dejaban traslucir había llegado hasta lo más profundo del corazón de sus hombres, a los que Lezo conocía bien. Les había llenado de valor y entusiasmo. Les había hablado con exigencia, pero a la vez, con el mismo cariño con el que un padre hubiera hablado a un hijo ante unas difíciles circunstancias.

Así pues, todos los marinos se mostraron unánimemente animosos y dispuestos para la acometida.

Desnaux dio la señal y las puertas del castillo se abrieron de par en par. Inmediatamente dejaron ver ante sí, al frente, en un escenario no muy lejano, el desarrollo de la tan reñida contienda.

También podía escucharse con facilidad el bronco rumor de la refriega, que la suave brisa marina se encargaba de traer, a través de la ardiente atmósfera caribeña, hasta las mismas puertas de la fortaleza.

Sin esperar un segundo más, D. Blas de Lezo puso su alma entera en la voz con la que dio la orden de salida a sus valerosos marinos:

—¡A la carga…! ¡Por España! ¡Hasta la entera expulsión del invasor…!

Los trescientos partieron a la carrera con formidable bravura. Una bravura que tal vez sólo pueda encontrarse entre unos hombres que llevaban casi dos meses sometidos a los peligros y las privaciones de una severa guerra de desgaste. Habían debido endurecerse en una exposición continua a las heridas, al dolor, y a las privaciones ocasionadas por el incesante fuego enemigo.

Para su sorpresa, y la de los propios oficiales que, acompañaban a Lezo, algunos de los atacantes ingleses no sólo habían conseguido desbordar las trincheras, sino que se acercaban ya hasta las mismas puertas de la fortaleza.

Pero ante la frescura y el empuje de estos trescientos hombres, muy pronto hubieron de retroceder para ponerse a salvo.

La imponente carga de los marinos comenzaba a imponerse con brío ante la primera línea del enemigo.

Ellos también estaban extenuados y debilitados tras una larga y dura jornada de combate bajo el implacable sol del trópico. Y comenzaban a dar muestras de ello.

Sea como fuere, los soldados ingleses de vanguardia jamás hubiesen podido esperar una acometida semejante. Los hombres de Lezo, como toros recién liberados del toril, embestían con una energía inusitada. Literalmente arrollaban a cuantos enemigos tuviesen la desdicha de cruzarse en su camino.

Por eso, víctimas del cansancio, o tal vez del terror, o de la sorpresa, la segunda línea de soldados británicos, la más próxima al castillo, también comenzó a retirarse. Tímidamente al principio. A la carrera muy poco después.

Contra todo pronóstico, en cuestión de pocos segundos, los trescientos perseguían a unos desarbolados atacantes que se veían abocados a descender ladera abajo en clara desbandada.

Donde el desconcierto comenzaba ahora a cundir y a contagiarse era entre las tropas británicas.

El momento psicológico escogido por Lezo para dar su golpe de mano no habría podido resultar más oportuno.

El conjunto de las milicias españolas, a la vista de lo que estaba ocurriendo, recobraba su natural brío, e incluso recuperaba algunas de las posiciones anteriormente perdidas en la trinchera.

Lo que se había iniciado como una retirada parcial de un puñado de hombres, iba ahora cundiendo entre sectores más amplios de la infantería británica. Sus soldados, debilitados y desfallecidos, cuando no enfermos, iniciaban una creciente retirada.

Decenas de ingleses se veían desguarnecidos en medio de la contraofensiva hispánica, se agregaban a la desbocada carrera de los fugitivos.

El caos comenzaba a desbaratar la formación de las hasta entonces fuerzas atacantes, y la retirada comenzaba a traducirse en la más completa desorganización de las tropas invasoras.

Muy pronto pudo hablarse de una auténtica estampida.

No era otro el efecto buscado por D. Blas. Y lo estaba consiguiendo.

Desde lo alto de las murallas continuaba animando a los hombres a perseguir al enemigo.

—¡A por ellos…! ¡Hasta el mar…! ¡Que se suban a los barcos y no paren hasta Inglaterra…!

En la persecución, los británicos iban cayendo mortalmente heridos a merced del empuje de los soldados españoles que, contagiados de la energía de los trescientos marinos de Lezo, se veían súbitamente enfervorizados y vigorizados.

Los españoles, olvidados de todo cansancio y dolencia, corrían ahora por detrás, imparables, a la caza de los fugitivos.

En cuestión de escasos minutos, el curso de las hostilidades había dado un cambio de 180º. Las tornas habían cambiado por completo.

Los hombres de Lezo, siguiendo las órdenes de su Almirante, perseguían a los británicos hasta la misma costa. Allá, o en la huida, centenares de ellos encontraron la muerte. En verdad, aquélla resultó una auténtica catástrofe para las tropas de Vernon.

Pero la euforia repentinamente recuperada entre los peninsulares no quedó aquí. Su arrojo ascendió a tales cotas, que Fernando, acompañado de algunos piquetes de infantería, continuó su persecución pendiente arriba, hacia lo alto de la Popa.

Pues algunos ingleses trataban de escapar en esa dirección.

—Juan Sebastián: ¿conoce usted el camino más seguro para ascender al cerro y caer de improviso sobre los artilleros apostados a lo alto?

—Sí, señor. Lo conozco.

—Bien.

»Sargento Navarro, persiga usted a lo largo de la carretera a los ingleses que traten de buscar refugio junto a la artillería de la Popa.

»El soldado Romero y el resto de mis hombres lo haremos a través de la arboleda.

»Nos veremos arriba.

—A la orden, Teniente.

Como si por ensalmo hubiera sonado la hora de España, Fernando y sus hombres por un lado, y el Sargento Navarro por otro, junto con el puñado de hombres que, en medio de la contraofensiva, se iba sumando a la operación, alcanzaron y tomaron sin dificultad el estratégico otero desde el que se dominaba la entera extensión de la ciudad.

Los artilleros de Virginia, asombrados ante lo que veían ante sus ojos, cayeron prisioneros sin posibilidad de oponer resistencia. Las piezas de artillería fatigosamente transportadas hasta allá por los colonos eran ahora tomadas por los hombres de Lezo.

La bandera británica fue inmediatamente arriada y sustituida por la española, que quedaba ahora desplegada en el punto más alto de la colina. Resultaba fácilmente visible desde toda la ciudad de Cartagena y en sus alrededores, hasta varias leguas a la redonda. Era una señal indiscutible de que los invasores comenzaban a perder terreno.

Al contemplar la bandera, al percibir el cambio que se había operado en el cerro, las gentes de la ciudad apenas eran capaces de dar crédito a lo que veían. Algunos se santiguaban, otros caían de rodillas, otros corrían a la Catedral a dar gracias. Durante toda la noche y la mañana, ellos no sabían, no podían saber, lo que estaba sucediendo fuera de sus murallas. Durante horas habían escuchado disparos y más disparos, cada vez más próximos, esperando de un momento a otro el desenlace fatal: la entrada victoriosa de los soldados británicos anunciando la muerte o, en el mejor de los casos, el apresamiento de sus seres queridos.

Pero ahora percibían que nada de eso ocurriría. Contra todo pronóstico, lejos de padecer la entrada triunfal del invasor, era la enseña española la que se alzaba orgullosa en lo más alto del emblemático altozano.

Las campanas de la ciudad apenas tardaron algunos minutos en ser echadas al vuelo en un jubiloso bullicio de alegría incontenida.

Las calles, hasta entonces vacías, se llenaban ahora de gentes que se felicitaban unas a otras. Volvían a oírse las risas de los niños, durante tantos días olvidadas. En una palabra, volvía la vida a la ciudad. El nombre del Almirante Lezo corría de boca en boca entre sus habitantes como el de un héroe. Como el héroe que les había salvado. Y no sólo a la ciudad de Cartagena, sino a toda la Tierra Firme (como era conocida en aquel entonces la superficie del continente americano) de caer en manos inglesas.

Atraída por el incesante repique de las campanas, Consuelo se asomó a la ventana. Pudo ver con sus propios ojos la enseña de España ondeando a lo alto de la Popa. De inmediato, sintió que una parte importante de sus preocupaciones desaparecía. Le hubiera gustado dejarse contagiar por el gozo que inundaba las calles. Pero no podía, era imposible. El dolor que todavía anidaba en su interior, producido por las dudas vertidas en torno a la reputación de Fernando, era demasiado hondo. No conseguiría volver a ser feliz hasta que no lograra ahuyentar de sí tan pesada incertidumbre.

En el hospital, las monjas cesaron por un momento en su abnegado trabajo:

—¿Qué ocurre, hermana, que suenan las campanas tan impetuosamente? ¿Es que acaso han entrado ya los ingleses y hacen mofa con ellas?

—Nada de eso, ¡Sor Matilde! ¡Mire! ¡La bandera vuelve a ondear en la Popa!

—¿La bandera? ¿Qué bandera?

—¿Qué bandera va a ser? ¡La española, la nuestra...!

—¡Alabado sea el Señor! ¡Qué alegría me da, Sor Encarnación!

Entre los enfermos, las reacciones no se hicieron tampoco esperar. Según fuesen de una u otra nacionalidad, lo celebraban, o se condolían de ello.

D. Gonçalo sufrió un repentino ataque de ansiedad. Él jamás había contado con esta posibilidad: ¿cómo podía ser? ¿Cómo ese manco, cojo y tuerto había podido alzarse contra un ejército tantas veces superior en hombres y en armamento? ¿Más aun, cuando todo estaba ya casi perdido para los españoles? ¿Cuándo eran apenas tan sólo un puñado los que resistían en S. Felipe?

Y, sobre todo: ¿qué sería ahora de él? Sólo le restaba aguardar a la horca, que no tardaría en llegarle, tan pronto como estuviese repuesto...

Pequeñas gotas de sudor comenzaron a surcarle la frente.

Empezaba a marearse. Apenas acertó a llamar a una de las religiosas. Quería cerciorarse de que no se tratase de una broma pesada, o tal vez, quién sabe, de un desgraciado malentendido:

—¡Hermana, por favor! ¿Qué es lo que ocurre? ¿Por qué suenan las campanas con tanta insistencia?

—¡Ah! Señor de Oliveira, parece que las cosas empiezan a ir bien para los nuestros: ¡los españoles hemos recuperado la Popa!

Ante tan definitiva confirmación, el portugués calló. Con gran esfuerzo logró dar media vuelta sobre el jergón hasta ocultar su cara contra la pared. No quería que nadie viese su gesto de congoja.

A pesar de que sus alterados nervios le impedían razonar con normalidad, trataba desesperadamente de reflexionar, de buscar el modo de encontrar una salida a su apurada situación. Era muy consciente de que el suelo comenzaba a hundirse bajo sus pies...

5

Ciertamente, el varapalo recibido por los ingleses en aquella memorable jornada no tenía parangón alguno en los anales de la historia.

Miles de cuerpos, británicos en su mayor parte, comenzaban a descomponerse a todo lo largo y ancho del mismo terreno en donde, pocas horas antes, se combatía furiosamente.

Llegada la noche, Vernon se vio obligado a realizar una petición de alto el fuego. Deseaba solicitar la recogida de cadáveres y el intercambio de prisioneros.

Por supuesto, Lezo accedió.

El saldo conocido tras el recuento resultaba aterrador: cuarenta y tres oficiales ingleses habían perdido la vida. Entre ellos se encontraban el Coronel Grant y el General De Guise. En total, los británicos habían perdido mil quinientos hombres durante el asalto al Castillo de S. Felipe. Cuatrocientos soldados más habían sido conducidos hasta el hospital de la ciudad para ser atendidos.

Pero además, tal y como Lezo había previsto, las enfermedades tropicales, más o menos larvadas hasta entonces, comenzaban ahora a hacerse notar con fuerza y en toda su crudeza: Vernon llevaba contabilizados dos mil quinientos soldados muertos a causa del paludismo y de la fiebre amarilla. Era un número muy elevado de bajas, demasiado elevado, y lo peor de todo es que su ritmo iba en aumento.

En su afán por avanzar con premura contra la ciudad, el Almirante inglés había descuidado enterrar a los muertos. Y había omitido tan elemental y necesaria acción ya desde las primeras escaramuzas sostenidas en Bocachica.

Pero aunque ya era demasiado tarde para las lamentaciones, lo cierto es que el estrepitoso fracaso ante S. Felipe, unido a la imprevista emergencia sanitaria, comenzaba a hundir la moral inglesa de un modo tan rápido como inesperado.

En tales circunstancias, no es de extrañar que las frecuentes desavenencias entre Wentworth, el General en jefe de la infantería, y el Almirante Vernon, alcanzaran su culmen:

—¡General! ¡Debo decirle que ha desaprovechado usted una oportunidad irrepetible! Una oportunidad única, cuando los escasos españoles que quedaban en el castillo estaban prácticamente vencidos…

—¡Señor! Si los españoles han llegado a encontrarse prácticamente vencidos, no ha sido sino por el notable esfuerzo y la generosa energía derrochada por mis hombres que, debiendo soportar las penalidades de una fatigosa lucha durante horas, bajo un sol abrasador, han conseguido plantarse ante las mismas puertas del castillo.

»Con todos los respetos, si no se han llegado a culminar con éxito las maniobras, ha sido única y exclusivamente debido a la falta de apoyo naval.

—Mire, Wentworth, esta discusión ya la hemos tenido antes. No estoy dispuesto a malgastar ni una palabra más en tratar de convencerle, empresa que considero imposible.

»Pero sí le voy a conceder algo: enviaremos a la «Galicia»

a la bahía interior. Con sus bombas trataremos de castigar al Castillo de S. Felipe. Podrá usted ver con sus propios ojos el resultado. Al fin y al cabo, el navío que arriesgaremos es uno de los que fue arrebatado a los españoles.

»Si en tanto estima usted el refuerzo naval desde la bahía, prepárese para ver el resultado.

»Puede retirarse.

—A sus órdenes, señor.

A pesar de todo, Vernon estaba dispuesto a intentarlo una vez más. En realidad, nadie podía saber si de verdad su General le había convencido de la necesidad de dar apoyo naval a las tropas de tierra o si, por el contrario, todo obedecía a un simple deseo de demostrar con los hechos a Wentworth que estaba equivocado.

De cualquier forma, si fracasaban, quedaría patente ante todos que él había tenido razón, y que la toma del castillo debía haber sido hecha con el solo empuje de la infantería.

Y si lo lograban…, entonces muy poco le importaría a Vernon otorgarle a razón al General.

Mientras tanto, Lezo y sus hombres conseguían reforzar sus posiciones en Manzanillo y en el Pastelillo, que habían resistido gloriosamente durante los feroces ataques.

Para colmo de bienes, en su avance hacia estos castillos, los españoles pudieron fácilmente rescatar al regimiento que había permanecido aislado y asediado, durante días, en medio de las tropas enemigas.

Aquella noche, D. Blas pudo finalmente regresar a casa a descansar por unas horas. Llevaba varias jornadas sin poder abrazar a Dª. Josefa y a sus hijos.

Cuando entró por la puerta y su mujer escuchó el familiar golpeteo de la pierna de madera sobre el entarimado del zaguán, bajó corriendo a recibirle:

—¡Blas! ¡Querido! ¡Sabía que lo conseguirías! ¿No te lo dije?

»¿Cuándo se ha oído decir que hayas perdido una guerra?

El intrépido marino apenas tuvo palabras para responder. Toda la tensión y el cansancio acumulados durante aquellos duros y difíciles días, se volcaron en un fuerte y cariñoso abrazo a su esposa.

Los niños, aunque acostados, permanecían despiertos y atentos a cuanto pudiera ocurrir a su alrededor. Ellos también, tan pronto como oyeron aquellos pasos que les eran tan queridos, bajaron hasta el zaguán.

Una vez allí, Blasillo y las pequeñas Josefa y Agustina se fundieron en el abrazo de sus padres.

La alegría volvía al hogar.

Durante unos segundos, la felicidad envolvió a todos y cada uno de los miembros de la familia. Una felicidad tan intensa, que todos anhelaron que se prolongara durante los días por venir, para nunca más volver a desaparecer.

Pero, ¿sería realmente así? ¿Cuánto tiempo podría perdurar aquella dicha tan grande?

Ciertamente es doloroso comprobar cómo, a veces, la sencilla alegría de una familia unida y en paz, puede ser objeto de tan duros ataques…

❧

En medio del entusiasmo producido por la gloriosa victoria alcanzada, Fernando creyó encontrarse en condiciones favorables para intentar un acercamiento a la familia de Mairena. Juzgó, tal vez un tanto a la ligera, que en el actual clima de optimismo, las prohibiciones de Dª. Leonor carecían ya de sentido.

Su ansia por ver de nuevo a Consuelo y por informarle de primera mano acerca de la derrota sufrida por los ingleses era tan grande, que ni tan siquiera quiso desviarse hasta sus habitaciones en el cuartel para acicalarse un poco.

Estaba vivo y entero, y con eso bastaba.

Tal vez todo obedeciera a que se hallara bajo los efectos de un cierto grado de euforia.

Era la hora de después de cenar. Previsiblemente, ese día no habría invitados.

Fernando hizo sonar con fuerza la aldaba y aguardó a que le abrieran.

Dos pisos más arriba, D. Luis exclamó:

—¡Qué extraño! ¿Quién puede ser a estas horas?

»Leonor, ¿has invitado a alguien?

—No. ¿Cómo iba a hacerlo en un día como hoy?

Sólo Consuelo fue capaz de adivinar de quién se trataba. En realidad, más que un presentimiento, tuvo casi una certeza. Por eso, sin esperar a que el criado apareciera anunciando a la visita, adelantándose a todos, se levantó y se lanzó veloz escaleras abajo.

—Niña, ¿se puede saber a dónde vas con esas prisas?

—No es nada, padre. Estoy acatarrada y he olvidado coger el pañuelo.

Al cruzarse con Eliécer, que subía parsimoniosamente, ella le interrogó acerca de la identidad de la visita:

—Es el Teniente de Castro, señorita.

Consuelo aceleró aún más su presuroso descenso.

—No se preocupe Eliécer, yo misma me ocuparé de expulsarle.

Al abrir la puerta, a pesar de todas sus dudas, su alegría se vio desbordada:

—¡Fernando!

—¡Consuelo de mi vida!

Desgraciadamente, no había tiempo para perderse en excesivas contemplaciones. En cualquier momento podía aparecer Dª. Leonor y protagonizar una desagradable escena.

Por ello, Consuelo, incapaz de soportar sus angustias ni un segundo más, preguntó a bocajarro:

—Fernando, escucha…

»Te ruego por lo que más quieras que no me mientas: ¿verdad que no has traicionado a los nuestros? ¡Dime que no…, por favor, dime que no…!

»Existen horribles habladurías circulando por la ciudad y yo…

—¡Pero, Consuelo! Amor mío…

»¿Cómo has podido creer algo así…?

—No lo he creído, no lo he podido creer pero mi madre dice que tú…

—Verás, me hice pasar por un falso desertor, enviado por D. Blas y acompañado por un soldado criollo.

»Nuestra misión era conducir a los ingleses hasta una trampa y lo conseguimos. El mismo Almirante te lo podría aclarar…

Fernando se mostró ligeramente dolido por las dudas de Consuelo, pero la alegría de la victoria y del reencuentro superaban con creces a su pequeño dolor.

—Entonces…, debe de tratarse de D. Gonçalo. Aun herido y encerrado en el hospital, sigue tejiendo sus redes…

»Si no es él, hay alguien que ha conseguido hacer creer a media ciudad, y sobre todo a mi madre, que eres un traidor.

»Ay Fernando ¡Qué alegría me das…! No hace falta que D. Blas me diga nada. Me basta y me sobra con tu palabra.

»¡Qué feliz soy ahora…!

»¡Cuánto he tenido que padecer por tantas mentiras…!

—¡Consuelo! ¡¡Consuelo…!! ¡¡¿Qué haces ahí…?!!

Era Dª. Leonor. Bajaba echa una furia. En efecto, Eliécer había debido informarle…

—¡Vete, Fernando! ¡Vete, por favor…!

—Pero, Consuelo, yo… ¿Cómo quieres que escape como un vulgar delincuente, si todo es una vulgar y burda mentira…?

—Lo sé pero mi madre…

Su madre llegaba en ese momento. Toda la personalidad y el carácter de la recia mujer cántabra se pusieron en acción:

—¡Ya le dije a usted en una ocasión que no volviera por aquí!

»Ahora que sé que es usted un despreciable desertor, su presencia me es más intolerable y despreciable, si cabe.

»Créame, no pararé hasta verle a usted pender de la horca.

»No crea que su amistad con el Almirante le ha de valer de mucho. Su caso llegará a oídos del Virrey.

»Me ocuparé personalmente de ello.

»Ahora, váyase.

El contraste entre la euforia con la que se había presentado ante Consuelo y el jarro de agua helada que acababa de recibir de su madre, hicieron que Fernando quedara desconcertado. Tanto, que no pudo, o no quiso, defenderse. Calló y, lanzando una triste mirada de despedida hacia la también deshecha Consuelo, optó por retirarse en silencio. Tal vez fuese lo más acertado. La ira es siempre incapaz de medir sus actos y sus palabras.

Pero el joven se alejó de la casa con el corazón partido. Y sin el necesario sosiego para poder razonar con claridad.

Comenzó a deambular por las calles sin un rumbo fijo. Su rostro ceñudo y cariacontecido contrastaba grandemente con la alegría que se respiraba por las calles. La victoria no era definitiva aún, eso todos lo sabían, pero el castigo que se había dado a los invasores había sido de tal magnitud que, después de los sufrimientos de las últimas semanas, era tiempo de distenderse y de liberarse de las preocupaciones pasadas. Todos querían celebrar lo logrado.

La noche, como es habitual en el Caribe, era ardiente. Tal vez por eso Fernando no lograra despejarse. Al contrario, conforme pasaban las horas, y a pesar del cansancio almacenado, su excitación parecía acrecentarse y, con ella, su ira. Tampoco contribuían a calmarle las miradas furtivas que algunos viandantes le dirigían, víctimas tal vez de los infundios lanzados contra su persona. Comprobaba de primera mano la veracidad de cuanto Consuelo le había transmitido: alguien se había dedicado a calumniarle impunemente.

No podía ser que las noticias de su deserción hubiesen llegado a la ciudad con tal grado de distorsión, a no ser que alguien se hubiese propuesto hacerle daño. Y, como es natural, todas las sospechas del Teniente confluían hacia una única persona.

Fernando llegó a ofuscarse de tal manera, que decidió encaminarse hacia el hospital. Allí se las vería con D. Gonçalo. Le obligaría a retractarse. Le obligaría a reconocer públicamente sus maquinaciones.

Decidió que, si el portugués tenía ganas de pelea, la tendría.

A partir de ese mismo instante, sus idas y venidas hacia ninguna parte cesaron. Su rostro se tornó más serio y firme, y sus pasos se encaminaron resueltos hacia la enfermería. No parecía que nada, ni nadie, fuese a ser capaz de detenerle.

Al llegar a una cierta distancia del edificio, observó que el convento reconvertido en enfermería se presentaba ante él como una gran mole oscura y silenciosa.

Sin embargo, apenas se hubo acercado algunos pasos más, cuando pudo percibir con claridad los lastimeros quejidos de algunos de los heridos. Éstos se entremezclaban en una desagradable sinfonía con los fuertes ronquidos de los escasos pacientes que habían conseguido conciliar el sueño.

—¡Alto! ¿Quién va…?

El edificio estaba permanentemente custodiado por un piquete de soldados.

—Soy el Teniente Fernando de Castro, ayudante de D. Blas de Lezo.

—¡A sus órdenes teniente! No le había reconocido…

—Baje el brazo, soldado. No se preocupe, cumple usted con su deber.

»Dígame, ¿se encuentra aquí el desertor portugués al que hirieron durante su apresamiento?

—Sí señor. Está en lo que llaman «convalecencia», en la sala aneja al claustro, donde se encuentran los enfermos menos graves.

»¿Quiere que le acompañe hasta él?

—No es necesario, conozco bien las dependencias.

»Muchas gracias, soldado.

—A la orden, señor.

A la tenue luz de las estrellas, Fernando se encaminó hasta la entrada de la sala de convalecencia.

Dentro, los quejidos se multiplicaban.

Estaba oscuro y, en la penumbra, era imposible identificar a los hombres. Hubo de esperar a que su vista se acostumbrara a las sombras.

Tan pronto como logró distinguir lo suficiente para poder caminar entre los enfermos sin tropezar, comenzó a deambular muy despacio entre ellos, tratando de identificar uno a uno por sus facciones.

Comprobó que se entremezclaban, sin discriminaciones de ningún tipo, españoles con ingleses, indios, negros, mulatos… A todos trataban de sanar por igual las buenas religiosas.

Sin pretenderlo, Fernando estuvo apunto de apoyar la planta

del pie sobre la mano de un hombre que dormía tumbado en el suelo. En cuanto se dio cuenta, evitó pisarle con todo el peso de su cuerpo. Pero la presión fue la suficiente para que el hombre, entre sueños, musitara algo.

Desde las cercanías, otro, más despierto, le respondió:

—Oh, please, shut up![4]

El Teniente se detuvo por un momento. Esperó a que la calma que él mismo había alterado, volviera a instalarse en la sala.

Iba a retomar sus pesquisas cuando el corazón le dio un vuelco en el pecho. Dos ojos que conocía muy bien le miraban insolentes. Era el portugués, y le había reconocido.

Fernando se agachó hasta su altura. No quería que nadie más oyera la conversación.

Dando rienda suelta a su cólera, comenzó por interrogarle acerca de su verdadera identidad:

—¿Quién eres? ¿Cuál es tu verdadero nombre?

Si lo estaba, el aludido no se mostró asustado ni alterado. Con gran seguridad, respondió:

—Eso no te importa. Te basta con saber que soy portugués y que sirvo a mi patria —contestó con total aplomo, que no dejó de sorprender a Fernando. Parecía como si el herido no tuviese nada que temer del español. Tal vez porque lo diera ya todo por perdido, o tal vez porque aún esperara una victoria «in extremis» de los británicos.

—¿Eres espía?

—Sabes bien que lo soy. Tú mismo me viste entregar un mapa a los británicos.

—¿Por qué lo has hecho? —La irritación de Fernando parecía concentrarse en sus deseos por satisfacer su curiosidad en este punto.

—Porque mi gobierno es aliado del inglés desde hace siglos.

—No me refiero a eso. Me refiero a las calumnias contra mí.

—Muy sencillo: durante mi estancia en Cartagena me enamoré de Consuelo y tú, maldito soldado, me la has robado.

---

4 ¡Por favor, cállate!

—No te he robado a nadie. Ella no te quiere. Me quiere a mí. Además… sabes que vas a morir…

Al escuchar estas palabras, el portugués manifestó por primera vez ciertos signos de debilidad:

—Tienes razón… Hasta hoy daba por segura la victoria de nuestros aliados. Jamás había pensado en su posible su derrota.

»Tal vez todo esté ya perdido para mí —trató de apelar a una confianza que le abandonaba para añadir—: pero mientras los británicos sigan ahí, siempre me quedarán algunas esperanzas…

Ahora, por unos instantes, D. Gonçalo, o como se llamara en realidad, alteró su tono. De repente no parecía dirigirse hacia un enemigo mortal, sino hacia otro hombre, hacia un semejante, al que, a las puertas de la muerte, contara sus desdichas:

—Los ingleses mueren a centenares. Los que no matáis vosotros con vuestras armas, son víctimas de la fiebre amarilla, no creo que sean capaces de rehacerse.

»De todas formas, nada importa ya. Yo moriré y tú perderás a Consuelo. Dª. Leonor está convencida de que eres un cobarde. Nadie podrá quitarle esa idea de la cabeza.

—Tú podrías hacerlo…

—¿Yo…? ¿Por qué habría de hacerlo?

—Por recuperar tu honradez, y porque estás a las puertas de la muerte. Nada ganas con mantener esa mentira.

—¿Es que no lo has entendido aún «tenientillo»? —el portugués volvió a cambiar bruscamente el registro de sus palabras. Nuevamente hablaba con un rival, con un enemigo al que detestaba con todas sus fuerzas—. Te odio. Siempre te odiaré. Desde el infierno seguiré despreciándote por siempre: ¡tú me has quitado a Consuelo! Pero al menos me queda el triste remedio de que yo también te la quitaré a ti…

Fernando fue incapaz de contenerse por más tiempo. Se vio súbitamente preso de un fuerte movimiento de ira y, agarrando del cuello a D. Gonçalo, le gritó:

—¡Eres un maldito sinvergüenza! ¡Sin pizca de honor ni de dignidad!

Los gritos despertaron a la mayor parte de los enfermos, entre los que se produjo un gran alboroto.

Los soldados y Sor Matilde, la monja de guardia, acudieron a ver qué es lo que ocurría.

Vuelto en sí, Fernando abandonó a su presa. Alzándose, se encaminó, profundamente abatido, a presentarse ante el Almirante. No tardaría ya en amanecer. Debían estar atentos y prevenidos ante los movimientos del enemigo.

Mientras abandonaba el edificio, el portugués, todavía congestionado, acertó a decir:

—¡Púdrete, maldito tenientillo!

Por fin amaneció el nuevo día. Era el 26 de abril de 1741. Se cumplía casi mes y medio desde que los ingleses iniciaran el ataque a Cartagena de Indias.

D. Blas, a pesar de haber dormido pocas horas, mostraba un aspecto envidiable: risueño, de buen color y con una moral tan alta como podía esperarse de un hombre que, cuando todo estaba perdido, había sido capaz de darle la vuelta a la contienda de un modo sorprendente.

Fernando, por contraste, tenía grandes ojeras que revelaban que llevaba dos noches sin dormir.

D. Blas estuvo a punto de pedirle que se retirara a descansar. Sin embargo, se abstuvo de hacerlo, pues sabía que aquel día podía ser decisivo. Debían sellar el final de la guerra. Debían derrotar definitivamente a los británicos.

Tal y como Vernon había anunciado a Wentworth, el ejército inglés lo intentaría una vez más. Atacarían sirviéndose de la que había sido la nave capitana de D. Blas de Lezo: la «Galicia», de setenta cañones.

Al Bravo Almirante español se le escapó un pesaroso suspiro cuando vio que era precisamente su barco el que el enemigo empleaba para volver a la carga. No por ello se detendría en contemplaciones. Además, a lo alto del palo mayor y sobre la escandalosa ondeaban ahora sendas enseñas británicas.

En cuanto el buque, que había penetrado ya en la bahía interior, alcanzó una posición favorable, Lezo dio la orden de disparar:

—¡Fuego!

El primer obús alcanzó de lleno su objetivo.

Otros cañones imitaron el ejemplo de D. Blas, desde el propio Castillo de S. Felipe.

También desde el fuerte del Pastelillo se castigaba la osadía de los ingleses, reduplicando así la capacidad defensiva de los españoles.

Pero la «Galicia» se defendía bien, causando graves daños en las murallas del castillo. Incluso en la propia Cartagena, sus habitantes veían con horror que las bombas volvían a llover sobre sus casas. Aunque donde el fuego enemigo alcanzaba con auténtica violencia era en el más cercano barrio de Getsemaní.

El duro intercambio de metralla se prolongaría durante toda la jornada.

Al cabo, la mayoría de los cañones defensivos del castillo, aquéllos cuya posición encaraba más directamente a la «Galicia» fueron destrozados por la artillería del buque. Y el resto de las piezas carecían del ángulo apropiado para responder al fuego enemigo.

Lezo se vio obligado a intervenir para evitar que los daños fuesen a más:

—¡Coronel Desnaux encárguese de abrir una nueva trinchera delante de la muralla! Debemos proteger las paredes de nuevos ataques por este flanco.

Los trabajos de excavación se iniciaron tan pronto como oscureció.

Y se prolongaron durante toda la noche.

Al amanecer, se reinició el combate.

En un primer momento, a ojos de un espectador inexperto, todo hubiera parecido indicar que las cosas discurrían por un derrotero similar al de la víspera. Pero no mucho más tarde, conforme avanzaba la mañana, pudo comprobarse que, una vez más, las medidas tomadas por D. Blas estaban resultando de una enorme eficacia. El fuego español estaba consiguiendo desarbolar a la «Galicia» por completo.

Hacia las once, el viejo navío hubo de iniciar su lenta retirada hacia aguas más abiertas y profundas. Estaba completamente deshecho.

A la vista de lo ocurrido, Vernon y Wentworth volvieron a exteriorizar su enésimo desencuentro. Sin embargo, ambos mandos coincidieron en un punto, en la necesidad de retirarse definitivamente y lo antes posible de Cartagena. Sabían lo que eso significaba. La humillación. La derrota. Reconocer el hecho de su incapacidad para tomar la ciudad con una superioridad de casi diez soldados británicos por cada uno español.

Pero, como no podía ser de otra manera, en donde discreparon de forma radical fue en el grado de «culpabilidad» de cada uno en el fracaso.

—Como ha podido usted ver, Wentworth, de nada ha servido el fuego naval contra el castillo.

»A esa distancia, la «Galicia» ha resultado fácilmente pulverizada por la artillería enemiga.

—Siento discrepar, señor.

»Si al tiempo de intentar la toma del Castillo de S. Felipe, hubiésemos enviado cuatro buques de guerra que hubiesen dado apoyo a las fuerzas de tierra, a estas horas, el castillo y la entera ciudad estarían en nuestras manos.

»Los españoles nada hubieron podido hacer por contener nuestra fuerza combinada.

—General, ¿de verdad insinúa usted que debemos atacar de nuevo con los medios que acaba de sugerir?

—De ninguna manera.

»¡Ya es tarde, señor! Mis hombres se mueren por docenas cada día.

»Creo que debemos retirarnos antes de que todos sucumbamos víctima de las fiebres y del vómito negro.

—Mis hombres también mueren en grandes cantidades...

»Por una vez lograremos ponernos de acuerdo en algo. En efecto, coincido en que debemos marcharnos de aquí lo antes posible. Cada día que permanezcamos en estas costas, será mayor el número de hombres que morirán sin remedio...

CUARTA PARTE: MISERIA Y HONOR

1

Después del episodio de la «Galicia», D. Blas presintió que aquélla sería la última y definitiva tentativa por parte de los ingleses: a partir de entonces, ya no volverían a acercarse al Castillo. No porque hubieran desistido en su voluntad de hacerlo, sino porque les sería ya imposible. El enemigo no estaba en condiciones de regresar. Estaban exhaustos. Por duro que pudiera resultarles, no tenían otro remedio que abandonar las costas de Nueva Granada. A pesar de que tendrían que hacerlo con la acusadora sombra de la derrota acompañándoles a sus espaldas, persiguiéndoles de por vida allá donde fueran.

Sin embargo, la prudencia y la experiencia del Almirante le llevaron a guardarse tan halagüeñas impresiones para sí mismo. No las compartiría con nadie. No lo haría hasta que los hechos viniesen a demostrar su veracidad.

Lo cual no impediría que, en su diario, Lezo, hombre de profunda fe, consignara: «*este feliz suceso no puede ser atribuido a causas humanas, sino a la misericordia de Dios.*»

Pero, gracias también a la misericordia de Dios, no tendría que esperar mucho tiempo para recibir las primeras confirmaciones a sus mejores presagios.

La primera señal se produjo el día 28 de ese mes de abril, durante una jornada especialmente lluviosa, en el que la alta humedad, unida al intensísimo calor, producía las condiciones para que el ambiente se hiciera difícilmente respirable.

Vernon envió una barquilla con una gran bandera blanca, en la que un emisario portaba una misiva en la que literalmente decía:

> «Hemos decidido retirarnos, pero para volver muy pronto a esta Plaza, después de reforzarnos en Jamaica».

Ciertamente, Lezo tardó un tiempo en conocer el contenido de esta carta, pues Eslava nada hizo por informarle.

Sin embargo, a los pocos días, tan pronto como conoció el tenor de lo expresado por el Almirante inglés, D. Blas no vaciló en responderle:

> «... para venir a Cartagena es necesario que el rey de Inglaterra construya otra escuadra mayor, porque ésta sólo ha quedado para conducir carbón de Irlanda a Londres, lo cual les hubiera sido mejor que emprender una conquista que no pueden conseguir.»

En cualquier caso, no mentía Vernon. A su carta siguieron los hechos: los británicos comenzaban a abandonar sus posiciones. Las mismas posiciones que los españoles se encargaban rápidamente de reocupar.

Se repetía la historia ocurrida pocas semanas antes, cuando los ingleses tomaban el Castillo de la Cruz Grande sin disparar un solo tiro, sólo que ahora los movimientos de tropas se producían en sentido diametralmente inverso.

Ante tan feliz espectáculo, el Almirante Lezo ya no dudó. Caminando en medio de otro de los intensos y frecuentes aguaceros propios de la estación de las lluvias, se acercó a la presencia de Eslava con paso tan firme y solemne como le permitía su pata de palo, y, con la sobriedad que le caracterizaba, le informó de la retirada definitiva de los ingleses en estos precisos términos:

—Señor Virrey, hemos quedado libres de estos inconvenientes.

El agua chorreaba todavía del sombrero del marino guipuzcoano cuando el Virrey, alzando la cabeza sobre su escritorio, le miró con rostro adusto y, tras agradecerle lacónicamente las novedades, le invitó a retirarse.

Al día siguiente, Vernon solicitó un nuevo intercambio de prisioneros que Lezo no tuvo inconveniente en aceptar.

Los prisioneros españoles, al regresar junto a los suyos, relataban el miserable estado de salud de las tropas de su Majestad británica. Los hombres morían a puñados, víctimas de la peste. La ictericia y el temido vómito negro se extendían imparables sin distinguir entre oficiales y simples soldados. Además, carecían de agua salubre y de los necesarios víveres.

En medio de semejante penuria, nada tenía de extraño que comenzaran a llegar desertores ingleses en número apreciable. Algunos de ellos pedían sinceramente abrazar la religión católica.

Sin embargo, el grueso de las milicias británicas demoraría todavía un tiempo en retirarse por completo. El motivo del retraso se debía a las grandes dificultades logísticas que experimentaban a la hora de organizar la partida de una tan gran muchedumbre, en su mayor parte gravemente herida o enferma. Además, debían hacerlo a bordo de una flota seriamente dañada, cuando no parcialmente desmantelada.

Tras días de intenso trabajo en las más duras condiciones, las últimas velas inglesas desparecieron de la vista de los españoles, ocultas tras la línea azul del horizonte, el día 20 de mayo.

Así pues, Vernon había logrado permanecer en las costas de Nueva Granada durante poco más de dos meses.

A su partida, resulta muy ilustrativo el particular relato de los hechos que hizo John Pembroke, miembro del Parlamento británico. Pues no en vano, él fue sin lugar a dudas uno de los más sobresalientes combatientes del lado inglés, destacado por su bravura y arrojo.

Al soltar amarras, resumía así el resultado de aquellas semanas de continuas hostilidades y el triste aspecto que ofrecía el paisaje que encontraba a su alrededor:

> «Si hemos de ser honestos en nuestras cuentas, tuvimos dieciocho mil hombres muertos y, según un soldado espa-

> ñol que capturamos, ellos perdieron unos doscientos. El Almirante Una Pierna con su excelente mando y fuego mató a nueve mil de nuestros hombres, la fiebre general mató a un número parecido. Cuando eché la última mirada al puerto de Cartagena, su superficie era gris, con los cuerpos putrefactos de nuestros hombres, que murieron tan rápidamente que nosotros nada podíamos hacer por enterrarlos. De los agricultores pobres y débiles de nuestras colonias norteamericanas murieron cuatro hombres de cada cinco.»

Tan pronto como la noticia de la retirada del invasor comenzó a difundirse por la ciudad, la euforia se desató por doquier.

Los más bullangueros saltaban, bailaban o incluso cantaban a viva voz por las calles. Otros, de carácter más sereno, se contentaban con celebrar la victoria en la quietud de sus casas, o simplemente comentándolo con sus vecinos en torno a una buena botella de licor. Pero todos coincidieron, desde los más jóvenes a los más ancianos, en agradecer su glorioso triunfo a la Providencia. Qué duda cabía de que, tal y como el Almirante había dejado escrito en su diario, la victoria había sido debida a la ayuda de Dios, que había socorrido a los apurados cartageneros cuando más apurados se encontraban. Pero tampoco cabía la menor duda de que esa oportuna ayuda había llegado hasta sus costas en la forma del excepcional hombre que era el Almirante D. Blas de Lezo.

Por eso, al día siguiente, todos, bullangueros y menos bullangueros se dieron cita en la Catedral para entonar un solemne Te Deum en acción de gracias por la victoria obtenida.

Dirigió las oraciones el Obispo D. Diego Martínez. Su voz, profunda y grave, resonaba con fuerza entre las venerables piedras de la Catedral.

La mayoría de los presentes contestaba con igual fuerza a su sentida plegaria. Los que no respondían, era simplemente porque eran incapaces de hacerlo, pues su ánimo se veía de tal modo transido de emoción que, en lugar de las palabras, eran las lágrimas las que hablaban por ellos.

Aquél sí fue un día memorable para todos los cartageneros.

Desde una hora antes de la ceremonia, todas las iglesias de la ciudad se habían unido al entusiasmo de su Catedral, echando sus campanas al vuelo.

Aquel día no llovió. La brisa soplaba más fresca y clemente de lo que era habitual. La naturaleza parecía querer unirse a la común alegría de todos.

A la salida del templo, el alegre tañido del bronce continuaba invadiendo por completo a la entera ciudad, de arriba abajo y de derecha a izquierda. Al escucharlo, todos sus habitantes sintieron una vez más un íntimo estremecimiento de gozo, y el júbilo por la victoria y por el fin de la guerra terminó por anegar a Cartagena entera, penetrando hasta el último rincón de sus casas.

Entonces, el pueblo al completo, de manera espontánea, coreó con infinito agradecimiento a su Almirante:

—¡Viva D. Blas de Lezo!

—¡¡¡Vivaaa!!!

...

—¡Viva el Mediohombre!

—¡¡¡Vivaaa!!!

D. Blas no se molestaba hoy por el consabido epíteto, pues nadie podría habérselo dedicado con tan gran cariño como sus conciudadanos de Cartagena en aquel memorable día.

Al que, curiosamente, pareció molestar mucho el adjetivo, fue al Virrey. Pero, desgraciadamente, más que el propio adjetivo, era el entusiasmo manifestado en las calles a favor del Almirante lo que irritaba sobremanera a Eslava. No era capaz de evitar escuchar aquellas sentidas aclamaciones que el pueblo dedicaba a Lezo, sin un puntillo de envidia.

Y es que el problema no era sólo que el homenajeado fuese una persona distinta de él mismo, sino que esa persona era precisamente el que, de una manera o de otra, había sido su antagonista durante los días que había durado la guerra.

Ante lo que a su juicio era una gran impostura, D. Sebastián no podía quedarse de brazos cruzados. No podía permitir que Lezo se llevara toda la honra. Por eso, desde ese mismo instante, el Virrey tomó la decisión de actuar.

Tomaría las medidas necesarias y procuraría que fuesen contundentes...

Pero Eslava no era el único que sufría aquel día, también Fernando lo hacía. Pues, al no verse ya envuelto en medio de los fragores del duro combate, tenía ahora la mente libre para volar hasta Consuelo. Tal vez demasiado libre y desocupada. Para bien o para mal, al presente tenía todo el tiempo del mundo para reflexionar. Y era por ello incapaz de evitar dirigir todos sus pensamientos hacia la casa de los Mairena y hacia la suerte que correría Consuelo. Al contrario que sus padres, ella no había acudido al Te Deum. ¿Se lo habría prohibido su madre para impedirle que le viera precisamente a él?

No paraba de cavilar, Fernando, buscando el modo de ganarse la confianza de Dª. Leonor.

Dª. Josefa, en cuya casa estaba ese día invitado a comer el teniente, nada más verle, fue consciente de que algo nublaba el buen ánimo del joven.

D. Blas se hallaba pletórico tras la retirada de los ingleses. Parecía estar flotando en una nube. Por este motivo, sin pretenderlo, estaba menos atento a los pesares de su ayudante y amigo. Aunque, a decir verdad, él tampoco se hallaba completamente libre de preocupaciones. No eran grandes, y al menos por hoy trataría de ocultarlas y de no concederles excesiva importancia. Pero había visto el rostro malhumorado de Eslava. Sospechaba, no sin razón, que fruto de sus desencuentros con el Virrey, éste almacenaba algunos resentimientos. No sería de extrañar que tales antipatías pudiesen todavía acarrearle más de un disgusto.

Pero por lo que a ese día y a ese almuerzo concernían, estaba dispuesto a mantener la cabeza libre de inquietudes, disfrutando del alegre rato de compañía y de charla a la mesa, con su familia y con su buen amigo el Teniente de Castro.

Terminados los postres, tan pronto como los niños se hubieron marchado, Dª. Josefa se las ingenió para averiguar cuál era el motivo por el que Fernando se encontraba tan abatido. Ella se había hecho ya su composición de lugar y, de cualquier forma, trataba de ayudarle:

—D. Fernando, le veo a usted un poco apagado. ¿Está intranquilo o disgustado por algo?

Dª. Josefa era una mujer afable. Sabía interrogar sin herir, y sus amables maneras invitaban a la confidencia. Además, junto a su pregunta, le ofreció al joven una copita de licor.

Por todo ello, el teniente, muy lejos de sentirse ofendido por lo directo de la pregunta, agradeció poder desahogar sus penas entre amigos.

—A decir verdad, sí. Estoy muy preocupado...

—No me había dicho usted nada —se apresuró a comentar D. Blas, con cierta curiosidad—. ¿Sigue usted con males de amores?

—Sí, D. Blas. Me temo que sí...

—¿Podemos saber quién es la afortunada? —se interesó Dª. Josefa.

—Claro: Dª. Consuelo de Mairena.

—¡Caramba...! ¡Eso sí que no me lo esperaba yo...! —exclamó el Almirante entre divertido y asombrado—. Pues su madre creo que es de armas tomar...

—Sí que lo es —prosiguió Fernando—. Ése es precisamente el problema: su madre.

—¿No permite que os veáis?

—No. No me puede ni ver, D. Blas.

»Queremos casarnos, pero creo que Dª. Leonor, antes que verme esposo de su hija, preferiría morir.

»Ella cree, o quiere creer, no lo sé, que soy un despreciable desertor.

—¿Desertor, tú...? Es la tontería más grande que he oído en mi vida. Cuando resulta que el soldado Juan Sebastián y tú sois precisamente los que os jugasteis la vida por todos nosotros, al haceros pasar por tales.

»Si ése es todo el problema, yo mismo iré a hablar con esa mujer para deshacer el equívoco.

—La cosa es algo más complicada de lo que parece.

»Hay un hombre extraño mezclado en todo esto. Un portugués…

»Bueno, creo que es el único portugués que conozco por estas tierras…

—¿Te refieres al desertor que apresamos durante el asalto a S. Felipe?

—Al mismo.

»Un tipo extraño.

»Pero al parecer, muy rico.

»Dª. Leonor quería que su hija se casara con él. En tiempos de paz ese hombre frecuentaba la casa de los Mairena.

»En una ocasión, él llegó a amenazarme con hacer daño a la propia Consuelo si yo no me alejaba de ella.

—¡Infame!

—Sí, lo es. Se ha dedicado a difamarme por toda la ciudad y, sobre todo, ante Dª. Leonor. Supongo que habrá sobornado a algunos bribones para que propalen todas esas mentiras, que tardarán mucho tiempo en disiparse.

—Pero todo eso que me cuenta es absurdo, Fernando.

»Le tranquilizará saber que hoy mismo he cursado ya la orden para que ese hombre sea trasladado a la Península junto con otros prisioneros. Me consta que está ya restablecido. Al menos lo suficiente para poder embarcar. Partirán mañana mismo, con la primera marea.

»Una vez en España peninsular, ese infame traidor será juzgado y, presumiblemente, condenado.

»Por lo que respecta a la Sra. de Mairena, yo iré y hablaré con ella…

—Es un verdadero alivio saber que un hombre tan perverso desparece de nuestra vista para ser juzgado por sus crímenes…

»Pero en cuanto a su entrevista con Dª. Leonor, aunque le agradezco mucho su ofrecimiento, señor, no creo que ella atienda a razones. Usted también ha sido salpicado por las habladurías. Ella piensa, y no hay quien le haga cambiar de opinión, que si a estas horas no estoy colgando de la horca, se debe única y exclusivamente a que usted ha usado de su influencia en mi favor.

—¡Pero bueno! Esto ya raya en la locura.

—Sí, muchas veces he pensado que Dª. Leonor no está muy en sus cabales.

»Si yo tuviera dinero tal vez sería más fácil de convencer, pero me temo que, para ella, casar a su hija con un militar sea, simplemente «rebajarse».

Dª. Josefa, que había escuchado hasta entonces en silencio, medió infundiendo una cierta confianza en sus posibilidades:

—Os pido que dejéis este asunto de mi cuenta.

»Conozco bien a esa mujer. La he tratado durante los días de los bombardeos. Coincidimos en varias ocasiones a la salida de la Catedral.

»Os ruego que me permitáis hablar con ella. Creo que sé cómo tratarla.

❧

El Virrey Eslava releía mentalmente los últimos párrafos de la carta que acababa de redactar. Al terminar, se sintió orgulloso de su composición.

La misiva iba dirigida, por vía diplomática, nada menos que directamente a manos de su Majestad, el rey Felipe V de España. En ella llegaba a insinuar que Lezo había perdido la cabeza. Se apoyaba el Virrey para sostener semejante aseveración en las pretendidas «ínfulas de escritor» del Almirante. Era sabido que D. Blas había escrito puntual y regularmente un sobrio diario[5] de estilo militar, una especie de «parte de guerra», en donde reseñaba los hechos más relevantes de cada jornada, durante los días que había durado el prolongado ataque inglés:

> «D. Blas de Lezo ha dado muestras de una altanería y falta de acatamiento a las órdenes de sus superiores, que han puesto en peligro en más de una ocasión el feliz desarrollo

5 Al final del libro se incluye como apéndice el texto íntegro de dicho diario.

de unas operaciones defensivas que, con tanto esfuerzo, se han desarrollado finalmente con éxito.»

«A pesar de habérnoslas visto con un enemigo muy superior, tanto en efectivos humanos como en medios militares, el Almirante Lezo se ha dedicado durante la entera duración de la contienda a redactar un diario personal. Entiendo que tal actividad es incompatible con los deberes de quien ostenta la máxima autoridad de la Armada en tiempos de guerra. Tanta actividad «literaria» no ha podido sino ir en menoscabo de la necesaria atención que el Almirante en jefe de la Flota española debía prestar a la contienda. Máxime cuando tantos otros hombres a su alrededor han carecido durante las semanas que han durado las hostilidades, incluso de tiempo para el necesario descanso nocturno, llegando a acumular varias noches sin dormir.»

«Por este motivo, una vez que el enemigo ha sido felizmente rechazado de nuestras costas, tras los innumerables sacrificios y esfuerzos realizados por parte de nuestros heroicos soldados, nos vemos obligados a denunciar ante vuestra Majestad la actitud de este hombre, D. Blas de Lezo, que a nuestro juicio ha estado en todo momento muy por debajo de sus obligaciones y de cuanto de él podía y debía esperarse.»

«Es nuestro deber solicitar de su Majestad un ejemplar castigo para quien tan irresponsablemente ha puesto en peligro la vida de tantos hombres, así como la propia integridad de las tierras de su Majestad a este lado del océano.»

Dado en Cartagena de Indias, mayo de 1741.

Firmado: D. Sebastián de Eslava y Lazaga
Señor de Eguillor
Virrey de Nueva Granada

Terminada de leer la carta, D. Sebastián esbozó una irónica sonrisa y comentó para sí:

«Ahora se sabrá en la Corte quién es realmente el Almirante Lezo».

A continuación, llamando a su secretario, le ordenó:

—Haga el favor de tramitar este correo a su Majestad por conducto diplomático.

»Sobre todo, no demore su expedición. Es de vital importancia que llegue a la Corte lo antes posible.

—Sí, señor.

2

Dª. Josefa era una mujer diligente. Tan pronto como se le presentó la primera oportunidad, acudió a entrevistarse con Dª. Leonor.

Esto ocurrió apenas dos días después de que Fernando le refiriera el motivo de sus pesares.

Sin embargo, la entrevista resultó ser un rotundo fracaso. Al menos, ésa era la impresión que Dª. Josefa tenía al regresar a casa.

Al entrar por la puerta, la primera visión que de ella tuvo su esposo fue la de una mujer francamente disgustada.

D. Blas llevaba rato esperándole con una cierta ansiedad, pues deseaba vivamente ayudar a su amigo Fernando y, en el caso de que las noticias fueran buenas, él mismo pensaba acudir hasta el cuartel a transmitírselas personalmente al Teniente.

Pero nada de esto ocurrió.

Dª. Josefa, habitualmente inasequible al desánimo, incluso en medio de las mayores dificultades, tal y como había tenido ocasión de demostrarse durante el asedio y los bombardeos a la ciudad, regresaba de muy mal humor. Tanto, que su esposo llegó a inquietarse.

—¡Pero Josefa! ¿Se puede saber qué te han dado en esa casa? Nunca te había visto así...

—Ay, Blas. ¡Qué mujer! Tenía razón D. Fernando cuando

dijo que no estaba en sus cabales. Una cosa es saludarle cortésmente a la salida de la iglesia, pero otra muy distinta es tratar de hacerle razonar.

»Debieras haberle visto. ¡Y debieras haberle oído!

»Cuando yo creía…, estaba convencida…, de que éramos amigas.

»Si no llega a ser por la oportuna aparición de D. Luis, creo que me acaba pegando…

»Y la pobre chiquilla: Consuelo…

»Tuve ocasión de verle y de saludarle un momento. ¡Con lo linda que es! Y tiene unas ojeras… Parece un pajarillo enjaulado. Da mucha pena. Esa madre la tiene atemorizada…

»En fin. Para qué hablar más. En mi opinión tu ayudante no tiene nada que hacer. Ya puede ir olvidándose de la pobrecilla Consuelo. Sólo un milagro haría cambiar de parecer a esa terrible mujer.

»Un milagro o el dinero. Está obsesionada con las riquezas y con los honores y las pompas. No es capaz de ver el fondo de una persona. Para ella, tanto tienes, tanto vales. Y de ahí no se la puede sacar.

»Una pena…

El Almirante, a medida que iba escuchando el vivo relato de los acontecimientos que le hacía su mujer, iba creciendo en dolor y en indignación ante lo injusto de semejante actuación. Además, en su mente se representaba ya al pobre Fernando deshecho, hundido, tan pronto como conociera el fracaso de la acción de su esposa.

Por eso mismo decidió intervenir personalmente en el asunto:

—Josefa, ese D. Luis, el esposo de esa mujer, ¿es un hombre razonable?

—Pero, Blas. Si tú también le conoces. ¿No recuerdas que te lo presenté con motivo de la toma de posesión del Virrey?

—Sí, pero apenas intercambiamos dos palabras.

»Tú, en cambio, has tenido la oportunidad de verle desenvolverse durante la guerra. ¿En tu opinión es un hombre juicioso?

—Sí que lo es. Está algo enfermo. Padece alguna limitación

de salud que por lo que sé, le impide desempeñar sus obligaciones como sería de desear.

»Y por lo que he oído decir en alguna ocasión, su mujer se aprovecha de estas limitaciones para manejar las cosas de la familia a sus espaldas y a su manera. Pero, después de lo ocurrido hoy, estoy casi segura de que él desconoce la mayor parte de los enredos de su esposa. Al menos no con la amplitud suficiente. Como te digo, ella debe ser la primera que se esfuerza en ocultárselos.

»Pero, en mi opinión, si alguien ajeno a su casa le abriera los ojos, D. Luis sabría reaccionar como es debido. Al menos, eso quiero pensar.

—Con lo que me has dicho, tengo más que suficiente. ¿Dices que él está ahora en casa?

»Voy a verle en seguida.

—Blas, ten cuidado. Eres demasiado impulsivo. Por favor, piensa antes lo que vas a decir.

—Gracias, vida mía. Lo tengo ya todo perfectamente pensado—. Y sin demorarse ni por un instante más, el decidido Almirante tomó su sombrero y su bastón y, tras despedirse de su mujer con un beso en la mejilla, bajó resueltamente las escaleras en dirección a la calle.

Salió tan decidido, que daba la entera impresión de que fuese a vérselas de nuevo él sólo con la entera flota británica al completo.

❧

A la hora de comer, D. Blas seguía sin regresar. Esto era algo inaudito en su personalidad. El Almirante era tan considerado en lo que a la puntualidad se refería, que Dª. Josefa empezó a temerse que le hubiera ocurrido algo.

—Carmela, ¿puede por favor acercarse hasta la casa de los Señores de Mairena, en la playa de la Artillería, y preguntar por D. Blas?

Pero no hizo falta que Carmela saliera. En ese mismo

momento, el inconfundible sonido de sus pisadas anunció que el Almirante hacía su entrada por la puerta de la calle.

Cuando subió, Dª. Josefa observó que venía pálido y muy serio. Tanto, que llegó a temerse que los ingleses hubieran vuelto. Pero no. Ni tan siquiera un nuevo ataque enemigo a la ciudad podría alterar tanto las facciones de su esposo. Algo espantoso ocurría. Algo muy malo debía de ser.

La mujer pidió a los niños que salieran un momento del comedor. En cuanto lo hicieron, cerró la puerta tras de sí. Quería serenar a D. Blas hasta donde fuese posible, y quería evitar a toda costa que los niños escucharan la desgracia de primera mano.

—Blasillo, dime: qué te ocurre... ¿Tan mal te ha ido en esa casa?

—No, al contrario, me ha ido muy bien. Tanto, que D. Luis me ha prometido formalmente que hablará con su mujer, y que su hija, si así lo desea, se casará con Fernando.

»Me he puesto tan contento al oír estas palabras, que me he ido derecho hasta la calle del Cuartel a darle la noticia al teniente.

—¿Entonces...? ¿Le ha pasado algo a Fernando? ¿Acaso se ha echado atrás y te ha dejado en mal lugar?

—No, mujer. El chico está que no cabe en sí de gozo. He debido emplear toda mi fuerza de persuasión, e incluso mi autoridad militar, para hacerle desistir de presentarse de inmediato en casa de su prometida, pues D. Luis me ha rogado que esperara hasta esta tarde para visitarles.

»El señor de Mairena hablará con su mujer después de comer. A partir de entonces, hacia la hora de la merienda, es cuando Fernando tendrá las puertas abiertas para entrar de nuevo en esa casa

»Pero ahí, en el cuartel, es donde he sabido algo que... —al bravo Almirante se le quebró súbitamente la voz. De repente, le costaba seguir hablando. Estaba a punto de echarse a llorar como un niño. Y lo hubiera hecho sin reparos delante de su mujer, pero por nada del mundo quería que sus hijos, que no andarían muy lejos, oyeran sollozar a su padre.

En realidad, a esas alturas del relato, Dª. Josefa ya se había hecho cargo de lo que sucedía:

—Es Eslava, ¿no es cierto?

—Sí —consiguió continuar D. Blas—. Ha escrito al Rey. Me acusa de desobediencia, de insubordinación y de falta de la atención debida a las obligaciones de mi cargo.

»Al parecer, dice que durante los días que duraron las hostilidades, me pasé el día escribiendo.

»¡Y que tengo ínfulas de escritor...!

—¿Escritor? ¿Tú...?

»¡Es lo más disparatado que he oído en mi vida...!

—Lo dice porque escribí un pequeño diario de guerra.

»Al menos me valdrá para defenderme. Lo enviaré a la Corte. Ahí podrán ver que durante la batalla no permanecí mano sobre mano precisamente.

—Será tu palabra contra la suya.

—No, Josefa, no.

»Al parecer el Virrey ha conseguido involucrar a más gente. A Desnaux, entre ellos. Es uno de los que le apoya. Jamás lo hubiese creído de él... No sé qué les habrá prometido Eslava. Un ascenso, supongo.

Dª. Josefa sintió también que las fuerzas le abandonaban. La familia atravesaba graves penurias económicas. Se les debían los atrasos de varios meses. Ahora, con un previsible Consejo de Guerra abierto contra su marido, las cosas se pondrían todavía más feas. La acusación ante el Rey de todo un Virrey no era una cuestión desdeñable.

La mujer hubo de apelar a toda su fuerza de voluntad para extraer fuerzas de flaqueza y para no derrumbarse delante de su desolado esposo. Ella debía ser su apoyo. Él la necesitaba. Ahora más que nunca. Y no podía defraudar en tan difíciles circunstancias a quien tanto quería...

—Blas, Blasillo, anda, vamos a comer. No hables si no quieres, o si no puedes, durante la comida. Yo me encargaré de sacar adelante la conversación. Haré que los niños ni lo noten, y se mantengan al margen. Les diremos que estás cansado después de tantos días de lucha.

Por la tarde, a la hora de la merienda, Fernando acudió puntual a casa de Consuelo. En realidad, llevaba desde la mañana contando las horas y los minutos que faltaban para tan feliz y ansiado reencuentro. Se había vestido con sus mejores galas, y llevaba un bello ramo de rosas en la mano.

Hizo sonar la aldaba de la puerta.

Carraspeó y se colocó el corbatín en su sitio por enésima vez, mientras esperaba con cierto nerviosismo a que Eliécer acudiera a recibirle.

Cuando el criado le abrió, Fernando comprobó entre asombrado y satisfecho que, en efecto, se había operado el milagro: esta vez el sirviente no le dio largas, ni trató de impedirle la entrada.

—¡D. Fernando! Pase, haga usted el favor.

»Los señores y la señorita le están esperando en el salón. Tenga la bondad de acompañarme.

—Gracias, Eliécer.

En efecto, en el salón principal aguardaban Consuelo y sus padres.

Tan pronto como el teniente penetró en la estancia, D. Luis se puso de pie con un aire un tanto solemne, y exclamó:

—Bienvenido a casa, D. Fernando.

»Tome asiento, por favor.

—Muchas gracias, D. Fernando. ¡Qué alegría, volver a verles, después de tanto tiempo…!

—¡Y de tanta lucha, D. Fernando! ¡Que gracias a usted y otros bravos soldados ha terminado tan felizmente para todos nosotros…!

Dª. Leonor, como una colegiala que hubiese sido severamente reconvenida por sus profesores, permanecía sentada en su butaca, con la mirada baja y perdida en algún lugar de la pared situada frente a sí.

Consuelo, sin embargo, era todo lo contrario: su mirada radiante, era incapaz de ocultar su desbordante alegría interior, que asomaba como en fulgores de luz a través de sus bellos ojos verdes.

Las ojeras habían desaparecido, como por ensalmo, prácticamente por completo.

D. Luis continuó hablando. Estaba claro que era él quien iba a llevar la voz cantante, y que, esta vez, no estaría dispuesto a permitir que nadie se saliera de su papel:

—¿Desea usted algo, teniente? ¿Un refresco? ¿Un jugo tal vez?

—Sí, gracias. Un jugo, por favor —A pesar de su inmensa felicidad, o tal vez a causa de ella, el joven estaba algo nervioso y tenía la boca muy seca. La bebida le ayudaría a aclarar un poco la garganta.

—Bien.

»Como ve, Teniente de Castro, estamos aquí presentes todos los actores implicados en esta importante cuestión que es el matrimonio de mi hija y el suyo propio.

»Pero antes de proseguir, debo formularle una pregunta a la que le ruego que me responda con la mayor sinceridad de que sea capaz: ¿está usted realmente enamorado de mi hija?

—Sí, señor. Lo estoy. Nada me haría más feliz que el hecho de que usted me concediera su mano y yo...

—Un momento, caballero. Un momento. Más despacio.

»La pregunta no es baladí, como verá usted en seguida.

»Dicho con otras palabras: ¿está usted de verdad dispuesto a sacrificarse por ella a lo largo de toda su vida? Mire que el matrimonio no es un juego.

»Le pido que considere que, nuestra situación económica, aunque próspera hasta ahora, se ha visto muy afectada por esta guerra. Apenas podremos contribuir a la dote de mi hija. Se verán ustedes precisados a vivir con estrechez. A vivir única y exclusivamente de las rentas de usted.

—¡Pero eso no es obstáculo ninguno, señor! —al contrario de los Sres. de Mairena, Fernando era incapaz de conceder relevancia a las cuestiones económicas. Para su enamorado corazón, el dinero no era sino una minucia que de ninguna manera podía interponerse entre él y Consuelo.

—Celebro que piense usted así, porque no lo van a tener fácil desde este punto de vista.

»Por lo demás, no le oculto que esta tarde he tenido una fructífera conversación con mi esposa y con mi hija.

»Consuelo está también profundamente enamorada de usted y, por lo tanto, dispuesta a casarse tan pronto como sea posible.

»Mi esposa, D^{a}. Leonor, aunque en alguna ocasión anterior se ha manifestado un tanto reticente respecto a esta boda, ha cambiado de parecer. Además, tengo entendido que, si alguna vez hubo otro pretendiente a la mano de mi hija, ese individuo, un extranjero, está ya rumbo de la Península, donde será juzgado por alta traición en tiempo de guerra. Así pues, creo que, si siguen ustedes dos en la misma idea, podremos concertar la boda en la Catedral, naturalmente. No conozco un sitio mejor en toda Cartagena...

Fernando hubiera abrazado a D. Luis, de tan agradecido como le estaba.

Sin embargo, levantándose, se dirigió derecho hacia Consuelo y, no sin antes pedir la autorización de su padre, le entregó el ramo de flores, y la besó con ternura.

Era el día más feliz en la vida de los dos pretendientes que, muy pronto, si nada lo impedía, verían satisfechos sus vehementes, y tanto tiempo retardados, anhelos de boda.

3

El afligido D. Blas, preparó una misiva para el Rey. La carta acompañaría a la copia manuscrita de su diario. Confiaba en que la detallada relación que en él hacía de todo lo sucedido durante la batalla, puntualmente recogido día a día, bastaría para demostrar su inocencia.

Trataba de salvar su reputación, injusta y caprichosamente vilipendiada, precisamente por quien debería haber sido su principal valedor.

En su mensaje, el Almirante manifestaba, entre otras cosas, lo siguiente:

> Señor: por el diario que acompaño reconocerá V.M. la defensa que se hizo en el asedio que padeció esta Plaza y sus castillos contra la superior fuerza de los ingleses que la atacaron y que, en conformidad con las reales órdenes de S.M., he contribuido con las fuerzas a mi cargo a la mayor custodia de este antemural.

Pero la infamia de Eslava llegó a tal punto, que Lezo hubo de enviar su correo de manera subrepticia. El Virrey permanecía al acecho, y bloqueaba al Almirante los conductos de comunicación ordinarios.

Por increíble que pueda parecer, D. Blas se veía ahora sitiado no por los británicos, sino por lo que era mucho más grave, por las inconfesables insidias de su superior, que llegaba incluso a negarle el ejercicio de su legítima defensa.

La pobre Dª. Josefa comenzaba a preocuparse muy de veras.

Si hasta ahora la familia había atravesado por una larga temporada de penuria económica, motivada por los atrasos adeudados por la Corona a su esposo, a estas estrecheces había de añadirse ahora algo mucho peor: el rápido deterioro de la salud de D. Blas.

Este grave empeoramiento se veía favorecido, cuando no directamente causado, Dª. Josefa no tenía ninguna duda, por los graves sufrimientos que le estaban suponiendo al Almirante las abusivas intrigas de Eslava.

Lezo estaba más abatido que nunca. Lo que no habían logrado las bombas durante decenios de heroica lucha en la mar, lo estaba logrando la envidia y la parcialidad de los suyos. Qué cierto es que, en cualquier empresa humana, el mayor enemigo no es el exterior, sino el interior, la desunión entre quienes deberían trabajar unidos en torno a un mismo ideal.

Las fuerzas comenzaban a abandonarle al afligido marino.

Apenas salía de casa lo imprescindible. Muy pronto se le declaró la fiebre, a la que siguieron los fuertes dolores de cabeza.

Con las misivas de Eslava, el anuncio de la gran victoria llegó a la Península.

En Madrid la primavera se hallaba bien entrada cuando el Rey de España, Felipe V, recibió la noticia con auténtico entusiasmo. Ciento cincuenta años después de que una parte de la Armada española, a la que los propios ingleses otorgaron el apelativo de «invencible», naufragara en el Canal de la Mancha, una Armada británica muy superior resultaba deshecha por un puñado de hombres que supieron ejercer una heroica resistencia frente al invasor.

Como consecuencia de tan gran triunfo, el Monarca ordenó el ascenso del Virrey Eslava a Capitán General de los Reales Ejércitos, y el de D. Carlos Desnaux a General de Brigada.

Andando el tiempo, D. Sebastián recibiría además el título de Marqués de la Real Defensa de Cartagena de Indias.

Por contraste, en Inglaterra, el rey Jorge II de Gran Bretaña y Hannover, al conocer la humillante derrota, prohibió severamente a los historiadores británicos hablar y escribir sobre esta humillante derrota, incluso bajo pena de muerte.

Al regresar el navío de aviso con las disposiciones establecidas por el Rey en persona como consecuencia de la memorable victoria de Cartagena, en la ciudad heroica se prepararon muy grandes celebraciones. Pues una mención honorífica concedida por Su Majestad, condecoraba a los soldados de todas las compañías.

Pero para entonces, el Almirante Lezo se encontraría ya demasiado débil para poder participar en los fastos. Hacía días que su quebrantada salud le impedía no sólo salir de casa, sino incluso levantarse del lecho del dolor.

Además, a pesar de la partida de los ingleses, el peligro de contagio de la peste no había desaparecido.

Por desgracia, las menguadas resistencias de D. Blas eran fácil presa de la enfermedad.

Muy pronto comenzarían los primeros vómitos.

Fernando y Consuelo se casarían en la Catedral el día 15 de agosto, fiesta de la Asunción de la Virgen. El oficiante sería el propio prelado de la ciudad, D. Diego Martínez, amigo personal de D. Luis, y del propio Lezo.

Los novios aguardaban el esperado día con la ilusión de los auténticos enamorados. Sin embargo, comenzaban a intuir que tampoco ese día sería plenamente gozoso y radiante para ellos. Habría oscuros nubarrones y negras sombras que empañarían la alegría de la jornada. Pues sabían muy bien que, si a alguien debían agradecer el feliz desenlace de su amor, era a D. Blas. Pero él no podría asistir a la ceremonia. Tampoco Dª. Josefa, excesivamente afligida, y ocupada en atender a su marido.

Además, veían cómo, ante la presión del Virrey, el Almirante iba siendo olvidado y abandonado por muchos, también por sus antiguos amigos.

Por eso fueron días tristes también para Fernando y para Consuelo. Aun más para Fernando.

De hecho, cuando el teniente se reunió con el Obispo, D. Diego Martínez, a finales de julio, para ultimar algunos de los preparativos de la boda, la conversación terminó derivando hacia la situación tan dolorosa por la que atravesaba D. Blas y su familia, pues era algo que preocupaba, y mucho, a ambos:

—D. Diego, yo creo que D. Blas se nos muere sin remedio.

»Ayer estuve viéndole y la mayor parte del tiempo deliraba. Tuve que hacer esfuerzos por no echarme a llorar delante de su mujer y de sus hijos. Pobrecillos, ¿quién cuidará ahora de ellos?

—Es un gran dolor ver a esa familia así, tan desamparada y olvidada, después de lo que D. Blas ha hecho por España y por esta ciudad.

—Además, por lo que yo sé, se encuentran en la más absoluta indigencia. No me extrañaría que Dª. Josefa tuviera problemas para pagar al médico. Pero ella no se quejará nunca...

—Es una gran mujer. La digna esposa de un gran hombre.

—No me explico cómo su Majestad ha podido creer una historia semejante.

—Por desgracia, Eslava es el Virrey, y su palabra pesa mucho, tal vez demasiado, en la Corte.

»De cualquier modo, esperemos que la Corona finalmente haga justicia con esa pobre familia.

—Esperemos, D. Diego, pero mientras la justicia llega, D. Blas se nos muere…

—Así es. Yo también acudo a verle a diario. Y, no lo digas por ahí, pero yo también estuve a punto de echarme a llorar.

»Me consuela pensar que Lezo ha vivido siempre como un buen cristiano, de profunda y recia fe, y que como tal morirá. Pero, al igual que usted, sufro viendo a esa pobre familia tan desprotegida.

—Me gustaría poder ayudarles de alguna manera…

—Puede hacerlo, D. Fernando. Con sus oraciones.

—Sí, padre. Y sé que eso no es poco, pero me preocupa su situación económica y el caso es que yo…, con la boda…

—No se apure por eso. Mientras esté yo aquí, tenga por seguro que a la familia de D. Blas no le faltará de nada.

—Pero usted…, ya tiene a muchos pobres a los que atender.

—Para eso están las limosnas, para que el que tiene socorra al que no tiene. Y si llegara el caso, nos apretaremos el cinturón, como suele decirse.

»Cuente usted con que no dejaré de ayudar al Almirante y a su familia mientras pueda.

—Me quita usted un peso de encima.

»Y se lo agradezco en nombre de la amistad que me une al Almirante.

»Le debo tanto a ese hombre…

»Además de haber aprendido mucho a su lado, estimo como una bendición el haber sido favorecido con su amistad y, si hoy puedo hablar de mi inminente matrimonio, a él se lo debo también.

—Es un gran hombre, con un enorme corazón, debajo de su apariencia de duro marino vasco.

»Cada día estoy más convencido de que a menudo la vida prueba con mayor dureza precisamente a aquéllos que son más fuertes y que, por tanto, tienen mayor capacidad de sobrellevar las penas…

D. Lorenzo de Alderete, el Capitán de Batallones de Marina fue de los pocos hombres que permanecieron fieles al Almirante hasta su muerte.

Otros militares también visitaban al moribundo, pero los más, temían por su carrera militar.

Quienes más arroparon a la familia en aquellos dramáticos días fueron sobre todo algunos de los vecinos y amigos de la familia. Sin olvidar al propio Obispo D. Diego, que permanecería en todo tiempo al lado de D. Blas y de la pobre Dª. Josefa.

Llegó el 15 de agosto.

A la salida de la Catedral, apenas hubieron recibido los parabienes de los asistentes y de algunos curiosos congregados a la puerta del templo, Fernando y Consuelo se encaminaron directamente a casa de los Lezo. Era sólo un gesto. Pero, en la medida de sus posibilidades, querían hacer partícipe de su alegría al Almirante y a toda su familia.

Fue aquél, tal vez, el último momento de dicha en la vida del marino guipuzcoano. Pues, gracias a Dios, aquél día el enfermo experimentó una leve y transitoria mejoría, y pudo incluso permitirse bromear con sus buenos amigos.

Consuelo estaba radiante. El blanco traje de novia le sentaba tan bien, que a ojos de las hijas de D. Blas, parecía una princesa que acabara de salir de un cuento de hadas.

En cuanto a Fernando, durante el reencuentro con su admirado y querido Almirante en el día más feliz de su vida, experimentó una satisfacción tan grande, que se vio capaz de transmitirle una parte de su contagiosa alegría.

—¡Fernando! ¡Quién lo hubiera dicho el día que te presentaste por primera vez ante mí en Cádiz…! Hace ya cuatro años… Entonces con mucho gusto te hubiera dado un puntapié…

—¿Con la pierna buena o con la mala? —bromeó el teniente.

—¡Con la que más daño te hubiera causado, por supuesto!

»¡Figúrate: un ayudante…!

»Entonces todavía me creía yo capaz de comerme el mundo y ahora…, ya ves, a las puertas de dar el salto hacia la otra vida…

—No diga usted eso, D. Blas —terció Consuelo— esperamos verle pronto en nuestra casa de Santander.

—¿Santander? ¿Cómo es eso…?

—¿No se lo ha dicho Fernando? ¡Le trasladan a la Península!

—¡Eso es magnífico! Lo celebro por vosotros.

»Santander es un lugar precioso, como todo el Norte…

»Si tenéis ocasión, no dejéis de ir a visitar Pasajes. ¿Lo haréis?

—Lo prometemos. Iremos a visitar su bello terruño a la primera ocasión.

—Hacéis una pareja estupenda. Espero que Dios os bendiga con muchos y buenos hijos —intervino Dª. Josefa, olvidada por un momento del triste estado de su marido, y satisfecha de poder compartir ese rato de felicidad con los recién casados.

»Consuelo, ¿está tu madre ya más… tranquila?

—Sí. Creo que sí. Quien tenía la rara virtud de influir en ella hasta casi hacerle perder la razón, era el portugués, D. Gonçalo. Pero ahora que él ya no está, mi madre va recuperando la serenidad y el buen sentido.

—Cuánto lo celebro…

»Y decidme, ¿cuándo partís hacia Santander?

—A primeros de octubre. Dicen que es la estación más bonita allí, que el otoño es muy suave, y que en esa época no llueve tanto…

—Deberás abrigarte bien, Consuelo —continuó Dª. Josefa—. Tú que nunca has vivido lejos del Caribe, notarás el primer invierno.

—Eso me dice Fernando, pero no me da miedo el frío.

»Además, tengo tantas ganas de conocer la nieve…

—La nieve… —suspiró D. Blas. Pero antes de que se pusiera melancólico, el teniente volvió a cambiar de tercio:

—Dicen que Vernon no se mueve de Jamaica.

»Que no se atreve a regresar a Inglaterra por lo que pudiera sucederle.

—No es de extrañar —intervino de nuevo más animado el Almirante—, ha conseguido que la flota inglesa quede totalmente desmantelada. Gran Bretaña tardará muchos años —decenios— en recuperarse de ésta.

De repente, D. Blas volvió a ponerse serio y, dirigiéndose a Fernando le dijo:

—Hijo, sé siempre un gran soldado al servicio de tu patria, como lo has sido hasta ahora. Pero, por nada del mundo desatiendas jamás a tu familia. Recuérdalo bien, ellos deben ser siempre lo primero. Si alguna vez tu mujer se queja un poco de que la tienes un poco «relegada», acuérdate de las palabras de este viejo.

Continuaron hablando durante un buen rato. Pero los recién casados tenían que atender a los convidados y, al cabo, hubieron de marcharse antes de lo que a todos les hubiera gustado.

Durante los días que siguieron, visitaron a diario al Almirante, cuyo estado de salud continuaba deteriorándose a ojos vista.

Dª. Josefa no se apartaba de la cabecera de su lecho. Su hijo mayor, Blasillo, de catorce años, en ausencia de su madre, era quien se ocupaba durante aquellos últimos días de sus hermanas pequeñas. El zagal sufría viendo cómo su padre, con tan sólo cincuenta y dos años de edad, se iba separando de este mundo. Pero el chico apuntaba maneras y, si tal vez hubiera querido desahogarse su dolor llorando, procuraba ocultarlo con gran entereza. No quería acumular más penas sobre los recargados hombros de su extenuada madre.

El final se precipitaría a partir del día 5 de septiembre. Ese día, Dª. Josefa llamó a D. Diego por la mañana. El prelado acostumbraba a visitar al enfermo por las tardes. Había tenido tiempo de sobra para confortarle espiritualmente y para prepararle para la muerte, pero ese día el proceso pareció acelerarse. Por eso, el obispo le confesó por última vez y le volvió a administrar la Unción de enfermos.

D. Blas, sabiendo que el fin se acercaba, pidió que le trajeran su crucifijo, al que apretó entre sus manos y aferró con sincera devoción. Por primera vez en su vida, sus hijos vieron cómo a su padre se le saltaban dos grandes lagrimones. Su mayor dolor era dejar a su queridísima familia en el más absoluto de los desamparos. Sin embargo, confiaba en que, con la ayuda de Dios, saldrían adelante.

Al día siguiente, el día 6, alguien llamó a la puerta de casa. Por la hora que era y la forma en que lo hizo, Dª. Josefa se sobresaltó. No podía tratarse de una visita corriente.

Y, en efecto, no lo era.

Un mensajero traía una carta oficial lacrada.

Cuando la mujer abrió el sobre y leyó su contenido, sintió una vez más que le faltaban las fuerzas, y que las piernas se negaban a sostenerle en pie. Estuvo a punto de caer desmayada al suelo.

Un amigo de la Corte les prevenía de que, ante las informaciones recibidas en torno a la defensa de Cartagena, el Rey había decidido castigar a D. Blas.

Era la gota que colmaba el vaso.

Pero la propia muerte vino en defensa del heroico marino y de su familia. Pues pocas horas más tarde, el crucifijo se escurría de las manos del moribundo, que entregaba su cansada alma a Dios a la misma hora en que, seis meses antes, habían sido avistadas las primeras velas inglesas frente a las costas de la ciudad.

Dª. Josefa acudió de prisa, alertada por el ruido de la cruz al caer al suelo.

Se abrazó con fuerza al cadáver de su marido y allí se quedó, desahogándose en mansas lágrimas de dolor, hasta que, transcurrido un largo rato, hubo de separase del cuerpo frío y comunicar la noticia a sus hijos.

Era la mañana del 7 de septiembre de 1741.

No hubo dinero para las exequias, ni para el entierro. Pero fiel a su palabra, y conmovido ante la situación en que quedaba aquella desafortunada familia, el buen obispo D. Diego Martínez corrió con todos los gastos. También quiso entregar una cantidad suficiente a la viuda para que pudiera mantener a su familia durante el tiempo en que tardase en recibir los pagos atrasados que se les adeudaban. Y por supuesto, además de oficiar el funeral, ofreció varias Misas de difuntos por el eterno descanso del defensor de la ciudad.

La Catedral, que pocos meses antes se había abarrotado de fieles que querían agradecer la victoria concedida y que, a la salida habían coreado con entusiasmo el nombre de D. Blas de Lezo, estaba ahora medio vacía. Entre los militares, sólo Fernando de Castro, acompañado de Consuelo, y Lorenzo de Alderete se hallaron presentes.

Las últimas voluntades de Lezo fueron muy simples: quiso que se le enterrara en la capilla de la Vera Cruz de los Militares, junto al convento de San Francisco.

...Y quiso que en algún lugar visible se pusiera la inscripción: *«Ante estas murallas fueron humilladas Inglaterra y sus colonias.»*[6]

---

6 Nota del autor. La primera de las voluntades de Lezo no es posible a día de hoy saber si se realizó. En cuanto a la segunda, han debido transcurrir 270 años justos para que se cumpliera, pues en septiembre de 2011, en las murallas de la ciudad, un grupo de voluntarios españoles y colombianos colocó una placa cuyo tenor literal, redactado por D. León Trujillo, director de la Academia de la Historia de Cartagena, reza así:

ANTE ESTAS MURALLAS FUERON HUMILLADAS
INGLATERRA Y SUS COLONIAS.

Reza la última voluntad del Teniente General de la Real Armada don Blas de Lezo Olavarrieta, fallecido el 7 de septiembre de 1741 tras el asedio británico del 18 de marzo al 20 de mayo de 1741.

En el año del bicentenario de la independencia de Cartagena de Indias, la «Heroica», en homenaje a 2.830 soldados de España y milicianos criollos, Compañía de Negros y Mulatos Libres, Indios, Infantes y marineros, quienes con seis navíos y bajo el mando heroico de don Blas de Lezo, impidieron la toma de la ciudad por la armada inglesa venciendo y expulsando el 9 de mayo de 1741 a la fuerza de 23.600 hombres de guerra y 190 navíos, comandados por los almirantes E. Ver(n)on y C. Ogle, y el general T. Wentworth.

Colocada en esta plaza por voluntarios colombianos y españoles.

Cartagena, 7 de septiembre de 2011, en el 270 aniversario de don Blas de Lezo.

El 21 de octubre de 1741 una real orden destituía a D. Blas de su puesto de comandante. Se le ordenaba regresar a la Península para ser sometido a un Consejo de Guerra.

Sólo varios años después, tras largas y laboriosas gestiones, su hijo mayor, Don Blas de Lezo y Pacheco, al que hemos visto con 14 años llorar a escondidas a su padre moribundo y cuidar de su madre y de sus hermanas, logró esclarecer la verdad de los hechos y con ella, revindicar el buen nombre y la memoria de su padre.

Fue en 1760, cuando finalmente el rey Carlos III rehabilitó la figura del insigne Almirante, al que otorgó el Marquesado de Ovieco a título póstumo. Este título se ha mantenido y subsiste en sus descendientes hasta el día de hoy.

D. BLAS DE LEZO Y OLAVARRIETA
IN MEMORIAM
DESCANSE EN PAZ

EPÍLOGO

En un libro de estas características, creo importante insertar un epílogo final que aclare algunas cuestiones al lector interesado en profundizar en la vida de Blas de Lezo y en la batalla de Cartagena de Indias.

Esta es una novela histórica. O, por lo menos, el autor ha pretendido que lo sea. Es decir, en primer lugar es una novela, en segundo, es histórica. ¿Qué quiero decir con esto? Simple y llanamente que, como es lógico, no pretendo enmendar la plana a los historiadores. No pretendo quitar ni poner nada que no esté en los libros de historia o, con mayor motivo, en las fuentes.

Si algo he hecho a lo largo de este libro es simplificar, pues sería tedioso reconstruir en un relato de ficción, todos y cada uno de los datos que de esta batalla —relativamente reciente— han llegado hasta nuestros días.

Pero esta es una novela basada en hechos reales.

Lo que he pretendido es divulgar, difundir, hacer popular, a un personaje que, por distintos avatares, ha pasado al olvido no ya entre los ingleses, lo cual sería hasta cierto punto lógico, sino, incomprensiblemente, entre los propios españoles, que tanto le debemos. Ni siquiera es suficientemente conocido en su País Vasco natal. Personalmente, puedo decir que el día que fui a ver la casa familiar de Blas de Lezo en Pasajes de San Pedro, a escasos seis o siete kilómetros de la mía propia (en San Sebastián), comprobé lo desconocido que es este gran personaje entre su propia gente. Una lugareña que leía un libro en la calle, sentada en un banco a escasos cien metros del lugar del nacimiento del glorioso Almirante, no supo indicarme dónde se encontraba el edificio. Sencillamente asombroso.

Donde, gracias a Dios, es más conocido nuestro héroe es

en Colombia. Pero ni siquiera en todo el país. Tan sólo en Cartagena.

Pienso que D. Blas se merece una calle principal en toda ciudad española que se precie. Y desde luego, una lección de Historia en las aulas de los estudiantes de nuestro país.

Pasemos a datos más concretos: ¿qué es históricamente cierto y qué no lo es en este libro? Podemos decir que, en líneas generales, todo es histórico, con la única salvedad de los personajes ficticios que he introducido para hacer el relato más cercano al lector.

Estos personajes ficticios son la familia de Mairena al completo, así como los personajes invitados a su casa, incluido el propio D. Fernando de Castro, que es el otro de los personajes —entre los principales—, fruto de mi imaginación.

En efecto, D. Blas no tuvo ningún ayudante al estilo de Fernando, al menos que yo sepa.

En conjunto, todo lo demás es cierto. Es cierto todo lo que Villerouge (otro personaje ficticio pero que bien pudo existir) cuenta a sus compañeros en la taberna del puerto de Cádiz. Con ello he querido, ya que me iba a limitar a contar la última batalla de Lezo, introducir un breve resumen de las hazañas más reseñables ocurridas a lo largo de su asombrosa vida.

Por supuesto, son reales los personajes de Eslava, Desnaux, Lorenzo de Alderete, Agustín de Iraola, Vernon, Wentworth y cualquier otro militar de cualquiera de los dos ejércitos, que aparezca citado por su nombre.

Las únicas excepciones a esta regla son Juan Sebastián Romero y el Sargento Navarro. Del portugués hablaré a continuación.

Juan Sebastián Romero es un joven ingeniero natural de Cali y afincado en Cartagena de Indias, que tuvo la amabilidad de acompañarme a visitar de arriba abajo el Castillo de S. Felipe de Barajas. Por cierto, a día de hoy la fortaleza es mucho más grande de lo que era en 1741. Entonces sólo estaba construida la parte más alta.

Tomando una cerveza al final de la visita, Juan Sebastián me pidió salir en el libro: «Si quieres me matas, pero por favor, sácame», me dijo. Yo así se lo prometí, y he cumplido con mi palabra.

El Sargento Navarro no es nadie en concreto. Es un nombre y personaje ficticio.

También es cierto que Lawrence Washington intervino como personaje principal en la batalla, al mando de las tropas coloniales, y que era medio hermano nada menos que de George Washington, el primer presidente de los Estados Unidos.

No en vano, la casa donde vivió y murió George Washington en Virginia, se llama, todavía hoy, *Mount Vernon*, nombre que proviene de la gran estima y ascendiente de que gozó el Almirante inglés entre los Washington, especialmente ante Lawrence.

Los dos canarios que escaparon de los ingleses son reales. Y también lo es que fue a través de su relato como D. Blas supo que Torres estaba en La Habana y que no vendría. Lo único ficticio son los nombres que he dado a estos dos personajes, así como el hecho de que fuesen padre e hijo.

Pasemos a D. Gonçalo.

Hubo un desertor portugués. Desde luego no se llamaba Gonçalo de Oliveira, pero he urdido toda esta trama amorosa con Consuelo que, como ya he dicho, es también ficticia, para descargar un poco al libro de lo que podríamos llamar «temática militar», para diversificar un poco y no cansar al lector.

Y aprovechando la mención al portugués, tengo que decir claramente que, desde luego, no pretendo ofender con semejante argumento a los portugueses. Simplemente, tenía que haber un «malvado» y en esta ocasión, aprovechando el hecho histórico del desertor portugués, el malvado ha resultado ser un luso.

Lo mismo debo decir de los ingleses y británicos en general. Éste no es un libro contra la Gran Bretaña.

Por cierto, que mi buen amigo Borja Martínez, de San Sebastián, gran experto en temas navales en general y locales en particular, me dijo que, hasta hace cien años aproximadamente, los buques ingleses que navegaban frente al puerto de Pasajes, lanzaban siempre a su paso una salva en honor del Almirante D. Blas de Lezo. Es un dato que no he podido contrastar, pero si fuese cierto, honraría de veras a la marina británica.

Por el contrario, es también cierto que el Rey Jorge II de Gran Bretaña prohibió severamente a los historiadores ingleses mencionar esta batalla. En varios lugares he leído que incluso llegó a amenazar bajo pena de muerte a quien osara saltarse esta prohibición.

Volviendo al propósito de este libro, he de decir que sí es, como he dicho al principio, un libro «a favor» de D. Blas de Lezo, paisano mío, al que la Historia, de modo injusto, ha relegado al olvido.

Por cierto que son también ciertos los «inventos» de Lezo reseñados al hilo de la historia.

También es éste un libro que creo que en España es hoy más necesario que nunca, pues nos enseña que los españoles, cuando trabajamos unidos en una empresa común, somos capaces de lograr cosas grandes, muy grandes. Por supuesto, unidad no es sinónimo de uniformidad.

¿Qué más me queda por decir?

Pues que la cronología de la batalla fue como la cuento: la toma de Bocachica se produjo tras el prolongado bombardeo desde los barcos ingleses y desde la posterior cabeza de playa; las diferencias entre Lezo y Eslava existieron desde el principio y fueron muy grandes y en aumento. También es cierta la destitución por petición propia de Lezo, al igual que la posterior decisión de Eslava, cuando ya casi todo estaba perdido, de que D. Blas regresara al mando, etc.

Lógicamente, los diálogos, salvo los que aparecen en letra cursiva (que sí son textuales), son imaginarios.

Respecto a la muerte de Lezo, a día de hoy (septiembre de 2012) no se sabe dónde está enterrado, es decir, no se sabe si finalmente se le enterró en el lugar que manifestó como última voluntad. Sí se sabe que, efectivamente, fue el obispo D. Diego Martínez quien corrió con todos los gastos, pues la familia estaba en la más absoluta indigencia.

Contrasta la muerte de D. Blas con la de Vernon. Pues aunque éste tardó año y medio en regresar a Inglaterra, por miedo a las consecuencias de su humillante derrota, murió a los casi 73 años en Suffolk.

Está enterrado en Westminster, con una placa que, tratando de ocultar su fracaso, dice que «conquistó Cartagena hasta donde llegaron sus barcos».

Para ser completamente honesto, quiero citar aquí cuáles han sido las principales fuentes de las que me he valido:

—Mi propia visita a Cartagena de Indias, en mayo de 2012, en donde tuve ocasión de documentarme, visitar los principales lugares relacionados con la batalla, y charlar con expertos en la materia, como el investigador D. Adolfo Meisel Roca, o D. León Trujillo Vélez, presidente de la Academia de Historia de Cartagena.

—*El día que España derrotó a Inglaterra.* Pablo Victoria. Editorial Áltera. Tercera edición, julio 2008.

—*El vasco que salvó al Imperio Español.* José Manuel Rodríguez. Editorial Áltera. Barcelona. Primera edición, febrero 2008.

—Diario de D. Blas de Lezo (Copia del Archivo Histórico Nacional de Madrid.)

—Cartas de D. Blas de Lezo y testimonios oficiales de la Marina, en relación con el comportamiento de éste durante el sitio, sacadas por orden personal de D. Ernesto G. de Piñeres. Madrid, Mayo de 1956.

—http://www.elguaridadegoyix.com/blas-de-lezo-

—http://hispanismo.org/biografias/650-blas-de-lezo-2.html

—http://www.euskomedia.org/aunamendi/81070

AGRADECIMIENTOS

Debo agradecer su solicitud durante mi estancia a Regino Navarro, Cheché Cifuentes, el Padre Nacho Gómez (fallecido en el mes de agosto: R.I.P.), el Padre Vicente Prieto, Roger Padilla, Juan Sebastián Romero (ahora inmortalizado como falso desertor en la novela), Eliécer Díaz-Carballo (ilustre y sabio guía en Tierra Bomba), Adolfo Meisel, León Trujillo Vélez, (presidente de la Academia de Historia de Cartagena), así como Jorge Pérez Villa y Gloria Benedetti (también miembros de la Academia de Historia de Cartagena).

Y, en general, al pueblo cartagenero, donde, de verdad, me he sentido acogido y tratado como en casa.

APÉNDICE

Texto literal e íntegro del diario que D. Blas de Lezo escribió durante los días que duró el asedio inglés a Cartagena de Indias.

DIARIO DE LO ACAECIDO EN CARTAGENA DE INDIAS DESDE EL DÍA 13 DE MARZO DE 1741 HASTA 20 DE MAYO DEL MISMO AÑO, QUE REMITE A S. M. D. BLAS DE LEZO[7]

Lunes 13 de Marzo.
Parecio un Bergantin por Punta de Canoa alas nueve dela mañana con dos Navios de 60 Cañones, y alas doze dieron fondo detras de la Enzenada dela misma Punta y se reconosio ser Ingleses. Escrivi este dia a D Seuastian de Eslaua Exponiendole mi dictamen, sobre que diese orden al Govern^or. de Santa Martha, para que no saliesen de aquel Puerto para este, como lo solicitavan el Nauio Español, y Olandes, que conducia Viveres para la Esquadra de Dn. Rodrigo de Torres.

Martes 14.
El Comandante de estas tres embarcaziones ha prazticado varias señas con Vanderas, y un cañonazo con lo qual salio

7 Copias sacadas del Archivo Histórico Nacional de Madrid, copia del Expediente de la Sección de Estado, legajo 2335.

una Lancha de hacia la Boquilla, la que fue abordo del Comandante, el que puso (/) vna Vandera Olandesa debajo delos Baos de Velacho arriando las demas, y luego se puso Vergantin ala Vela, y no se si por Don Sebastian de Eslava se ha dado algunas providencias para resguardo delas costas y observar los movimientos delos Enemigos. Alas tres y media dela tarde llegó ami casa vn Capitan devna Valandra francesa despachada de Leogano por el General de aquella Colonia, quien me participa quedaba la armada Inglesa prolongada en aquella Costa desde el Cauo Tivuron. En numero de mas de ciento y treinta Velas, y entre ellos treinta y seis Navios de Guerra, y que segun lo que comprehende se dirijen áesta Ciudad asi por su Derrota, como porlo que sele comunica de Francia, y que tomada, y demolida deven pasar ala Veracruz, y quedarse con aquella Cuidad. Pasé luego a ver a Dn. Sevastian de Eslava, y le comuniqué estas noticias, y me respondio, que las mismas le comunicaba el General de Leogano. Dixele pues que hazemos con estas noticias, por que es tiempo de que V. E. (/) vaya dando sus providencias en los Castillos, y Plaza, y lo principal es sauer como estamos de viveres, aque me respondio; porlo que toca alos Castillos halla selos llevarán, y lo que les faltase lo darán los Nauios respondile que si, y todo lo demas que huviere en ellos, y fuere necesario; Dixele por que no embiaba alguna jente hacia la Voquilla para impedir que los Botes y Lanchas delos Enemigos no fuesen a tierra, ni se acercasen de aquella costa como lo hacian; respondiendome yo no lo he savido pero mañana daré orden para que bayan pidiome jente para guarnecer los Castillos y respondile, bien sabe V. E. que los nauios apenas tienen la necesaria para su defensa por la mucha que ha muerto, y desertado, que si quando selo propuse me huviese dicho la que queria, estaria todo arreglado, pero nunca me respondio en el asumpto, ni otros puntos importantes sobre la defensa de esta Plaza, Pidiome quarenta hombres para montar en Castillo grande la Artillería que hize desembarcar del nauio San Phelipe con sus municiones, y demas pertrechos necesarios para su vso, di la (/) orden inmediatamente con D. Manuel Brizeño para que del mismo San Phelipe fuesen cinquenta hombres á este fin conlos Condestables, y Ofiziales maiores para que conla brevedad posible los Montasen, respecto de que por la Plaza no havia que esperar providencia ninguna, y las que se puedan dar tan lentas como hasta aora se ha experimentado, reparando que demucho tiempo aesta parte D. Sevastian de Eslava, no me ha respondido nunca aninguna proposición, y advertencias, que le he hecho convenientes para la defensa de esta ciudad, y Castllo y todo ha sido callar, y manifestar displisencia.

Miercoles 15.
Embie a pedir a Don Sevastian de Elava vna nota dela jente demar, que necesita para guarnecer el Castillo de Sn Luis, y Baterias de Bocachica, y me pidio doscientos quarenta y dos hombres, y quinze mill raziones para aquellos sitios de cuio pedimiento colixo, que no se ha hecho cargo dela jente, que necesitan aquellas fortalezas, lo que el tiempo lo manifestara (/) si llegare el caso de que los enemigos las ataquen, ni tampoco son correspondientes las quince mill raziones para aquellos sitios asi porque les corresponde aproporcion dela jente que han menester, como por la distancia de tres leguas, que hay hasta la Ciudad, y ser dificil su conduccion, y por estas consideraciones el año pasad° puse quarenta dias de viveres en todas aquellas fortalezas y Castillos, y duplicada jente. Alas tres dela tarde deeste dia se descubrieron por el norueste siete Nauios, y las quatro mas de ciento, que todos fueron adar fondo detras dela Encenadade Punta Canoa frente de la Boquilla, y apuestas del Sol conté ciento treinta y cinco, los treinta y seis de guerra, y los demas fragatas, embarcaciones de transporte, Brulotes y Bombardas. Parece que esta jente se inclina á hazer su desembarco en la Boquilla y Cruz grande segun lo que manifiestan, pasé auer al Virrey, y haviendole dicho que haciamos me respondio, que hemos de hazer, replique impedirles el desembarco, enviando jente (/) y con efecto embio Dos Piquetes de Cinquenta Granaderos, me despedi para irme a Bocachica, alo que me dijo, me quedase hasta la mañana, para ver lo que estos hombres hazen respondile, que estaba bien, con lo que me retire bastantemente mortificado de ver que nada se mueve, ni quese admite advertencia.

Jueves 16.
Este dia alas seis fui auer a D Sevastian de Eslaua, y le dixe si tenia que prevenirme algo que me iba abordo delos nauios de Bocachica, respondiome que auia puesto para Comandante de San Luis, y demas Baterias al Ingeniero maior Don Carlos de Enaut, para que todos acudiesen a el enlo q. se les ofreciese, y el ami, con esto me despedi, y di orden p^{a} que el Sn. Phelipe vaxase a Bocachica, y el nauio de Trechuelo á Bocagrande para que se incorporase, el 1° con los tres que estan en Bocachica, y el nauio de Trechuelo á el 1° con los tres que estan en Bocachica, y el nauio de Trechuelo á Vocagrande, que es el segundo, que hize armar de los 30 Cañones con los dos que se hallan en boca grande para cerrar (/) mejor ambas bocas, luego que llegué a Bocachica me informe del estado en que estaban los Castillos y Vaterias y los halle faltos de un todo. Inmediatamente di providencia de embiar atodos Viveres, Jente, Polvora, Valas, Cartuchos, Atacadores, Lanadas, Metralla, y todo lo demas correspondiente para su defensa. Participe todo esto a D Sevastian de Eslaua en papel deeste dia, del estado en que está la Vateria nueva por si quisiese dar algunas providencias, y le pedí jente para estas fortalezas. Alas dos llegó el Navio San Phelipe el que no pudo ponerse en su lugar por la fuerza de la briza.

Viernes 17.
Fui continuando en embiar valas, Polvora y otros Pertrechos alos Castillos, y asi mismo cien hombres a Sn. Phelipe y Santiago, los cinquenta de infanteria, y los restantes de mar, al comando de Dn. Lorenzo de Alderete; Alas quatro dela tarde me auisaron venian quatro Nauios recorriendo la Costa dirijiendose para este Puerto, pero solo vimos vno de 70 Cañones, y sele dispararon tres cañonazos de (/) Sn. Phelipe, y Santiago, y despues que huvo reconocido los Castillos y Navios viró la buelta de fuera con todos los rizos tomados alas Gavias quedandose los otros tres dados fondo entre Punta de hicacos, y Chamba, esta tarde llegó la Balandra de D Pedro Mas con ciento cinquenta y cinco hombres, que me embia D Sevastian de Eslava, y luego les di orden para que se incorporasen con la tropa de marina

que se hallava destacada en la Costa, pero me escrive Don Sevastian de Eslava, que solo se hallava con trescientos hombres dentro dela Plaza por tenerlos todos destacados fuera de ella, y que me componga con la que me emvia.

Savado 18.
Este dia me avisa el Ofizial destacado en Santiago, que anoche una Lancha Inglesa vino sondando hasta la ensenada que esta junto aquel Valuarte y que la jente abanzaba le hizo fuego y se retiró, me escrive D. Sevastian de Eslava diziendo le faltan Viveres y jente pidiendome le embie la tropa, lo que executé devolviendole los ciento Cinquenta y cinco hombres que ayer vinieron y le respondi dando (/) le a entender, que de vno y otro tenia la culpa; fui continuando mis providencias en componer estos Castillos, reforzandoles con la jente de estos nauios, oy dio fondo enfrente de Boca grande vn Nauio de 70 Cañones desarbolado, y vino otro del mismo porte a visitar la entrada del Puerto.

Domingo 19.
Este dia se lleuaron ocho nauios delos que estauan anclados enfrente dela Boquilla, y vinieron ala inmediacion dela Encenada de Chamba, quedandose los demas frente dela Boquilla. Di orden alos quatro Nauios para que veintey cinco hombres de Infanteria de cada vno estuviesen promtos amarchar a Chamba, por si intentasen hazer algun desembarco enaquel paraje, destacando antes vn Ofizial con quatro soldados para observar sus movimientos, y toda la noche se estuvo con Vigilancia.

Lunes 20.
Amanecieron los ocho Nauios dados fondo en el mismo sitio, y se me acusó, de que delos que estaban en la Boqulia se havian destacado alas Nueve y media nueve Nauios gruesos p[a] venir á este sitio. cuios movimientos me hazen (/) creer, quieren atacar por esta parte, y no por la Boquilla, y alas diez y media se me auiso, que todos los nauios de Guerra bajaban para abajo, con efecto alas onze prolongadas por toda la costa empezaron a vatir con el Cañón desde Chamba hasta Sn. Phelipe y Santiago, á esta misma ora dos nauios

de 70 Cañones y vno de 80 adistancia de medio tiro de fuzil empesaron a batir a Sn. Phelipe, y Santiago y duró el fuego hasta las dos y media dela tarde, que se retiró el Capitan de Vatallones de Marina D. Lorenzo de Alderete, despues de haver clavado su artilleria, y defendidose con la maior honrra, en aquella Vateria, en la que solo pudo manejar tres cañones por el fuego de fucileria, que le hacian los Nauios delas gauias, y bordas, y al mismo tiempo las balas delos enemigos llegaban abordo dela Galicia, y San Carlos. tambien se dexo venir otro Navio de tres puentes para el mismo fin pero auiendole garrado su ancla se vino sobre el Castillo de Sn. Luis en donde aguanto, y empezó a vatirlo pero se le correspondio como alos que Vatieron a Santiago y San Phelipe durando el fuego hasta la noche (/) y quedaron muy maltratados que fue menester viniesen los Botes y Lanchas, especialmente para el que batio a San Luis que reciuio el fuego de parte dela Artilleria baja del nauio Sn. Phelipe, vateria de san Joseph, y la que se construyó en punta de a banicos. tuvimos abordo de estos Nauios algunos muertos y heridos. Asi que nochesio empesaron dos Bombardas a bombear el Castillo y algunas dirixieron a estos navios. Prouey el Castillo nuevamente, Cureñas, ruedas, exes, y Polvora reemplazando así mismo los muertos, y heridos, alas 8 quedavan dentro, quinientos y onse hombres, y los Carpinteros necesarios para componer las cureñas que se havian rompido, y poner en estado todo, por si quisiesen volver a vatir mañana estos nauios y Castillos, Continuan en bombear toda la noche y vn quarto de hora antes de amanezer, hize retirar la Lanchas y botes, que guardaban la Cadena.

Martes 21.
Amanecieron quatro Navios de Guerra hacia la boca, mas arrimados a San Phelipe, pero fuera del tiro que son los mismos (/) que ayer combatieron y especialmente el de tres Puentes se reconoze todo desguazado, y se retiró mas afuera como tambien los demas. Prosiguen las Bombas y alas onze y media dio fondo toda la Armada, desde la Punta de Chamba hasta la vateria, que el año pasado hizo fabricar, que de orden de D Seuastian de Eslava, se excluyo

a persuacion de D Agustin de Iraola, cuia falta aora se ha hechado menos, y por que si se huviese mantenido no huvieran Vatido a Santiago y San Phelipe, ni se huvieran a cercado a quella costa. Sele hizo tal fuego del Castillo aun nauio de 80 Cañones, que se hallaba detras de Santiago, que le fue preciso largar sus amarras y ponerse ala vela, no obstante de tener sus masteleros, y vergas arriadas, largando sus velas de esta, y el foc y Cevadera alas dos dela tarde ademas de las dos Bombardas empezó a bombear una Fragata de 40 cañones con dos Morteros, y vna Bomba caio avna Braza dela Popa de este Nauio y la Proa del San Carlos y otras dos rebentaron al Costado de este Nauio, caio otra raspando la Proa del san Phelipe, lo que me motivo a sacar en Lanchas y Botes el resto dela Polvora que havia encartuchada (/) en estos Nauios, para que mediante esta precausion no volasen. Apuesta del sol llegó el Capitan Agresote con trescientos y cinquenta hombres de tropa, y retiró el destacamento de Alderete, que después dela funcion del Santiago de mi orden se entró dentro del Castillo, acuio Comandante previno buscase algun negro baqueano para yr a reconozer estos montes, y ver sipodia coxer algun Ingles aquien recompensaria con cinquenta pesos porque absolutamente ignoramos o lo que hacen los enemigos, y no se dá prouidencia para saverlo, y lo mismo encargué al Capitan D Juan de Agresote, para que hechase algunas partidas a este fin pero nada hizieron, toda la noche muchas bombas en el Castillo y Nauios.

Miercoles 22.
Continua la fuerza de bombas, y llamé al Comandante del Castillo y a D. Juan de Agresote para ver si combenia hazer alguna salida, y fueron de parezer que Agresote con ocho hombres saliese para reconozer el monte, y sauer lo que executaban los enemigos, porque tengo la sospecha de que trabajan dentro del Bosque en forma sus ataques y Vaterias, Alas seis (/) lo executó, y alas siete, y media volvio, diziendo, hauia encontrado a tiro de fusil de San Phelipe vn puesto abanzando de doze hombres, con los cuales se escopeteo, y que no vido trabajos ningunos. Oy llegaron algunos Pertrechos, que el Comandante del Castillo pidio ala Plaza.

Alas quatro y media se levó un Navio de tres Puentes ala buelta de afuera con todos los rizos tomados alas Gavias pudiendo llevarlos juanetes, y es vno delos que entraron en combate, que ba mui maltratado, y le sigue otro de cinquenta Cañones, y con eze son cinco fuera de combate, dos de tres Puentes, dos de 70 y uno de 66, y se reconoce que el de tres Puentes, que ha quedado fuera del tiro del Castillo, tiene todo el costado de estribor desguazado por los rumbos que la Maestranza le está poniendo. Desde medio dia se reconoze que los enemigos han puesto vaterias de doze morteros en tierra, porque desde esta ora han empezado a tirar con ellos. Alas cinco y media de la tarde llegó Don Seuastian de Eslaua á este bordo, y se quedó en él, esta noche le hablé en punto de que se haga una salida para atacar alos enemigos, y hallo algunas dificultades en esta importante execusión tambien se hablo para que fuese el Capitan (/) Dn Miguel Pedrol, a reconozer lo que los Enemigos hazian por tierra, lo que este Capitan le facilitó, pero no dijo D Seuastian de Eslua sini no, y con estas omisiones bamos dejando alos enemigos, que agan lo que quisieren. Esta noche continuaron las Bombas como la pasada.

Jueves 23.
Este dia paso Don Sevastian de Eslaua al Castillo antes de amanezer y bolvio alas seis dela mañana á este bordo, y se hablo sobre atacar alos enemigos, y porque los ofiziales de tierra le han dicho, que por aora no conviene, no lo quiere hazer, á esto respondi, que quando lo quiera no podrá. Alas siete se fue a Cartag[a] sin haver dado más disposicion que la de que saliesen ala noche algunos piquetes del Castillo, alas Barracas de esta Plaza, continuan las tres Bombardas, y lo mismo la Vateria, y vna deellas Cayó en el Almazen delos Viveres del Castillo, que destruyó todos los que hauian, por no auer en el ninguno á Prueba de Bomba por lo qual le puse doze dias mas para la guarnizion y reemplazé como todas las noches los muertos y heridos.

Viernes 24. (/)
Este dia continua el fuego delas Bombas, y llegó a Cartagena D Agustin de Iraola Capitan de Artilleria al que embie al

Castillo para que viese todo aquello y me avisase si algo faltaba, alas siete y media llegaron dos desertores Españoles de Islas de Canarias que estaban ábordo de vn Nauio de 70 Cañones, y refieren que el fin deenemigos era tomar el Castillo, y forzar el Puerto y que se dezia comunmente traian de doze a catorze mil hombres de Desembarco: que desde el dia 22 hasta oy han estado desembarcando tropa la que estaba apostada detras de Santiago, que ay tres nauios desarbolados, y dos mui maltratados dela funcion del dia 20 y queseles mató mucha gente en ella, y ayer un Capitan y cinco hombres, que después de tomada esta plaza, quieren ir ala Vera Cruz: que fueron tomadas en un rexistro de Canarias, que iba a Curazado cargada de vino, Que hay algunos prisioneros españoles y franceses en sus bordos, y que ultimamente tomaron una Balandra deesta nazion que venia de Portovelo, con ochenta mil pesos cuio dinero quedaba abordo del Comandte. la valandra en (/) Jamayca, repartida su tripulacion en los Nauios que la Escuadra de Pizarro llegó a Santa Cruz de Canarias por tener la Guipuzcoa su timon maltratado, que luego que se compuso volvio á salir para su viaje. Alas dos dela tarde recivo carta de D Seuastian de Eslaua en que me participa vienen de mar a fuera 30. nauios mas delos enemigos, cuia noticia biene bien conla delos desertores, que dizen esperan por horas un comboy, y añade en su carta teme le falten los viveres y le respondi mi semptir sobre este asumpto, dandole a entender que si se huvieran tomado las precauciones con tiempo, no se hallara con esos rezelos tambien le digo me prevenga el tiempo y modo de dejar sin confusion este sitio en el caso forzoso de hauerse de retirar, para que esta tropa y jente de mar, y la del Castillo, y baterias puedan servir para la defensa dela Plaza, porque me rezelo que si los enemigos ponen Vateria de cañon em tierra se pierde todo esto, teniendo presente lo dificultoso de conseguir la retirada en el caso forzoso respecto de que segun el fuego que hauia hecho y hazia el Castillo, no podia durar á otro ataque de quatro Nauios, como lo expresó su Comandante por escrito, y segun el conocimiento q, (/) tengo dela Ciudad haria mucha falta la tropa y gente de mar para su defensa, acuio punto (ledigo) es digno dela maior reflección.

Sauado 25.
Los enemigos continuan en vatir con doze morteros por tierra, este dia por la mañana reciuo carta de D. Seuastian de Eslaua en respuesta dela mia de ayer en que me dize comviene mantenerse todo lo que se pudiese, para dar mas tiempo porque de esto depende de la seguridad de aquella Plaza, me conforme con el dictamen pero es menester que el Castillo aguante y para esto era preciso que lo huviese puesto en otro estado, haciendo su Glasis, poniendole su Paralizada, echandole los merlones afuera que son compuestos de Ladrillos, Caracoles, y Piedras que solo siruen para destruir la jente, como esta subsediendo, y no se huvieran experimentado hauer hecho de faxina, y tierra bien pisonada, pero nada quiso asentir en punto de executar estas obras, por mas que se lo dixo el ingeniero D Carlos de Enauto en el mismo Bocachica delante de mi, mucho antes que los enemigos vinieran á estos mares (/) Como tamvien, que se desmontase la arboleda á tiro de cañon del Castillo respondiole, que no tenia jente ni dinero de que resultara que dentro del mismo Bosque formaron los Enemigos sus Baterias sin que sean vistos, y vna vez que lo consigan se perdio el Castillo sin dificultad, lograran el quemar o echar á pique estos Nauios, y la perdida de sus tripulaziones que haran grave falta para la defensa dela Plaza, esta noche continuaron su fuego los enemigos.

Domingo 26.
Este dia reparé que los enemigos hauian quitado los doze morteros, y los han puesto en la bajada entre San Phelipe y Santiago, repartidos hacia la derecha, y otros ala izquierda. mudé la gente de mar que tenia en el Castillo para el manejo dela Artilleria para que descansase, y entré otra de refresco en su lugar y se haga mejor el seruicio; vino vn Oficial esta mañana de parte de Dn Miguel Pedrol diciendo que ha reconocido anoche, y esta mañana desde Chamba hasta Santiago, y que solo ha encontrado dos abanzadas, que estan a tiro de fuzil delos nauios de Guerra, y que estos, y los de transporte tienen todos vijias en los topes (/) que asi que los descubrieron, hizieron seña y empezó un Navio de Guerra a hazerles fuego que por la mañana haria vn

ataque por aquella parte, y que por esta la hiziese Don Juan de Agresote, aquien llamé y previne lo comveniente para este efecto, Entró dentro de la Enzenada del varadero, vn Paquebot donde dio fondo, y sondó todo aquello. Todo el dia y noche mucho fuego de Bombas y seles correspondio con Cañon.

Lunes 27.
Los enemigos han hecho esta mañana poco fuego conlos morteros, y parece los han retirado mas atras. Alas 11 vino dela Ciudad D Seuastian de Eslaua, pasó al Castillo de donde vino abordo y dixo en la conbersación, que tuvimos que siendo este el refugio dela Plaza, era menester hazer la ultima defensa: asegurele que por nuestra parte no abria dificultad, y que para esto nos tenia el Rey, y eramos vasallos, y que si todo se hauia de sacrificar lo hariamos congusto, pero que diese providencias para que el honor delas Armas del Rey, y el nuestro no padeciesen que aunque era tarde, no obstante mucho se podia hazer todavia, comio aqui, y se bolbio alas quatro sin dezir mas, ni disponer (/) otra cosa, cuio cauteloso silencio me ha dexado Spre en la maior perplexidad sin sauer aque atrivuirlo. Los enemigos han despachado vn nauio de 60 dos de 26 y vn de 30. hacia las Islas del Rosario, el fuego de oy ha sido mas lento y lo mismo el de anoche.

Martes 28.
Los énemigos han retirado las Bombardas hacia la enzenada de Chamba por porzion de Nauios, que han hecho la misma faena; Las Bombas que se han tirado hasta oy amediodia por los enemigos por tierra y mar son dos mil y ciento. álas doze desertó un soldado Irlandes que se trajo á este bordo, y preguntandole del estado de los enemigos dixo; que estauan construyendo vna bateria de veinte cañones de veinte y quatro y otro de morteros ados tiros de fuzil del Castillo dentro del Bosque para batirlo. Que tenia puestas las explanadas y que al mismo tiempo de batirlo devian forzar el Puerto que toda la tropa está en tierra, y que para la formazion delas Baterias de Cañones, y morteros trauajaban seiscientos hombres. Que hay Porcion

de Artilleria en Tierra, que el general dela tropa tambien lo esta, Que nro Cañon y Bombas les han hecho (/) grande estrago. Que esperan mas tropas, y viveres que atiempo del ataque general quieren ataxar la Comunicacion de esta Costa hasta tierra Bomba para que no se escape ninguno a socorrer la Plaza: Despache al Virrey el desertor con D Pedro de Elizagarate participandole estas noticias, para ver si con ellas toma otras providencias.

Miercoles 29.
Oy solo quedan 17 Baricas de carne, y tozino para estos quatro Nauios, Castillo, y Vaterias despues de hauer metido el Castillo ocho dias de viveres que con ellos, y los que emvie el dia 23 hago quenta tendrá para veinte dias, Lo participé a Don Seuastian de Elaua, quien emvio este dia algunas balas para el Castillo, respecto de que ya no las podia subministrarde estos nauios. Emvie al Castillo Porcion de Pipas para llenarlas de tierra y sirvan de parapeto, y resguardo ala jente, me avisa el Comandante del Castillo, que vna Bomba auia rompido doze Atacadores de veinte y cuatro y treze de adies y ocho los que inmediatamente les reemplaze. Llegó este dia Don Miguel Pedrol destacado por D. Seuastian de (/) Eslaua con sesenta hombres, deviendosele a gregar en numero de ciento y cinquenta delos de la guarnizion de san Luis para ir a reconozer los trabajos de los enemigos, y por si hallasen cañones (como no lo dudo) les ofrezi clavos para clavarlos, pero no los admitieron, continua el fuego de ocho morteros, A las doze y media dela noche se reparó se hazia fuego de cañon, y fucileria en la Vateria del Baradero, y ymmediatamente despaché dos Botes con jente de infanteria, ydemar para sobstener aquel sitio, pero ya los enemigos se hauian amparado de el, respezto de que en el Camino encontraron al Alferez de Nauio D Loizaga, que se retiraua; y ala vna subcedio lo mismo en la Bateria Nueva de Punta de Abanicos, adonde embie luego socorro por el camino de Comunicación del Castillo de San Joseph, pero ya la Tropa se hauia retirado, a esta vateria, confirmandome vno y otro subseso D Joseph Campusano, y Dn Geronimo Loyzaga, y ala vna y media vimos quemar ambas vaterias faltando en

el numero dela jente que hauia en la nueva un Theniente de Artilleria, cinco soldados. cinco marineros, y tres negros, quedandose Don Joseph Campusano delos ultimos. aquien ya (/) tenian agarrado, y segun la relazion de estos oficiales desembarcar mas arriba del varadero en numero de trescientos hombres y despues de haver atacado aquel sitio, que tenia quatro cañones Clavados estos, se retiro el Oficial D. Geronimo Loyzaga, que la mandaba abordo de una Balandra, que puso en aquel sitio pª estos casos, desde donde se les hizo fuego con los cañonzillos, ametralla y obligo álos enemigos a retirarse, y pasaron estos ala bateria nueva y segun el camino, que llevaron por el monte devian tener buenos prazticos, respecto de ser todo vn Pantano dividiendo al mismo tiempo, su gente, por la orilla del agua para conseguirlo por dos partes, como lo lograron, asi porq. se abandono aquella bateria nueba por la jente como por haber quedado esta sin los resguardos correspondientes, desde que se formó, pormas quesele hiso presente a D Sevastian de Eslaua, y al Capm. dela Artilleria, aquien se le dio esta comisión.

Jueves 30.
Emvie al reconocimiento delas vaterias asi que amanezia, y desde la del varadero hasta la nueva se hallaron treinta (/) hombres delos enemigos muertos con un Ofizial, alas ocho se oyo mucha fuzileria en el monte y al poco rato vimos correr alos enemigos hacia San Phelipe y Santiago. Alas ocho y media se retiro nuestra partida la que en substancia no hizo otra cosa, que disparar sobre los enemigos y retirarse los vnos y los otros, Diorden se tomase posesion delas Vaterias perdidas, y se trauajase en desenclauar la Artilleria y la hize reforzar dejente de mar, y infanteria de marina Alas tres dela tarde vino d. Seuastian de Eslaua dela Ciudad, y fue al Castillo y bino abordo alas 6, adonde se quedo aquella noche instele mucho sobre una salida, para demoler las obras delos enemigos no huvo forma de asentir ni dar los motivos delo contrario no debiendose dudar deque los enemigos estan formando sú Vateria de Cañones, para Vatir el Castillo, y Navio, como lo dize el desertor y no se como se conviene esta negacion, cuando antes le hemos

oydo dezir tratandose desta materias, que si los enemigos formasen Vateria haria que seles hechase encima, y oy no lo quiere executar, por eso tendrá esto el paradero que se deve esperar. (/)

Viernes 31.
Este dia al amanecer se bolvio D Seuastian de Eslaua a Cart[a] desde las seis hasta las ocho anduvo vn Bote delos enemigos, sondando frente dela Boca del Puerto, y se levó a esta ora el nauio de tres Puentes que quedó maltratado desde el dia veinte, y se fue a incorporar con los demas a la Enzenada de Chamba, se hizo mucho fuego desde las seis y media dela mañana hasta las diez y media de la noche con Bombas ala Bateria Nueva, por haver visto se trabaja en ella, haciendole igualmente alos Navios y Castillo.

Savado 1º de Abril.
Antes de amanecer emvie mas jente para adelantar las obras dela Vateria nueva y finalizarla en todo oy y embie asi mismo al Castillo de San Luis veinte y quatro atacadores de aveinte y quatro, ydiez y ocho, y ya no quedan enestos Nauios sino lo mui preciso, y si dela Plaza no los embiam nos quedaremos todos sin ningunos. Los enemigos destacan varios Botes p[a] reconozer lo que se hace en la Vateria Nueva, por lo cual (/) sera preciso reforzarla esta noche. Alas doze del dia recibi un papel del Ofizial, que se halla en Pasacaballos destacado dela Plaza, en que me partizipa, que los enemigos venian para el estero, con intento de ir aquel sitio, el que siendo paso preciso de los viveres, que vengan del Sinú, y de Tolú destaquen 4 Botes armados con ciento y veinte hombres, al mando Capitan de Fragata Don Pedro de Elizagarate, y alas 2 recivi otro Papel, en que me dize quedaban los enemigos a Legua y media de Pasacavallos. Vn navio, que está enfrente de Santiago ha hecho la seña de largar su Foque y contrajo que, y han venido de tierra varias lanchas cargadas de gente, y siendo esta seña la misma del dia veinte y nueve, en cuia noche atacaron la Vateria Nueva, y la del Varadero inmediatamente. que anochesio hize reforzar aquellos puestos, dando las ordenes

convenientes para rechazar los intentos delos enemigos, y empezó la Vateria nueva á hacer fuego. con su Cañon.

Domingo 2.
Este dia se levó el segundo, Comandante de 80 Cañones que trae su bandera azul en el Palo de Mesana, y se puso enfrente de Sn. Felipe fuera de tiro de Cañon, y se le incorporó otro nauio de 70. Alas siete y quarto dela mañana empezaron (/) los enemigos a vatir el Castillo con diesiseis cañones de veinte y quatro, y doze morteros por tierra, con cuia demostracion no se dudara ya de lo que tantas veces he prevenido a D Seuastian de Eslava, y luego que reconoci el Parage del Bosque de donde salia el fuego, me atrevesé con este nauio para vatirla, no obstante el que me hacen de cañon, y Bombas y lo continue ht[a] las seis dela tarde, que, cesé por tener varias quereñas rompidas, y necesitar de componerlas, y hacer cartucheria, por auer disparado este dia setecientos y sesenta tiros pegué fuego, a su Vateria, y les hize suspender el fuego dos oras, y media, y alas tres, y media volvieron a continuarlo el resto de la tarde se trabajo en hazer cartuchos, y llenarlos, a puestas de sol se llevó un Nauio de 60 cañones, y se puso al sudoeste del Puerto, disparando ala vateria nueva, y reparé concurrieron a bordo del segundo Comandante muchas Lanchas y Botes y recelandome fuese para atacar la Vateria nueva, la hize reforzar con trescientos hombres, dando las ordenes y prouidencias convenientes para rechazarlos (/)

Lunes 3.
Amanecieron los enemigos en la misma situacion, y una ora antes del dia envie la orden para que se retirase la gente, que puse anoche en la Vateria Nueva. Alas seis dela mañana continuaron los enemigos su fuego de cañon, y Bombas contra el Castillo, hizo atravesar al San Phelipe para que hiziese lo mismo contra ella. Alas ocho y media vino D Nicolas Carrillo, Capitan de Compañia del Regimiento de España, que exerce de Ofizial de ordenes de D Seuastian de Eslaua, a saver lo que havia de Nuevo, y le dixe que sino lo veia que me parecia muy regular el permitir alos enemigos fabricar vaterias sin haverles hecho oposicion ninguna, no

obstante mis repetidas instancias y que asi se lo dixese de mi parte, respondiome que el Sr. Eslaua hallaua dificultad por el monte y desfiladeros para conseguirlo; respondiles pues para ellos no ha hauido dificultad, ni desfiladeros, y si ellos lo han echo porque no lo hemos de hacer nosotros, teniendo mas conocimiento destos sitios y vaqueanos que nos dirijan, y por fin que para perder (/) lo todo mexor seria con las armas en las manos, y ver si se puede conseguir el fin. Vino el Comandante del Castillo y me dixo que aquella fortaleza estaba en muy mal estado y que el angulo dela parte dela mar caera oy, o mañana, y que era presiso el tomar el partido de hazer una salida para clavar la artilleria alos enemigos, respondile que bien sauia que mi dictamen, hauia sido spre este, y que dias mas o dias menos estaua esto perdido, si se les permite vatir con su atilleria, que arruinaria el Castillo sin poderlo remediar, y que despues harian lo mismo con los nauios: replicome estoy mui cierto, que asi subcedera, y selo participo a V. E. para que lo ponga en conocimiento del Virrey, aque le respondi, hagalo Vm. por que yo no lo haré, para que no se creaes proposicion mia, que, artas le tengo hecho sobre esto y otros asumptos, sin conseguir los fines. Alas dies y media se leuaron ocho Nauios delos enemigos, dos de tres Puentes, y los demas de 70 corriendo vn Bordo para fuera y luego viraron para acercarse al segundo Comandante, de donde se fueron (/) prolongando para vatir estos nauios, y Castillos de San Luis, trayendo solo el Velacho, y sobremesana, el fuego fue recio de vna y otra parte, y duró hasta las siete de la noche, tuvimos bastantes muertos y heridos en el Castillo, y nauios, y en este varios cañonazos de bajo del agua, tres que pasan el palo maior, dos el trinquete y echa pedazos la Camara, y camarotes. Alas cinco dela tarde fue preciso que un navio de tres puentes, se pusiese ala vela, y lo remolcasen botes, y Lanchas por lo maltratado que quedó, y pasaron otros dos nauios auatir la Bateria nueva, que presisaron, a que se abandonase con bastantes muertos, y heridos, que huvo en ella, y ver que los enemigos hacian un desembarco considerable, por la parte del varadero al abrigo del cañon desus Nauios, alas ocho vino D. Seuastian de Eslaua, abordo en donde durmió. toda la noche muchas Bombas, y entre ellas incendiarias.

Martes 4.
Este dia alas seis dela mañana volvieron quatro Nauios a va (/) tir el Castillo, y estos nauios juntos con las Baterias de tierra de diesiocho cañones de a veinte, y quatro, y la de morteros. Alas nuebe fui herido en un muslo y en una mano; hemos tenido muchos muertos, y heridos, que mandé llevar a una Balandra Francesa, para que los dirijiesen ala ciudad; asimismo mandé, que el Bergantin del cargo de D Juan de Almazan, y la Balandra de D. Joseph Mozo que tenia cargaduras de Polvora se lavasen y se dirijiesen para la ciudad, quedandome con la correspondiente a la vateria que auia en estos bordos, y sirviese la polvora, que tenian las embarcaciones para la Plaza. Los quatro Nauios Ingleses quedaron bastante maltratados; pues se retiraron fuera del tiro antes de anochezer con el fuego que les hizimos, Alas dos dela noche se retiró ala ciudad D Seuastian de Eslaua, adar prouidencia de embiar embarcaziones para retirar la jente del Castillo y nauios porque ya conoze que esto está de mala calidad, y que el Castillo no (/) puede resistir mas ni los Nauios tampoco, toda la noche mucha bomba, flechas incendiarias, y Bombas delo mismo.

Miercoles 5.
Alas cinco y media empezó el fuego de los enemigos con dieciocho cañones y veinte morteros por tierra, y con quatro nauios de guerra por mar de 70 Cañones, y reconociendo que el Castillo cuasi no hacia fuego, aplicaron el todo alos nauios. Una Bomba caio en la toldilla sobre un Barraganete, la que se abrio en dos pedazos, y fue ala mar, dispararon tambien valas rojas, pegaron fuego dos vezes a este Navio, que tiene desde la lumbre del agua para arriua, toda la Proa por la banda de babor echa un agujero, y todo el costado de suerte que apenas ha quedado rumbo, tiene muchos cañonazos debajo del agua, unos que pasan para dentro que se procuraron tapar, y los demas metidos ala mitad de la vela, sin que haya sitio en el Navio que no este de la misma suerte, a las once vino el comandante del Castillo a participarme, que todo el parapeto desde el angulo de tierra hasta el dela mar con toda la cortina havia Caido, de la Brecha (/) estaba practicable para que los enemigos

diesen el asalto, y que con la jente que tenia no la podia defender, ni podia hacer cortadura, pareciome conveniente participarle a D Seuastian de Eslaua, por si tenia alguna prouidencia quedar sobre este asumpto, cuia carta hize firmar al Comandante del Castillo, junto conmigo, y en vista de esta relacion y reconozimiento q. hize comprendi que auia de auer una gran confusion en el Castillo, sobre el modo de retirada de aquella Tropa, y aunque previne asu comandante que al anochecer le embiaria las Lanchas, y Botes para recojer la jente a estos navios en caso que los enemigos dilatasen dar el asalto, hasta por la mañana, y esperar, que providencias, y determinaziones tomaba D Seuastian de Eslaua En vista delo que esta mañana sele participó, quedando acordado esto se fue al Castillo, y yo pase a bordo de una Canoa, que tenia a tiro de fusil del Navio cargada de cartuchos de Polvora, aformar las ordenes delo que devian prazticar los Capitanes delos quatro Nauios, las que (/) hize distribuir alas quatro dela tarde. Alas cinco vi salir toda la guarnicion del Castillo, huiendo hacia el camino delas Barracas dela Playa, gritando que nos cortan, y echandose al agua, desuerte que fue preciso embiar varios Botes para recogerlos, y al mismo tiempo, repare que del Nauio Sn. Carlos hacia lo mismo su tripulacion, tomando la Lancha, y el Bote y haviendo despachado embarcaciones para atajarlos, y volviendo con efecto asu nauio, reparando, estos quelos del Africa y Sn Phelipe ejecutaron lo mismo, retrocedieron los de Sn Carlos, y siguieron para Cartagena, a este tiempo llegó D Seuastian de Eslaua, y fue testigo de esta confusion; repare que el Sn Carlos, y el Africa yban a pique y que hauian pegado fuego al nauio Sn Phelipe cuio Capitan estaba en tierra desde el dia antes, sin atender los unos y los otros alas ordenes, que esta tarde anteriormente les auia distribuido; pero poseidas las tripulaciones dela fuga del Castillo, y haver visto mas de cincuenta Botes, y lanchas, que embiaban los enemigos cargadas de jente ala enzenada del Varadero, y que al mismo tiempo (/) venian como dos mil hombres de tropa a dar el asalto, marchando desde San Phelipe por el camino dela Playa; nada tuvieron presente, sino abandonarlo todo, y viendo los dela Bateria de San Joseph alos enemigos dentro del Castillo arbolada su bandera y que los Nauios continuaban prazticaron lo mismo. Emvie a D. Feliz Celdran a bordo dela Fragata el Jardin de la Paz dandole un hacha para que la echase apique endonde hauia hasta unos quarenta Barriles de Polvora pero le pegó fuego Di varias prouidencias para recojer la gente, y nos dirijimos D. Seuastian de Eslaua y Yo hasta Bocagrande, adonde llegamos alas nueve dela noche, y di orden alos Capitanes delos dos Nauios del Rey, y el del trechuelo, para que sin perdida de tiempo levasen sus anclas, y se dirijiesen para el canal entre el Castillo grande, y Manzanillo, lo que executaron y de alli pasamos ala Playa de aquel Castillo a reforzarlo, y hallandonos dando estas providencias, llegó D Manuel Moreno de Bocachica, y preguntandole si toda la gente dela Galicia se hauia retirado, me respondio venia en busca de embarcaciones, para este efecto, porque en la que tenia solo havia cuatro remos y que (/) aun quedaban en Galicia su Capitan y el de Infanteria con quarenta hombres, le di orden que luego pasase con dos botes a recojer aquella jente, y aviendo vuelto cerca de las quatro dela madrugada me dijo que ya los enemigos, se hauian apoderado del nauio, segun la calidad de Botes, y Lanchas que deel salian para tierra y de tierra para el nauio, pero cuia relacion, y subseso, vengo en conocimiento, que las prevenciones que hize a D Seuastian de Eslaua, los dias veinte, y quatro y veinte cinco del pasado para arreglar sin confusion esta retirada fueron fundadas. Alas quatro dela mañana me restitui ala ciudad, despues de veyntiun dias de Bocachica, diecisiete de combate continuo de noche y de dia, de fuego de Cañon, Bombas, flechas y valas roxas, cuio suceso no esperé y se huviera terminado la empresa delos enemigos en aquel sitio, si D Seuastian de Eslaua, como lo solicité, hubiera querido oponerse al desembarco formacion de baterias, y aun despues de hechas, si se huviese dispuesto una salida general para destruirlas, porque reconoci muy del principio que los enemigos no intentarian forzar el Puerto hasta queno huviesen arruinado el (/) Castillo. y nauio con sus Vaterias de tierra, no ostante de que no havia mas de quatro que lo defendiesen, y tener ellos treinta y ocho desde sesenta hasta ochenta Cañones, sin comprehender las Fragatas, y sin duda si se huviera dado las providencias de evitar el daño que se originó, de tierra, ni el Castillo, ni nauios se huvieran perdido, y los enemigos se huvieran retirado de aquel paraje segun se reconocio por sus operaciones y recelo conque entraban a atacarnos, quedando como claramente vimos diez nauios imposibilitados de poder hacer fuego ni entrar mas en combate, creyendo tambien haber perdido mucha gente en los diecisiete dias, asi de sus nauios como de la tropa, y no se creerá, que un Armamento tan formidable, aya tardado todo este tiempo para rendir un Castillo, que en substancia no es mas que un mal quadrado rebestido de quatro baluartes imperfectos, su mamposteria, y parapetos mui malos, como queda referido, sin tener un sitio a prueba de Bomba, ni cañon donde abrigar la jente, Polvora y viveres, como la experiencia le ha manifestado, cuia fortificacion y nauios (/) en el tiempo de su sitio han disparado seis mill, y sesenta y ocho bombas, y mas de dieziocho mill cañonazos, y pocas vezes se habra visto que los Nauios vaian en brecha, y si no huviera subcedido la precipitada fuga dela guarnicion del Castillo sin duda ninguna no huvieran entrado en el, si se huvieran dado las providencias a tiempo conveniente de embiar jente para la defensa dela brecha, añadiendo, que si qualquiera huviese atacado aquel Castillo la misma noche del dia veinte de Marzo, o veintiuno amas tardar se huviera aloxado al Pie de su muralla, y le huviera pegado el mismo para volarlo, o rendirlo, pero no lo hicieron asi, por esto, los socorros diarios, que tuve cuidado de meterle de jente, viveres, Polvora, y Valas, pudo dilatar su defensa diecisiete dias.

Jueves 6.
Por la mañana entro un Nauio, y un Paquebot, por Bocachica pasé en casa de D Seuastian de Eslaua. haver si se ofrecia algo, y asolicitar se distribuyese la jente demar consus condestables, y ofiziales, en los Baluartes y vatrs. para el manejo dela Artilleria, y que la tropa (/) de Marina se redusga a Piquetes de Cincuenta hombres para que hagan el servicio adonde convenga, y auiendo quedado de acuerdo pase al Convento de San Francisco adonde aquartele toda esta jente, y deje, formados ocho piquetes de cinquenta

hombres, y doszientos marineros con sus Fuziles, con doscientos y cinquenta para el seruicio dela Artilleria, los dos nauios del Rey y Marchantes amanecieron acordonados por la parte de adentro del Castillo grande, hasta el Manzanillo para cerrar aquel paso alos enemigos en el caso forzoso.

Viernes 7.
Este dia por la mañana fui aver a D Seuastian de Eslaua, para ver si se le ofrecia algo, y los halle con el Capitan dela Artilleria, quien me pidio Cañones, Valas, y los demas pertrechos correspondientes. Di luego la orden para que del Dragon se sacasen como se executó, pidio tambien doscientos hombres demar mas con sus Condestables, y Artilleros de Brigada lo q. se executó, y di a D Seuastian de Eslaua la relacion delos ocho Piquetes para destinarlos adonde convenga, y puse en los almazenes del Rey, Ciento y mas fuziles, y (/) Pistolas, ala disposicion de D Seuastian de Eslaua, aquien volvi aver ala una del dia para ver si sele ofrecia algo, todo este dia se ha trabajado en perfeccionar la linea del Nauio del Castillo grande y Manzanillo, faltandome embarcasiones se echo mano de dos Balandras, vn Bergantin por no haver otras maiores.

Savado 8.
A las seis Pasé en casa de D. Seuastian de Eslaua hauer si se ofrecia algo, y hallandose con el D. Fernando Bustillo. que exerce de Ministro, le manifieste las ordenes que auia dispuesto para los Nauios del Rey, y marchantes de Castillo grande, para quando llegue el caso de echar estos a pique, y que los del Rey se mantengan hasta lo ultimo. pareziole bien esta disposicion, y la despache con D Manuel Brizeño para su cumplimiento, ala vna del dia vino a mi casa D Hermenegildo de Orbe a representarme de parte de Don Francisco Obando, D Juan Ignacio Salaverria, D Francisco Ugarte, que las tripulaciones de esos Nauios, hauian dicho. que luego. que los enemigos lleguen. á medio tiro abandonarian los nauios. aunque fuese echandose al agua, y que asi dispusiese su retirada, dixele que materias de esta importancia se representaban por escrito (/) y con

fundamentos correspondientes, pues no hallo los haya aora para semejante disposicion, comunique esta novedad á Seuastian de Eslaua, y ambos determinaron pasar a bordo delos dos Nauios Como lo executamos hiendo primero abordo del Dragon, adonde llame toda la jente arriva aquien hize mi orazion, la que oyda por ellos respondieron unanimes, y conformes, ydelante desu Capitan, no havian hablado palabra, y que estaban promptos acumplir con su obligacion, pasamos obordo del Conq°r. y subsedio lo mismo. Ala orazion me enviaron los Capitanes referidos su representacion por escrito sobre lo que velvalmente auian avisado con Don Hermenegildo de Orbe, la que manifesto a Don Seuastian de Eslaua, y parecio comveniente, que esta noche se echen los nauios Marchantes apique como se executo.

Domingo 9.
Pasé en Casa de D Seuastian de Eslaua alas seis dela mañana y se dieron varias prouidencias de tapiar las puertas que caen al Boquete, Santo Domingo, y la (/) Merced, de retirar toda la Madera del Boquete, y desembarcar Pertrechos delos nauios para la Plaza, ala tarde volvi en casa D Seuastian de Eslaua, y me pregunto que sentia sobre la representacion, que los Capitanes delos nauios del Rey hacian sobre echarlos a pique, aque le respondi que no hera de parecer el que lo hiciesen hasta lo ultimo extremo, y que huviesen cumplido con su obligacion, defendiendo todo lo posible, y auxiliando al Castillo grande, y que lo demas era una ignominia, respondiendome que a el le parecia lo mismo.

Lunes 10.
Este dia pase en casa de D Seuastian de Eslaua, quien llamó a D Feliz Celdran, y D Pedro de Elizagarate. como tambien a D Carlos Enaut Ingeniero maior, para ver si comvenia, óno, echar los dos Nauios del Rey apique, y los tres fueron de parecer se hiziese, que de esta suerte se conseguiria el cerrar la Canal, porque no podrian aguantar el fuego delos Navios que los pueden vatir. Dixe á esto, que era de parecer contrario y que devian esperar a defenderse todolo que pudiesen, por el credito delas armas del Rey, (/) y defender el

Castillo grande. D Seuastian de Eslaua fue de este parecer, y despacho a D Carlos de Enaut a reconocer el citado Castillo, para ver la defensa que puede hazer, y en vista de eso tomar las providencias, de echar óno, los nauios ápique; oy se ha empezado a hazer los parapetos y merlones el Baluarte de Santa Isabel de Faxina, y tierra, lo mismo en el reducto lo que deviera estar echo muchos dias haze. Volvio el Ingeniero de hazer su visita del Castillo grande y dixo a D Seuastian de Eslaua, que su parecer era, que no podia durar el Castillo dos dias, y eso con gran trabajo, exponiendo la nulidad de su construccion, con cuia relacion emvio D Seuastian de Eslaua la orden por escrito al Castellano, para que clavase la artilleria echase la polvora en el aljive, y se retirase con su jente, y ami me dixo emviase la conveniente con D Pedro Elizagarate para que se echasen a pique los dos Nauios del Rey, respondile, que no era de ese parecer, y que me era mui sensible se abnadonasen el Castillo, y Nauios sin la defensa correspondiente, y sin que los (/) enemigos nos presisasen alos que me respondio, que siendo el remedio unico, como todos los dezian de que echandose a pique los dos Nauios se Cerraua el Canal para que no pudiesen entrar los enemigos, dentro en la Bahia a vatir esta Ciudad no hauia mas tiempo que perder, y q. era presiso hazerlo. dixe entonces a D Pedro Elizagarate mi maior de ordenes vaya Vm. y prevenga alos Capitanes lo que S. E. acaua de dezir conlo qual se fue, y dio orden D Seuastian de Eslaua a D. Carlos de Enaut pase al Castillo para dar cumplimiento ala orden por escrito, que emvio aquel Castellano, alas siete dela noche, me envio apedir D Pedro de Elizagarate Canoas Grandes para tapar algunos huecos las que en vie, y ala vna de la noche voluio despues de hauer dado cumplimiento ala orden, que se le dio, y que toda la jente hauia retirado sin confuccion, con lo qual, ya D Seuastian de Eslaua ha conseguido la ruina de todos los Nauios tirando ala Marina de que se ha declarado enemigo Capital, y delos mas opuestos a ella.

Martes 11.
Fuialas seis en casa de Seuastian de Eslaua auer si se ofrecia algo, alas diez y media cerca delas onze vinieron dos Botes a tomar la Fragata Francesa llamada el León, que trajo

viveres (/) para los nauios dela escuadra de D Rodrigo de Torres, que se hallaba cerca del Pastelillo, sali al valuarte de san Ignacio, y con alguna de poca de jente que estaba alli, apunte yo mismo los Cañones, y hize fuego sobre los Botes que se volvieron asus bordos. llegó D Seuastian de Eslaua, y le dixe que hauiendo dado mas de quatrocientos hombres de mar para el Capitan delas Artillerias los dirijiese en las vaterias hera cosa censible, no estuviesen en sus puestos para estos casos ni huviese cosa con cosa para el servicio dela artilleria, Ala misma ora delas diez se acerco un nauio de 70 Cañones y se puso a tiro de Cañon del Castillo grande, y empezó ahazerle fuego, y viendo que no le correspondia fueron Botes, y Lanchas, y Arbolaron en el Castillo la Bandera Inglesa, con cuia demostracion todos los nauios de guerra se fueron acercando, lo que antes no hicieron, mientras reconocieron havia jente en el, y se mantenian los nauios del Rey, escarmentados del trato que recivieron en Bocachica, y con justa razon me opuse a que se abandonase el Castillo, y se echasen apique los nauios, pero he reconocido que muchos meses á esta parte ha despreciado este (/) Cauallero todo cuanto le he dicho, esta tarde volvi asu casa auer si se ofrecia algo, pero nada me dijo, ni me ocupó y los enemigos tomaron posesion dela Vateria del Manzanillo, que spre ha estado abandonada.

Miercoles 12.
Este dia los enemigos dispararon algunos cañonazos de Castillo grande sobre la fragata francesa, que esta cerca de Pastelillo, alas seis pase en casa de D Seuastian de Eslaua, hauer si se ofrecia algo, y estando con el vino D Fernando Bustillo, y delante de mi le dio orden para que del quartel de Marina sacase jente de mar y embiase cauos. Callé, y me sali al antesala, adonde despues de dos horas vino el citado Bustillo, allamarme de parte de D Seuastian de Eslaua y hauiendo ydo auerlo que se le ofrecia, me dijo, que era menester pasase a fuera a mandar la tropa, que se hallaua distrivuida en varios Piquetes amedia legua dela ciudad, respondile a su proposicion que deseaba me ocupase como diese las correspondientes providencias con lo qual me despedi, y me dio vna nota delos Puestos que ocupaban

los Piquetes, y alas doze monte a cavallo, y fui avisitar, y reconocer los parajes dela Ensenada del Manzanillo, y Albornos, por donde los enemigos podian hazer desembarco. (/) y despues de hauer apostado la tropa en los sitios combenientes, y dado las ordenes correspondientes, me retiré ala Quinta alas siete dela noche, como sitio oportuno para asistir a todas partes dexando por mis espaldas en el Texar de Gavala tres Piquetes, uno en la Quinta, otro en el desembarcadero, de Alzivia, dos en Gracia, y vno en el Preceptor, por ser todas presisas avenidas de los enemigos.

Jueves 13.
Di parte a D Seuastian de Eslaua con D Manuel Briceño de todo lo executado ayer, y ha ocurrido esta noche. Los enemigos han metido dentro de la bahia dos fragatas, y dos Bombardas franqueando este paso con haverse atracado al Conquistador un navio de 70 cañones y suspendido su Popa, con unpescante arrimandolo hacia Castillo Grande Alas nueve y tres quartos dela mañana empezaron a Bombear la Ciudad con dos Bombardas de dos morteros cada vna, sin que dela Plaza se le haya disparado mas de 3 cañonazos alas Lanchas, que tendian las espias y han remolcado los enemigos una Fragata de 20 Cañones hacia el Texar de Gracia en donde tengo aportados 150 hombres (/) sin duda será para cañonear este sitio, por lo que di orden se mantuviesen toda la noche, y que antes de amanezer se retirasen al Bosque; oy se han empezado a formar los merlones del reducto del caño dela Media Luna.

Viernes 14.
Al amanecer la Fragata empezó a Cañonear el Texar de Gracia de donde se hauia retirado la tropa como queda dho, y prosiguen las Bombardas en Bombear la ciudad. Esta mañana distribui las ordenes convenientes atodos los Capitanes delos Piquetes delo que devian observar en caso, que los enemigos los cargasen cuia copia remiti a D Seuastian de Eslaua para su inteligencia, y me la devolvio respondiendome estaba bien. Se arrimó otra fragata que haze fuego a este sitio y al Texar de Gauala, este dia escrivi a D Seuastian de Eslaua proponiendole se hiciese una

trinchera desde el Caño de Gauala hasta la Quinta y dela Quinta hasta Cienaga, y que reforzando este Puesto con tropa se esperase al enemigo, el que no dudaua segun el fuego que hacian las Fragatas querian hazer su desembarco, respondiome que mañana vendría al Cerro de san Lazaro, y que pasaria a este sitio, las Fragatas continuan su fuego todo el dia, y las Bombardas toda la noche, (/)

Savado 15.
Amanecio otra Fragata mas, y vn Paquebot de seis Cañones, y ocho pedreros que entro dentro del caño de Alzivia, y poniendo a tiro de fuzil de su embarcadero empezó a Cañonear aquel Puesto, que estaba guardado por un Piquete de Marina, mandado por D Joseph de Roxas el que se defendio con la fucileria, rechasó un Bote que venia a hazer el desembarco en aquel sitio, pero huvo de abandonarlo motivado del continuo fuego del Cañon, Pedreros y fucileria, que sele hacia, tambien se atrocó un nauio de 60 Cañones ala costa que llaman de manga, y batio este sitio dela quinta, texar de Gavala, y Playon de san Lazaro, Alas siete dela mañana vino D Seuastian de Eslaua a este sitio, dixele me embiase cañones para Vatir este Bergantin, y Fragatas y apartarlas de estas cercanias, por lo mucho que incomodaban nuestra tropa, pero no se dio por entendido ami proposicion, ni dela que ayer le hize en punto a tomar la Trinchera, y reforzar este importatnte puesto, y se fue auer los Piquetes, que estaban apostados, y se retiro ala ciudad. Alas dos dela tarde viendo este abandono, llamé al Capitan de Fragata D Pedro Elizagarate, mi Ofizial de ordenes y le dixe: (/) baya Vm. aber a D Seuatian de Eslaua, y digale de mi parte que teniendo presente las ningunas providencias que me dio en Bocachica para impedir el desembarco alos enemigos, y formacion de sus Vaterias, desconfio me de las que ayer le pedí por vm Papel, y los que le he repetido oy verbalmente en este sitio, y asi me diga lo que quiere que haga, porque para retirarme con ingnominia embie aquien quisiere y asi supiese su vltima determinacion, porque lo demas era vivir engañados debajo de aparentes disposiciones nada convenientes al servicio del Rey, yonrra delos hombres demi caracter, y que nunca

seria yo responsable de sus descuidos. Y auiendo vuelto D Pedro de Elizagarate me dixo: que alos principios de mi recado, respondio, que el averme embiado aquel sitio fue porque vn sujeto le dixo, que yo lo deseava, que en quanto ala trinchera, que le havia propuesto, que no lo tenia por conveniente, porque necesitaba de dias, segun selo havia dho el Ingeniero; y que embiaba al theniente Coronel D Pedro Casellas Comandante del Batallon de Aragon, aquien podia dar las ordenes delo que podia prazticar, y me retirase ala Plaza en donde deseaba estuviese mas que afuera. Vino D Pedro (/) Casellas, aquien previne las ordenes que hauia dado alos Piquetes y prouidencias que hauia pedido a D Seuastian de Eslaua, las que halló por precisas y necesarias pero sin haverlas podido conseguir, alas siete y media me retire ala Ciudad, y fui al Baluarte de san Ignacio adonde estaba D Seuastian de Eslaua, y me mantube con el hasta las dies que se retiró.

Domingo 16.
Este dia amanecieron las fragatas haciendo fuego anr[a] tropa la que se retiró delos puestos abanzados hacia la Quinta y los enemigos formados en numero de mil y quinientos hombres en el Texar de Gracia los que sin duda desembarcaron anoche, y tomaron posesion de aquel sitio, de donde vinieron marchando al texar de Alcivia y su desembarcadero, con siete vanderas y con las demas que se juntó compredian tres mil hombres con los Granaderos al frente, luego que llegaron al Playon entre la Quinta y el Texar de Gauala adonde se incorporaron nuestros Piquetes, empeso el fuego alas ocho y media dela mañana, y la compañia de granaderos de España a excepcion de catorze hombres huyo toda, como tambien parte dela tropa del Batallon dela dotacion dela Plza. (/) y aguantaron el fuego, los piquetes de Marina y Aragon, los que se retiraron con alguna cofuccion sinque se diese providencia de sostenerlos, haviendo el corto numero de quatrocientos hombres, que compodria nra tropa, y los enemigos se apoderaron dela Quinta y Texar de Gauala, y los nuestros se retiraron al Playon de San Lazaro, oy dio prouidencia D Seuastian de Eslaua para reforzar la muralla de la derecha dela Media Luna, y hazer vna Bateria nueva ala falda del

Castillo de San Lazaro que mira hacia el Texar, huerta de Lozano, pero me parece que estas prouidencias pueden servir de poco en la situacion presente, respecto de que los enemigos estan en postura de formar las suyas y de suvir a San Lazaro, y aloxarse en aquel Cerro y vatir la Ciudad sin oposicion, ademas de que ya cortado el paso delos viveres porla Quinta, y haciendo su destacamento para la Boquilla, y Cruzgrande, que es el segundo que ay, conseguiran el tomar la ciudad por ambre, sin disparar un Cañonazo, porque en ella no ay prouidencia, ni seha pensado en darla con anticipazion continuan las Bombas toda la noche.

Lunes 17.
Prosiguen las Bombas, y yo en salir con D Seuastian de Eslaua (/) fuera dela Ciudad, las obras dentro y fuera de ella ban muy despacio los enemigos amanecieron posesionados del Convento del Cerro dela Popa, y todas las prouidencias, y ordenes ala tropa, y jente del mar de Marina se distribuyeron por D Seuastian de Eslaua sin que de mi se haga caso ninguno, y continuo mis salidas a todas partes con el sin darme por entendido, toda la noche echaron muchas Bombas.

Martes 18.
Este dia trajeron un negro que los puestos abanzados cojieron con un pliego que en la Quinta le dio el Comandante dela tropa delos enemigos a un Clerigo de esta Ciudad llamado D Thomas Lovo en el que qual incluye un manifiesto impreso, franqueando atodos los Vasallos de cualquier esfera que fuesen al aire libre comercio con los ingleses, y exercisio dela relixion, exortandolos, aque diesen la obediencia con otras diferentes clausulas. Atacaron los enemigos ala Boquilla, y Cruzgrande, se embiaron algunos Piquetes, y se retiraron los enemigos, continuo su fuego el Nauio de 60 Cañones al Playon de san Lazaro y al Cerro y las Bombardas en echar Bombas ala ciudad (/)

Miercoles 19.
Continua el fuego de Cañon y Bombas, y en la Boquilla, y Cruz Grande los enemigos su ataque, y seles mató quinze

hombres, y vn Ofizial sin los heridos, quedando los nuestros ocupando aquel Puesto.

Jueves 20.
Este dia alas tres y tres cuartos dela mañana los enemigos atacaron el Cerro de san Lazaro por la parte que mira ala quebrada del Cabrero; ocupaban este Puesto cinco Piquetes dos de Marina y tres de Aragon, y España el fuego fue grande de una parte y de otra y luego que lo oy me diriji hacia el Playon, y viendo que de la Media Luna la jente de mar hacia gran fuego con la Artilleria, subi aquella bateria para que lo suspendiesen, respecto de no ser de dia y reconocer que el fuego de nuestra Tropa y la delos enemigos estaban muy inmediatos y aun no se distinguian uno del otro, y que pudiera incomodar alos nuestros el que se hacia con nuestro Cañon, hasta que aclaró, que se continuó con bastante estrago delos enemigos, hize marchar ala misma ora que empezó el fuego doscientos hombres de mar con sus oficiales todos armados por lo que pudiese subceder y se fueron reforzando los del Cerro con algunos Piquetes mas, y faltando las municiones de Cartucheria y fucil, y metralla para (/) el Cañon se fue manteniendo el fuego con los Piquetes que suvieron mientras se daba providencia, para los que havian gastado sus municiones, me mantuve en el rastrillo del Playon del Cerro en donde estaba D Seuastian de Eslaua. Alas siete los enemigos uyeron precipitadamente, abandonando sus escalas, algunos manteletes, sacos de Estopa, Palas, Picos, y muchos Fuziles, dexando la quebrada por donde atacaron llena de muertos, y heridos. Alas ocho y quarto hicieron llamada los enemigos con una Bandera blanca, y seles correspondio y el pedimento fue la suspension de armas para retirar sus muertos y heridos, se les concedio lo primero y se le dixo que por lo que miraba alos heridos, que estaban ya en la Ciudad se les asistiria con cuidado, alo que se conformaron y se embiaron milicianos mulatos, y indios para llevarles los muertos, y que segun el numero que se les entrego, y los que ellos retiraron dela funcion pasaron de 600, y con los heridos de mil fue tan precipitada la fuga de los enemigos y la confución que manifestaron, que propuse a D Seuastian de Eslaua se

hiziese vn destacamento de trescientos hombres por debajo del Cerro acortados en el Playon, con cuia providencia se huvieran escapado muy pocos, pero no asintio. El numero de jente que los enemigos enviaron para el ataque feron quatro reximientos de ochocientos hombres cada uno, y se vieron venir ala mitad dela funcion para sobstenerlos, como en numero de quatrocientos os que huyeron desde la entrada del Playon, asi que el Castillo de San Lazaro les hizo fuego con el Cañon, este feliz subseso no esperado, segun lo consternado, que estaba la tropa, no lo debemos atribuir a causa humana, sino alas misericordias de Dios, porque en lo natural debian con la fuerza que trajeron y la poca que havia en el Cerro, haverse hecho dueños de el, como no lo dudaron segun la relacion de desertores, y Prisioneros, los quales tambien aseguran que todos los granaderos que vinieron ala funcion solo volvieron catorze: Que tienen muchos enfermos y falta de viveres, toda la noche dispararon muchas Bombas.

Viernes 21.
Continuan la Bombas, fui con D Seuastian de Eslaua álas cinco de la mañana al Pie del Zerro de san Lazaro, el que se Peynó a instancia del ingeniero, y se dispuso el hacer un trincheron amanera de herradura hazia la quebrada, obras que devieron estar hechas, de que se reconocio el intento delos enemigos, pero todo vatan lentamente, que solo se piensa en no gastar, y quando se quiera es de rezelar no sea ya tiempo. Los enemigos han desembarcado oy morteros y alguna jente y segun sus movimientos y disposiciones se recela vuelvan esta noche a hacer segundo ataque, por lo qual se quedó en la Media Luna D Seuastian de Eslaua, y yo con el, no obstante las instancias que me ha hecho para que me retire ala ciudad, alo que no quise asentir no obstante la disciplina que manifestó.

Savado 22.
Alas siete de la mañana nos retiramos D Seuastian de Eslaua y yo esta mañana le iiste para que se ahorcase un soldado Portugues Granadero del Reximiento de España, que hauia desertado y pasado alos enemigos y tomado

partido vino al ataque con ellos en donde fue herido y tomado prisionero, pero lo dirijio hasta que se curase, alas ocho de la noche empesaron hacer fuego con dos Morteros por tierra, dirijiendose las Bombas al Castillo y ciudad y lo mismo hacian delas Bombardas (/)

Domingo 23.
Este dia continuaron las Bombardas su fuego, y no ocurrio otra cosa particular.

Lunes 24.
Pidieron los enemigos se les permitiese pasar a curar sus heridos se les concedio pero el pedimiento ha sido con la condicion de que hayan de volver despues de haverlos curado lo que se les denegó. Esta tarde sali con D Seuastian de Eslaua, haver el trincheron que se ha empezado aformar desde la huerta de san Lazaro hasta la falda del Cerro, y le propuse fuesemos a reconocer los sitios dela huerta de Balsain, y Gaviria en donde estan las ultimas abanzadas. y que se quemasen aquellas chozas, y texares, y se desmontase, quel monte porque al abrigo de el podrian los enemigos volver atacar el Cerro, como lo hicieron antes, por fin a pura instancia lo conseguí, y fuimos hasta encontrar con dos centinelas abanzados delos enemigos, quienes nos dispararon algunas Bombas de su Bateria de tierra, y nos retiramos con el Ingeniero que tambien vino a este reconocimiento.

Martes 25.
Este dia continuan las Bombas, y cañon delos nauios, lo que hizo suspender la obra y retirar los trabajadores hasta la noche y los enemigos han perfeccionado su paralela, que coxe desde el Texar de Lozano hasta el pie del Zerro dela Popa, y an aumentado los mosteros en la Isla de Manga, y se ha reconocido que estan recorriendo todos los Nauios de transporte dandoles pendoles y ceuo cuios indicios son de aprontarse para salir toda la noche ha continuado el fuego delas Bombas.

Miercoles 26.
Oy continuaron el fuego delas Bombas, y se ha reparado, que los enemigos entran en Galicia por el conqq^{o}r. y Dragon.

Jueves 27.
Amanecio la Galicia arrimada al Carenero a medio tiro de cañon de la Plaza, y empezó a hazer fuego, vatiendo el reducto, valuarte de Santa Isauel, y Boquete, sele correspondio de estos sitios, y de el de San Ignacio con dos Cañones solos respecto que los demas aun no estaban montados, ni puestas sus esplanadas desde que se hicieron los merlones, los enemigos desmontaron un cañon en Santa Isauel, rompieron (/) otro de un balazo por el tercio, y a otro le quitaron un Muñon, en el reducto se revento uno, a otro, insalto el grano, que tenia. Dixele a D Seuastian de Eslaua estos inconvenientes para que se remediasen pero todo se siente y nadie le puede dezir nada, como me subsedio anoche por haverle dicho que era menester tener cuidado desde Sta. Catarina hasta la Merced, porque por su Playa por varias partes se podia suvir en cima dela Muralla, y que los cañones que el año pasado puse para evitar este inconveniente, que flaqueaban toda aquella avenida los hauian quitado, y que solo hauia dos pero sin jente, ni providencia, y quando crei admitiese mi proposicion con agrado me respondio con displicencia que con viente hombres estaba guardado aquel parage, reime, y callé. Esta mañana hallandome en su quarto, y viendo el fuego q hacia la Galicia le dije delante de D Carlos de Enaut Ingeniero maior, que era presiso hacer un trincheron con faxina, y tierra, que coxadesde la muralla de san Francisco hasta el reducto de Jetsemani, para reforzarla, porque parece que este Nauio, quiere hazer brecha por este Parage, y lo conseguira por que el fuego que se le haze por falta de estar montada la Artilleria, y puesta en su lugar es poco. Respondio el ingeniero esta obra es presisa, y es menester empezarla desde luego, y viendo que callava D Seuastian de Eslaua (/) dixele, junte V. E. los montunos y saque los doscientos hombres de mar de San Francisc^{o} Con Sus oficiales y vayan desde luego a executar este trabajo, tan presiso, a esto respondio D Pedro de Elizagarate y le dixe

vea Vm. lo que el Sr. Eslaua tiene que mandar sobre esto, respondio en la orden general de trabajadores, haré que se comprendan ciento y cinquenta marineros para esta obra, como con efecto lo hizo asi, y sela dio al ayudante Palencia, alas once los enemigos cortaron los Cables ala Galicia, y se dexaron ir con la Briza sobre el Bajo del Manzanillo, y las Bombardas se han puesto ala vela, y se han incorporado con los demas Nauios, y creo que los enemigos desisten ya de su empresa, asi por estas maniobras, como por otras, que se reconozen. Alas tres volvi a reconocer los Valuartes, y halle estaban componiendo las embrazaduras del San Ignacio, y sirviendo la artilleria que estaba en la Plazuela dela compañia. Alas cinco vino un desertor, que dijo que la mitad dela tropa, que se halla en la Quinta, se hauia embarcado con todo su tren, y seis cañones, y que solo havian quedado dos Morteros, que son todos indicios de retirada visité esta noche a D Seuastian de Eslaua, qn. no dijo nada (/)

Viernes 28.
Este dia los enemigos abandonaron la Quinta, texares y las trincher[a]s sin que con esta noticia y la de ayer se haya prazticado diligencia ninguna de caerles encima anoche ni esta madrugada. Esta mañana vino un prisionero marinero del aviso de D Santiago Salaverria y confirmó la retirada delos enemigos de la Quinta, Texares, se abanzó nra tropa a ocupar aquellos Puestos en donde se han hallado muchos fuziles, cartuchos, armazones de tiendas, Machetes, Picos, hazadas, Carros, y Viveres, todo loqual indica una precipitada retirada delos enemigos, y si se huviera destacado alguna tropa, sin duda huvieran conseguido el exterminarlos pero todo se dexa amañana. Alas onze vino un Bote con Bandera Blanca, y me aviso D Seuastian de Eslaua emviase otro y persona para ver lo que queria, y emvie a D Pedro de Elizagarate, y traxo una carta para D Seuastian de Eslaua de cuio contenido nada he sauido, ni desu respuesta.

Savado 29.
Esta mañana alas seis y media volvio D Pedro de Elizagarate allevar la respuesta al Pastelillo, y por el estado que llevaba

y me enseño de 68 Prisioneros incluso 36 marineros, que tenía (/) en esta Carzel comprehendi, que la carta de ayer trataba de canxe, y que se le noticiaba los prisioneros que, hauian, oy han pegado fuego los enemigos al nauio la Galicia, porque no lo han hallado en estado de poderlo llevar, y han empezado a demoler el Castillo grande y lo mismo el Manzanillo, y Bocachica.

Domingo 30.
Prosiguen los enemigos en volar el Castillo Grande, y el de Bocachica. Alas ocho vino un Bote delos enemigos con varias Lanchas, que conducen los prisioneros Españoles con cuia noticia dio orden el Virrey a D Pedro Elizagarate fuese y llevase los ingleses, lo que executó, en las Lanchas delos Navios del Rey, y estando Prazticando esta disposición se fue al Pastelillo D Nicolas Carrillo Ayudante de D Seuastian de Eslaua suponiendo iva al mismo fin lo que oydo por don Pedro Elizagarate le dijo, que se retirara lo que ejecutó, hauiendo dado parte a D Seuastian de Eslava le respondio no le hauian dado tal orden a D Nicolas Carrillo.

Lunes 1º de Mayo.
Continuan los enemigos en hacer su aguada, y volar el Castillo Grande, y el de San Luis de Bocachica, y se han tomado varios Prisioneros por la tropa, abanzada delos que avian intenado, (/) arrobar el Pais, y volviendo para incorporarse con su jente fueron aprehendidos.

Martes 2.
Vino un Bote a abordo del Almirante Vernon pidiendo por una memoria que envio el Factor, que fue en esta ciudad sele enviasela ropa de D Juan Jordan y la de D Lorenzo Alderete, segun lo que dexaron prevenido para enviarsela a Londres. Oy las quatro y media dela tarde se fueron siete Nauios de Transporte para Bocachica.

Miercoles 3.
Han amanecido tres Navios de Guerra dados fondo en Punta de Canoa, y a las cinco y media dela tarde vino un Bote al Pastelillo a traer varias cartas aviertas que envia

el Almirante Vernon Cojidas en dos Navios que salieron de Cadiz por fines de Henero, y principios de Febrero, y alas ocho dela noche vino D Pedro Mur, y de parte de D. Seuastian de Eslaua me trajo un lio de ellas en las que hay algunas para mi, y otras para diferentes particulares. (/)

Jueves 4.
Esta mañana vino un desertor marinero Español. Aviso de D Santiago Salaverria el que refiere lo mismo que los demas en punto, a enfermedades, muertes, escaseses, de viveres, que tienen los enemigos quienes continuan en hacer volar el Castillo Grande y el de San luis.

Viernes 5.
Han venido varios Prisioneros Españoles que han desertado de los Navios ingleses y sehan ido este dia muchos nauios de transporte, para Bocachica, continuan en volar los Castillos.

Sabado 6.
Este dia no ha ocurrido cosa particular, sino hauer venido varios prisioneros españoles, que han. echo fuga delos nauios ingleses. Continuan en volar los Castillos.

Domingo 7.
Por la mañana vino un Bote al Pastelillo, y condujo una carta para don Seuastian de Eslaua departe de D Eduardo Vernon. (/)

Lunes 8.
Bajaron para Bocachica dieciocho nauios de transporte con tropa, y salieron a fuera comboyados de un Nauio de 70 cañones, alas quatro y media selevó Vernon para Bocachica.

Martes 9.
Oy no ha ocurrido cosa particular, sino que los enemigos continuan en Volar los Castillos de Bocachica.

Miercoles 10.
Salieron para afuera quarenta embarcaciones de transporte

comboyadas de dos Nauios de Guerra.

Jueves 11.
Este dia salieron 18 Nauios los 16 de transporte, y dos de Guerra.

Viernes 12.
No ocurre nada.

Savado 13.
Este dia salieron quarenta embarcaciones de transporte y entre ellos seis de Guerra y dos Bombardas.

Domingo 14.
El Comboy de ayer queda ala vista.

Lunes 15. (/)
Han salido 13 Nauios de Bocachica comboyados de una Fragata.

Martes 16.
Salieron 3 Nauios de Guerra y se vieron los 13 que ayer salieron.

Miercoles 17.
Salio el Almirante Vernon con seis Navios de Guerra, un Bergantin y una Balandra.

Jueves 18.
Salieron 6 Nauios de Guerra, y dos Fragatas que se han incorporado con los de Vernon, y segun se reconoce han estado quemando en Bocachica algunos Nauios delos suyos.

Viernes 19.
Continua la quema de Embarcaciones en Bocachica, y han salido 6 embarcaciones con un nauio de Guerra.

Savado 20.
Salieron 11 velas de Bocachica los 7 nauios de Guerra, y quatro Balandras, y no quedan ya ningunos en este

Puerto pero al mismo paso que quedamos libres, de estos incombenientes, quedamos expuestos, alos que pueden acahecer respecto que desde el dia 27 que sesó el ultimo fuego delos enemigos. (/) sesaron tambien los trabajos y reparos de dentro, y fuera de esta ciudad, y se han despedido los trabajadores quedando estos en el mismo estado con poca diferencia que lo estaba en el mes de Marzo, sin que se reconozca ninguna diligencia para formar ninguna vateria en Bocachica, y Castillo grande, dejando este Puerto Franco alos enemigos para entrar y salir quando quisieren &.

Blas de Lezo. - (Firmado)

Archivo Histórico Nacional. Sección de Estado. Legajo 2335.

Concluyó la impresión de la primera edición de esta obra,
por encomienda de Almuzara, el 12 de agosto de 2019.
Tal día de 1866 nace en Madrid Jacinto Benavente,
prolífico dramaturgo español, galardonado con
el Premio Nobel de Literatura en 1922.